U0109393

古典詩歌研究彙刊

第三二輯

龔鵬程 主編

第3冊

白居易詩歌閒適意象之研究（上）

趙惠芬 著

國家圖書館出版品預行編目資料

白居易詩歌閒適意象之研究（上）／趙惠芬 著 -- 初版 -- 新北市：花木蘭文化事業有限公司，2022〔民 111〕
目 2+174 面；17×24 公分
（古典詩歌研究彙刊 第三二輯；第 3 冊）
ISBN 978-986-518-910-5（精裝）
1.CST：（唐）白居易 2.CST：唐詩 3.CST：詩評
820.91 111009762

古典詩歌研究彙刊
第三二輯 第 三 冊 ISBN：978-986-518-910-5

白居易詩歌閒適意象之研究（上）

作　　者　趙惠芬
主　　編　龔鵬程
總 編 輯　杜潔祥
副總編輯　楊嘉樂
編輯主任　許郁翎
編　　輯　張雅淋、潘玟靜、劉子瑄　美術編輯　陳逸婷
出　　版　花木蘭文化事業有限公司
發 行 人　高小娟
聯絡地址　235 新北市中和區中安街七二號十三樓
電話：02-2923-1455／傳真：02-2923-1452
網　　址　http://www.huamulan.tw 信箱 service@huamulans.com
印　　刷　普羅文化出版廣告事業
初　　版　2022 年 9 月
定　　價　第三二輯共 11 冊（精裝）新台幣 22,000 元

白居易詩歌閒適意象之研究（上）

趙惠芬 著

作者簡介

趙惠芬，銘傳大學應用中國文學系博士，曾任作文國文班老師、高中國中國文專任教師、金門大學 2016 年僑委會新加坡海外華裔青年短期語文班講師、銘傳大學應用中國文學系兼任講師與海外青年烘焙班華語文學講師、現任銘傳大學應用中國文學系兼任助理教授。研究領域為現代小說美學與唐代文學、詩歌，其碩士論文《林海音小說中的美學研究》，其現代散文創作《太武山上的美人蕉》一書出版；博士論文為《白居易詩歌閒適意象之研究》，並發表相關的期刊論文。

提　　要

中國古典文學作品中，古典詩的閒適意象有兩個來源：一是陶淵明，以田園自然作為主要的審美對象；二是謝靈運，以山水自然作為主要的審美對象。此以白居易詩歌閒適意象為主題，從事審美的意象研究，關注白氏詩歌閒適意象中的物象內容，歷時性的詩歌意象內涵，衍生了對理想的追求與閒適生活品質的重視。各章內容分述如下：

第一章緒論。概括說明學者相關著作與論文之文獻探討。

第二章白居易詩歌閒適文化。以白氏詩歌閒適文化為研究對象，原因有二：一是儒道佛思想深滲白氏生命底蘊，其詩歌與豐富的唐代文化融合。二是白氏詩歌語言形式特色，如何以「寄託式譬喻」見其情志，來探究詩歌文化，涵蓋白氏的生活態度、價值觀、信仰、藝術、感知模式等思維活動。

第三章白居易詩歌閒適創作之淵源。白氏詩歌閒適之綴慮裁篇是指寫作的構思謀篇，在構思謀篇之前，作家便須要培養氣勢，辭句才能有骨力而內容充實，作品方能有新穎的見解。本章論述白氏將陶淵明、韋應物視為文學、文化偶像，藉由敘事的詩歌內涵，詮釋著白氏詩歌閒適意象與其淵源，形成獨特的文化意義。

第四章白居易詩歌閒適創作之關係。白氏一向喜歡閱讀老莊，老莊思想能使他拋開塵俗雜事。白氏常與道士往來論道，道士的仙風道骨使他有出塵之思。白氏與王質夫、元稹往來論詩，相濡以沫，情誼高厚。白氏永貞元年（805）大約三十四歲進入仕途，即有感於人生的短促，富貴無法強求；對於貧賤生活，則正面看待，詩歌閒適中帶有忘我自足，淡泊名利的思想。

第五章白居易詩歌閒適意象之思維。白氏對於閒適詩的闡釋，在元和十年（815）提出了理論根據，基本上都跟官職的身份有關，展現任官閒適的樂趣。綜觀發現：白氏「閒適詩」的範圍，分為「官職」類與「閒適」類，閒適詩的創作並不全在任官職之際，卸下官職身份的創作也有不少閒適作品。

第六章白居易詩歌閒適之轉進。白氏回到洛陽履道里舊居後，他感受到生命有個嶄新的開始。白氏早年憂國憂民的熱忱抱負，在舉世皆濁世道中，遭受了貶黜，白氏找到了中隱的生活：雖無身居朝廷要職，但免於饑寒，擁有令人尊敬的社會地位和自由自在的生活，代價就是放棄顯赫的實際權力。

第七章結論。說明白居易詩歌閒適意象起源於白氏的生命體驗，這種情意體驗發而為詩歌，便有了詩歌閒適意象之生發。無論是理論或實踐，前賢對白氏詩歌研究均累積諸多的文化資產，當然由白氏內在的生命轉型為外在的詩歌作品，要有一個逐步演化過程。對於白氏詩歌演化軌跡及其經驗成果，其閒適詩之創作因應時代潮流，透過白氏的生命理念與生活實踐，及其詩歌的功能與多樣化的閒適意象，提出更多具體的看法與見解。

誌　謝

從銘傳應用中國文學系碩士班一直到博士班，能徜徉在中國文學的夢田裡，我覺得擁有一種幸福氛圍，能擁有這樣的福田，感謝師長與同事、同儕、家人們。

首先感謝我的指導教授江惜美博士、梁麗玲博士，從我碩士班到博士班何其有幸受業江惜美教授門下，她溫柔敦厚的特質指點我生活上的迷津，她治學嚴謹的態度啟發我研究上的困惑，從中陶冶正確的為學態度與方法。感謝指導教授多年來的耐心指導，並每每給予鼓勵，論文終於完成了。

感謝博士班授課解惑的老師：陳德昭教授、蔡信發教授、蔡秋來教授、游秀雲教授、汪娟教授、梁麗玲教授，他們的博學廣聞，侃侃而談在學術界的所見所聞，讓我引以為典範或戒惕，或是分享他們的學術新見解與成果，給人如沐春風的感受，並以一種宏觀的視野，提攜後進，使我受惠良多。感謝銘傳大學應用中文系所的栽培，感謝楊姐秀芬秘書、張郡玲助教的行政支援。如今，論文得以順利付梓，在此衷心獻上對師長們的謝意。

博士班課程在桃園，家庭與工作在金門，每週越過一彎淺淺的海峽，實現夢田之前，像園丁一樣投入耕耘，歷經幾個寒暑、走過無數的春夏秋冬，當我再越過一彎淺淺的海峽，是期待秋收冬藏的喜悅了。就在我搭機穿越海峽，往返台金之際，獨處時體會到苦雨之地「苦」的兩面意象，日益讓自己更堅強，找回相信的力量與找回自己。

感謝口試委員陳光憲教授、陳德昭教授、林明珠教授、林于弘教授，在繁忙的教學工作中，特地撥冗詳閱這本論文，並給予最寶貴的意見。每位教授的提問皆是那樣地鞭闢入裡，讓我突破個人狹隘的視野，獲得啟發。每位教授語重心長的鼓勵，讓我獲得更多新的思維。

感謝生養我的先父與生母。在我撰寫論文的期間，父親與我的二姐在同一年相繼病逝，遭逢巨變強忍悲痛，經過一段時日的沉潛，持續增強自己的心理建設，繼而振筆直書，撰寫論文。如今，論文得以順利付梓，以慰先父，還有一路上支持我，陪伴我博士班的入學考試，以及參加我論文發表會議的二姐。如今，雖不及見，亦足告慰泉壤。

最後要感謝我的先生、兒女的全力支持，讓我無後顧之憂，在我年近天命之年，還能夠完成人生的夢想。我的心中充滿感謝與感恩，並懷抱著「人生有夢，築夢踏實」的信念，追求文學生活化的目標。如今，論文得以順利付梓，任重道遠，學術研究嚴謹的態度與治學的方法，就像人生道路上的轉變與昇華，期待破繭而出的羽翼五彩斑斕，未來文學與生活能夠相互輝映。

趙惠芬　謹誌於

銘傳大學應用中國文學系

目次

第一章　緒　論

白居易詩集中標明為「閒適詩」篇目的有216首，寶曆元年（825）後，其有創作閒適詩，卻沒有明確標示為「閒適詩」。筆者從白氏詩集內容來看詩歌閒適與否，可知白氏詩歌閒適作品中所占的比例應該較高。日本學者松浦友久認為：「在白居易詩歌中，不是古體『閒適詩』之類的近體『閒適』類作品，都包含在律詩裡，實際上，『閒適詩』占整個詩作的比重應該更大。」〔註1〕張思齊〈白居易閒適詩與基督教聖詩簡論〉提出：「白居易閒適詩共有三類，閒適類、言閒適和詠閒詩。其中，閒適詩為白居易詩歌中數量最為龐大的一類，遠遠超過代表現實主義傾向的諷諭詩和新樂府二者的總和。」〔註2〕檀作文〈試論白居易的閒適精神〉一文也有提到：「白居易的閒適詩分狹義和廣義兩種，狹義的閒適詩即白居易自己定義的閒適詩，共216首，廣義的閒適詩，即白居易詩中具有閒適情調的詩歌，占白詩的百分之七十。」〔註3〕依

〔註1〕日・松浦友九著，李寧琪譯：〈論白居易詩中「適」的意義——以詩語史的獨立性為基礎〉中提到：「（3）（4）階段，筆者認為應該是指白居易左遷江州元和十年（815）至長慶四年（824）元稹編《白氏長慶集》五十卷本之時。」《山西師大學報》（社會科學版）1997年第一期。

〔註2〕張思齊：〈白居易閒適詩與基督教聖詩簡論〉，收入中國唐代文學學會主編：《唐代文學研究》（第九輯），桂林：廣西師範大學出版社，2002年4月。

〔註3〕檀作文：〈試論白居易的閒適精神〉，《安慶師範學院學報》（社會科學版）2002年第一期。

松浦友久、張思齊與檀作文資料檢索白居易詩集中標明「閒適詩」為古體詩作，然其近體詩作品也有閒適情調，故閒適類、言閒適和詠閒詩為廣義之辨，216首為狹義之分。筆者從其詩歌創作歷程發現白居易感傷詩、律詩、格詩等閒適意境兼而有之，並非專指某一特定時間才有哪一類詩作，本論文在白居易詩集中標明為「閒適詩」篇目的基礎上，期許能放意深遠，體理玄微，搜覓閒適詩之從容涵詠的作品，以生其氣象。白居易〈與元九書〉曾對自己的閒適詩，作了以下的定義：

> 又或退公獨處，或移病閑居，知足保和，吟翫情性者一百首，謂之閑適詩。〔註4〕

閒適詩，指在閒暇安適的狀態下創作帶有閒適情調的詩歌。元稹在《白氏長慶集序》中對於閒適詩也有提及：「閒適之詩長於遣」，遣，驅遣、排解之意。筆者對於白居易的詩作進行重新分類，爬羅剔抉符合詩歌「閒適」條件，以白居易自己定義閒適詩的狹義之分，或詩歌具有閒適創作的廣義之辨為研究。無論是古體詩、律詩、格詩等都有閒適意境。中唐以後，許多詩人皆善於七言律詩，而古體不甚精湛，獨白氏善古體與律體。清人趙翼《甌北詩話》卷四：

> 惟香山詩，則七律不甚動人，古體則令人心賞意愜，得一篇輒愛一篇，幾於不忍釋手。蓋香山主於用意，用意則屬對排偶，轉不能縱橫如意，而出之以古詩，則惟意所之，辨才無礙。〔註5〕

白居易古體詩歌令人賞心悅目，其詩歌解歡釋恨，陶冶性情的作用，元和初年較積極地創作了一批政治諷諭詩外，他一生寫得更多的還是閒適詩、感傷詩和雜律詩，佔其詩歌總數的百分之九十以上，且感傷詩和雜律詩中有閒適意境的詩作，可知閒適意境的詩作也涵蓋七言律詩。清人

〔註4〕唐·白居易著，謝思煒校注：《白居易文集校注》，北京：中華書局，2019年8月第二次印刷，頁326。

〔註5〕清·趙翼：《甌北詩話》，北京：人民文學出版社，2013年3月第一次印刷，第118頁。

趙翼說法是以白氏古體詩與律詩比較來說，古體縱橫變化，然以意驅象，象外求意，辨才無礙。白氏古詩之創作意在言外，不能只構得物象，否則屬對意味全無，然白氏閒適詩中有律體，鎔裁聲律，意境尤為深遠。

白氏詩集中標明為「閒適詩」有 216 首，本論文就「閒適詩」文學作品的建構應超過 216 首，提出三點說明：一、詩歌以「意」為白氏的情意體驗，詩作中呈現胸懷坦達，不慕名利，是白氏知命的情性表現，今與當時編輯「閒適」作品的標準因時代而有所不同。二、詩歌以「意」為白氏個人情意體驗，滲入所構築的詩境之中，整個詩境呈現意與象會、意與境會，閒適意象的範圍更為擴大。三、詩歌意象為白氏文學理念，以「屬對排偶」、「意象」、「比興」來說明白氏詩歌閒適意象創作內容的多元。

第一節　研究動機與目的

研究白居易詩歌的學者對於其「諷諭詩」與「新樂府」都給予高度評價，認為「諷諭詩」具有《詩經》之「美刺比興」作用，「新樂府」具有「兼濟天下」與承續古樂府「緣事而發」的諷諭精神。〔註 6〕江州之後，白居易逐漸產生「詩言志」的詩人主體概念，因此白居易於江州時期，開始關注自己周遭發生的各種事物。

一、研究動機

元和十年（815）以後，白居易的諷諭詩創作逐漸變少，其諷諭詩代表著白居易人生中某一時期的詩歌表現，而閒適詩成為他後期詩歌創作的主流，同時也成為白居易中、晚年的生活內涵。筆者以白居易詩歌閒適意象為研究主題，並從詩歌寫作的史實背景來進行論述。

〔註 6〕俞炳禮：《白居易諷諭詩之研究》，臺北：國立臺灣師範大學國文研究所碩士論文，1981 年。廖美雲：《元白新樂府研究》，臺北：臺灣學生書局，1989 年 6 月。（日）靜永健著，劉維治譯：《白居易寫諷諭詩的前前後後》，北京：中華書局，2007 年 10 月，為學者提出此種看法。

本論文研究白居易詩歌閒適意象，表現在詩歌上，除了文學理念、文學思想外，他晚年大量於詩中描寫自身的興趣與嗜好，這些興趣他下了非常深刻的工夫進行研究，以學識培養興趣，如茶道、飲酒、音樂、舞蹈，乃至養生、園林造景等，展現其雅趣。簡要之，白居易中、晚年主要是以藝術、以美學之思維創作詩歌，使得其詩歌所描寫的「閒事」，彰顯閒適詩之高雅與風流，這也是其詩歌閒適的主要特點與白氏在中國詩學史上的成就。

詩歌的內容藉著描寫日常生活瑣事，詩歌的敘事視角亦由社會轉移到白氏內心情致的抒發，由外觀而內省的變化。俞炳禮《白居易諷諭詩之研究》提到：「白居易擱筆不寫諷諭詩的原因，從兩個層面來說，一是寫諷諭詩之動機與政治上之挫折，二是思想之轉變。」〔註7〕思想的轉變，形成詩歌閒適意蘊的產生，注重音韻的優美，而詩歌中的比興、意象又是如何呈現？透過白詩語言平實，詩歌相附成章，來表達詩歌閒適意象的文學主題。

本論文以白居易詩歌閒適意象為題，期透過閒適意象的運思，文學載體傳播詩歌的訊息，期能推廣白居易詩歌的創造性，將詩歌內涵普羅社會大眾，涵泳在文學的浩瀚與閒適雅興的培養之中，化為一顆文學種子，超越時空的界限，散播在廣袤田園裡，踏實耕讀，以期芳華。

二、研究目的

白居易（772～846）被推崇為中唐大詩人，其在詩歌和古文的成就與貢獻為眾所推許，已受肯定，但對於其詩歌「閒適」作品，較少有專題研究〔註8〕，推溯原因，誠如晚唐詩人張南山在〈山居雜詠〉提到

〔註7〕俞炳禮：《白居易諷諭詩之研究》，臺北：國立臺灣師範大學國文研究所碩士論文，1981年。

〔註8〕毛妍君：《白居易閒適詩研究》，北京：中國社會科學出版社，2010年6月。蔡淑珍：《白居易「閒適」詩研究——以「情性」為考察基點》，台南：國立成功大學中文研究所碩士論文，2004年。此以「閒適」為名之作品。

白居易詩：

> 廣大詩家推教主，澤民遺愛至今傳。天懷坦白天機樂，不愧人稱白樂天。〔註9〕

研究白居易作品的學者，其研究範圍有三點：一是澤民遺愛、兼濟天下的諷諭詩，他的諷諭詩是在容許諫議的政治風氣裡所產生，也就是說與唐憲宗元和時代曇花一現的中興氣象，同時出現的。可知其諷諭詩是在短時期的歷史背景之下所產生的，是不足以代表其全部作品。二是胸懷坦白、獨善其身的閒適詩，研究其閒適詩的作品，其詩作常常出現「仕」與「隱」之間的矛盾心理，他果真樂天知命了嗎？三是廣大詩家推教主，說明白居易詩歌研究類型的多元化，舉凡諷諭、傷感、閒適、新樂府等。本論文研究以白居易詩歌閒適為題，其動機源於感傷詩和雜律詩中有閒適意境，並包涵了古體與七言律詩之體裁。

本論文研究目的，主旨在透過白居易詩歌閒適意象與中唐興盛文體發展，溯源歷代閒適詩歌歷程與白氏閒適詩意象創作的關係，而非從矛盾心理來鑽研其「達則兼善天下，窮則獨善其身」的處世哲學思想。清人趙翼《甌北詩話》卷四：

> 中唐詩以韓、孟、元、白為最。韓、孟尚奇警，務言人所不敢言；元、白尚坦易，務言人所共欲言。試平心論之，詩本性情，當以性情為主。奇警者，猶第在詞句間爭難鬥險，使人蕩心駭目，不敢逼視，而意味或少焉。坦易者，多觸景生情，因事起意，眼前景，口頭語，自能沁人心脾，耐人咀嚼。〔註10〕

清人趙翼認為白居易詩歌表達出的文學思想，是以白氏情性為主，並言其觸景生情，因事起意。白氏的詩歌坦易適切，探究詩歌美學有屬於

〔註 9〕引自陳友琴：《白居易詩評述彙編》，北京：北平科學出版社，1958 年 10 月，第 391 頁。

〔註10〕清．趙翼，江守義、李成玉校注：《甌北詩話》，北京：人民文學出版社，1963 年版，頁 109。

心理層面的意象，也有具體化的外在形象。白氏具有強烈的構思意象能力，能夠剪裁與取捨詩歌題材意象，並在意象構想完成之前，能定奪出情緒基調，所以詩歌閒適意象就是白氏情感的自我剖析，表現出他對人生意義的看法和價值的抉擇。

本論文研究的目的，旨在透過中唐時期社會安和樂利的穩定局面，呈現各類文學體裁相較其它朝代，特點尤為顯著與創新。中唐的一個重要文學現象是敘事因素急遽增長，以杜甫為鼻祖，元白敘事詩和新樂府運動蔚為大觀，一直到韋莊等晚唐詩人的敘事之作。這一時期文學現象特點，主要體現在於「詩言志」與「為事而作」，也是本論文要闡述的重點。白居易詩歌閒適之敘事中描寫生活雅事，人事物之間會發生一定的矛盾與衝突，有其前因後果，有其演變過程，可見已具有故事情節。

白居易努力將詩歌平易化、生活化，包含更多的敘事成分，也是本論文詩歌閒適意象的文學內涵。「知足保和，吟翫情性」是閒適追求的目標，達到「知足」、「保和」與「澹泊」的人生追求，因此藉著詩歌的傳播，探討白氏詩歌閒適意象與創作歷程，觸事興詠，以見其創作的思維轉折，以意境為軸，敘其詩歌內容經過、原委的本事，建構出白氏源於情性之作的閒適文學。

第二節　文獻探討

一、專書研究（相關著作簡要說明，依出版時間）

歷年來研究白居易的學者多以文本分析討論其詩歌作品的內涵，藉著當代的文學風潮與趨勢，探討詩歌與時代連結的動脈，以突顯中唐詩歌的文學現象，有的是以歷史學的角度延伸詩學與詩法；有的是以文學批評的宏觀導論詩體與詩評；有的是以藝術觀的眼光漫談詩辨與詩風，呈現白居易詩歌的多樣化，其平易近人的詩歌風格。以下列舉相關著作，簡要說明其特點：

（一）謝思煒：《白居易集綜論》，（北京：中國社會科學出版社，1997 年）。

本書共上下編，上編考證白居易作品的版本問題，下編分論：「白居易的家世和早年生活」、「白居易與中唐儒學」、「白居易的佛教信仰」、「中唐社會變動與白居易的人生思想」、「白居易的文學思想」、「白居易的敘事詩創作」、「白居易與李商隱」等議題。

（二）蹇長春：《白居易評傳》，（南京：南京大學出版社，2002 年）。

本書以編年式縷述作者生平、思想、文學主張與創作成就，與其在文學史上的地位與影響。

（三）陳友琴編：《白居易資料彙編》，（北京：中華書局，2005 年）。

本書在中唐、五代、宋、金、明、清諸家評述詩人相關資料輯錄部分，引證補充相關詩作，作品完整且精簡扼要。

（四）陳寅恪：《元白詩箋證稿》，（臺北：世界書局，2010 年）。

本書由元白詩作加以佐證其史學論述，以「詩史互證」方法，將中唐社會政治、科舉制度、佛道文化、古文運動、民間歌謠等因素，研究元白的詩歌創作，並就詩加以考證、分析、箋證。

（五）毛妍君：《白居易閒適詩研究》，（北京：中國社會科學出版社，2010 年）。

本書按照白居易對閒適詩的定義，參考前人對於閒適詩的理解來重新篩選白氏詩作，從而定義為廣義的閒適詩，本書以白氏閒適詩為考察對象，分別考察閒適詩的歷史淵源、白氏閒適詩的思想淵源、內容、現代意義及對後代文人和海外的影響，以期作出一個相對客觀全面的評價。

（六）謝思煒：《白居易詩集校注》，（北京：中華書局，2011 年）。

本書是白居易詩集的全新整理本，主要內容分為校、注兩部分。其中校勘部分以國內近二十種珍、善本及日本國十六種珍、稀刻、寫本參校，同時對照的相關總集，是迄今文字校勘上參照最為廣泛、權威的白居易詩校本；注釋部分以作者十餘年個人研究為基礎，廣泛的吸收海內外研究成果，於白詩典事、語源、詞義均有揭櫫，對理解、研究白居易詩及相關語言現象很有幫助。

（七）朱金城箋校：《白居易集箋校》，（上海：上海古籍出版社，1988 年）。

本書以明萬曆三十四年（1606）馬元調刊本《白氏長慶集》為底本，參校宋紹興本及唐宋重要總集與選本，羅列異同，箋證部分以箋釋人名為主，兼及歷史事件、地理名物、人物典故等。

（八）袁行霈：《中國詩歌藝術研究》，（北京：北京大學出版社，1987 年）。

本書下編收錄〈白居易的詩歌主張與詩歌藝術〉一文，文中指出白居易的詩歌主張是與正統的儒家詩論一脈相承，不僅是社會治亂，政教得失的反映，而且可以維護封建統治與封建秩序，因此白居易的詩作理論正是從「溝通君民，調和矛盾的思想出發」。詩作內容係反映社會問題，並要求語言、形式為內容服務，寓感情於敘事之中，詩裡沒有抒情的句子，字裡行間洋溢著感情。

（九）何方形：《唐詩審美藝術論》，（杭州：杭州大學出版社，2007 年）。

本書第八章〈唐代音樂詩的審美與創新〉，深入說明唐代詩歌的發展與傳承，從音樂角度對白居易〈琵琶行〉做了詳細的剖析，雖然不是對「閒適詩」所做的研究，卻與詩歌藝術相關。

（十）尚永亮：《唐詩藝術演講錄》，（桂林：廣西師範大學，2007年）。

本書為一本演講集，在內容上從詩歌的聲律、立意、結構、語言、比興、剪裁、情景、言意、技巧、時空、詩畫等十一個主題對唐代詩歌做深度的分析。

（十一）葉嘉瑩：《葉嘉瑩說中晚唐詩》，（北京：中華書局，2008年）。

本書強調白居易注重文學的實用功能，作者從「歌詩合為事而作」的「合」字切入，分析詩歌內容創作與《詩經》的關係，反映政治和教化的功能，對中唐時代的政治背景進行深度的剖析。

（十二）蔣寅主編，（日）川合康三著，劉維治、張劍、蔣寅譯：《終南山的變容——中唐文學論集》，（上海：上海古籍出版社，2013年）。

本書輯錄中唐文學論文與文學家共五輯，第三輯為〈白居易〉，書寫初入長安的白居易，還有對閒適詩的發現，白氏定名為閒適詩，之後閒適詩變成為詩歌的類型。無論是從闡明白氏創作的角度而言，或是從文學史觀來看，隨著對整個中唐文學關注程度的提高，閒適詩的意義被重新認識。

（十三）蔣寅主編，（日）下定雅宏：《中唐文學研究論集》，（北京：中華書局，2014年）。

本書白居易篇——前編的第三章〈白居易的閒適詩——兼論其主要觀念成分的變化〉與中編第二、三章、白居易篇二「第二章」提到獨善與閒適詩快樂理論依據的形成和觀念。以 216 首閒適詩為對象，以構成閒適詩的幾種觀念的分析為線索，探討閒適詩的本質和變化；同時討論《長慶集》的三類古體即諷諭詩、閒適詩、感傷詩的分類方式的創造以及編《後集》時放棄此分類的原因。此書首先拈出「帝都名利場」、「知足安分」、「外物」、「天命」、「委順」等構成閒適詩的幾種主要觀念，進而探討這些觀念在各時期的結合與變化情形。

（十四）蔣寅主編，（日）丸山茂著，張劍譯：《唐代文化與詩人之心》，（北京：中華書局，2014 年）。

本書是日本學者研究唐代文學論著薈萃，反映了日本學者中年一輩專家研究唐代詩文的重要成果。共分為三部，第一部為「《白氏文集》和白居易」，第一章是作為自我寫照的《白氏文集》，第二章是作為回憶錄的《白氏文集》，第三章是作為交遊錄的《白氏文集》。見其重視在作品中注視自我、講述自我、投影自我的自照文學。

（十五）上海辭書出版社文學鑒賞辭典編纂中心編著：《白居易詩文鑒賞辭典》，（上海：辭書出版社，2014 年）。

本書精選白居易代表作品 80 篇，包括詩 64 篇、詞 5 篇、文 11 篇等，書中採取通行的觀點來詮釋白氏名篇，領略其「用語流便，明朗自然」的藝術特色，流露其憂國憂民與關注社會現實的情懷。

（十六）日・埋田種夫：《白居易研究：閒適的詩想》，（西安：西北大學出版社，2019 年）。

本書分為緒論、本論三，共有 11 章。白居易是一個典型的官僚士大夫，他的前半生充滿了人生理想，積極建言，並且寫出非常多的詩歌，但他在政治上頗不得意，屢次遭受打擊。白居易 45 歲之後，人生理念與態度轉變，退為散官，也開始關注生活中的細節，化為詩歌篇章，即是為人所稱道的閒適詩。《白居易研究：閒適的詩想》突破以往的認知，以白居易的閒適詩為研究物件，對於閒適詩的涵義有了新的定位，細膩分析白居易閒適的內容，探索白居易的政治觀、世界觀、疾病觀。

二、學位論文

（一）俞炳禮：《白居易詩研究》，（臺北：臺灣師範大學國文研究所博士論文，1988 年）。

該論文從中唐的背景切入，論述白居易詩作風貌形成的淵源，分析其詩作修辭技法與詩作內容，說明白居易平易近人的風格與中唐時代所興盛的各種文體、詩歌、體裁上的表現特色。

（二）林明珠：《白居易詩探析》，（臺北：東吳大學中國文學研究所博士論文，1997 年）。

該論文就白居易詩的各種類型、題材及體製探析其藝術表現與成就。內容分送別、應制、宴集、贈答、唱和、閒適、表現自我、詠老、寫景、長篇歌行、排律、新樂府詩等加以探討。著重觀察詩人如何觀物，及如何轉化經驗成為藝術美感規律。

（三）林珍瑩：《唐代茶詩研究》，（嘉義：國立中正大學中國文學研究所博士論文，2003 年）。

該論文以涉及茶事之唐詩作為研究對象，分析其文化內涵、茶道思想與藝術特色，並探討其形成之背景。第四章〈唐代重要茶詩作家概述〉採質量兼重之原則，分期介紹唐代重要之茶詩作家及其作品特色，提及白居易茶詩文化內涵。第五章〈唐代茶詩之文化內涵〉從文化的角度來研究唐代茶詩的內容，研究結果發現：唐代茶詩所反映之茶文化層面包含文人、宮廷、佛道和平民等四大方面，各具特色，此四大層面構成了唐代豐富多姿的飲茶文化，也證明了飲茶在唐代已然是雅俗皆好之道。

（四）陳家煌：《詩人自覺研究》，（高雄：中山大學中文研究所博士論文，2006 年）。

該論文以「詩人自覺」涵蓋全文。白居易自覺身為詩人，並以詩人角度從事創作，使得《白居易集》中之《後集》詩歌作品，呈現與《前集》不同之風貌。《後集》之文體風格，亦使嚴羽將白氏晚期之詩視為「白樂天」體而獨立於「元白體」之外，白氏獨特風貌，亦呈現於詩人自覺後的詩歌創作。詩人自覺觀點的提出，使得閱讀白氏詩時，《前集》、《後集》之文體風格之差異，得到適切的解釋。

（五）陳金現：《宋詩與白居易的互文性研究》，（高雄：中山大學中文研究所博士論文，2007 年）。

該論文透過西方的互文性概念與方法論述，宋詩大量延用唐人之詩，黃庭堅更是薈萃百家句律之長，遂有王若虛「剽竊之黠者」之譏；宋人樓鑰集白居易詩句而成的集句詩，宋人晁迥擬作白居易詩，皆是狹義互文性，此與影響、互文意義相當，字面有明顯之跡可尋。

（六）鍾曉峰：《詩藝的對話與影響：元和詩人交往詩研究》，（花蓮：國立東華大學中國文學研究所博士論文，2009 年）。

該論文經由詩歌文本的分析、意義的詮釋，將元和詩人交往詩簡略分為顯性、隱性兩種主要模式。顯性交往指具體可考的唱和集編纂、交往詩數量的繁多等表現，而隱性交往則指詩人之間主要透過精神意識的相互影響、生命情境的對話等，是一般文學史較易忽略的。至於元和詩人的詩歌交往行為，亦可進一步歸納成三種詮釋範型，分別為「互為主體詮釋型」、「目的規範型」、「自我實現型」。「互為主體詮釋型」以白居易與元稹、劉禹錫與白居易為主要代表，他們以同理心看待對方，參與對方的生命歷程，開拓出政治對話、追憶主題等特質。「目的規範型」則以韓愈和孟郊、韓愈和張籍為主要代表，他們之間的詩歌交往，具有理想的追求，典範的形塑等特質。「自我實現型」則以姚合的交往詩為主要代表，在詩人自我的覺識上，他深受元和詩人影響，在詩人意識與詩人形象的自我表述上，則透過與同時代詩人的對話。

第三節　研究範圍與方法

一、研究範圍

本論文從白居易詩歌研究，是以其詩歌閒適作為主要對象，探討其文學與系統性的詩學理論，透過詩歌創作構思的意象，也是詩歌思維過程中，鎔鑄詩歌形象思維的核心要素，進而建立其詩歌閒適意象研究。輔以傳記資料以明作者情性〔註11〕，除了白氏精神的閒居自適〔註12〕，與其仕途進退生涯為詮釋背景，不旁涉詩歌的暗喻性或坐實某事某人，亦不言其創作的歷史與政治背景。今通覽白氏詩集，除了其標明閒適詩四卷216首外，還有其他屬於「知足保和，吟翫情性」的詩歌作品，其知足、保和的態度與吟翫情性的情懷，還有其澹泊的人生追求，成為白居易仕宦生涯裡的最高境界。中國社會科學院文學研究所編的《中國文學史》有提到白居易諷諭、閒適、感傷三者分類：「諷諭詩中有屬於閒適

〔註11〕《孟子·萬章》：「頌其詩，讀其書，不知其人，可乎？是以論其世也，是尚友也」。「知人論世」，向來是傳統詩歌研究中重要的一環。

〔註12〕白居易閒適詩創作是以擁有官職為前提的，但並不是處於官員的公務狀態，是展現下班後放鬆的真實面貌，多抒寫對田園寧靜生活的嚮往和潔身自好的志趣。所以白居易所說的閒適生活不是退居山林才能體會到的恬淡自適，而是知足保和的悠閒自得，即所謂「不下堂筵，坐窮泉壑」的理想生活，是一種詩意的棲居。

或感傷詩的，閒適詩中有屬於感傷或諷諭的，感傷詩有屬於諷諭或閒適詩的。」〔註13〕關於此種現象，清人趙翼《甌北詩話》卷四中闡釋：

> 香山詩凡數次訂輯，其《長慶集》經元微之編次者，分諷諭、閒適、感傷三類。蓋其少年欲有所濟於天下，而託之諷諭，冀以流聞宮禁，裨益時政；閒適、感傷，則隨時寫景、述懷、贈答之作，故次之。其自序謂「志在兼濟，行在獨善。諷諭者，兼濟之義；閒適、感傷者，獨善之義也。」至《後集》則長慶以後，無復當世之志，惟以安分知足，翫景適情為事，故不復分類；但分格詩、律詩兩種，隨年編次而已。〔註14〕

根據清人趙翼《甌北詩話》論點，對於白居易的閒適詩加以揀選研究，釐清其閒適詩的分類並不是囿於特定時期。白氏在唐憲宗元和年間創作許多諷諭詩，因而招致權貴的仇視，被貶謫到江州，這成為白氏詩歌創作的轉捩點。貶官之前是屬於白氏人生詩歌前期，創作以諷諭為主，閒適次之，從貶謫到江州以至晚年，白氏大量創作閒適、感傷情境的作品，這成為主要吟詠的詩歌內容。

白居易從貶謫到江州以至晚年，其詩歌創作的社會寫實逐漸式微，相對的其詩歌題材也較為簡單，主要以表現個人生活為主。白居易在晚年續編詩集，就沒有按照題材將詩歌分門別類，只是依詩歌形式分為格詩和律詩等類。白氏無復當世之志，仍過著仕宦生活，唯公餘獨處創作，展現自我之情性。依學者毛妍君《白居易閒適詩研究》中對白氏閒適詩創作的說法：「『閒適詩』是白居易擔任中央官員時期的作品，其創作心境是『知足保和』、『省分知足』。『知足』是以『閒的充實』為前提，其本質是一種優閒、恬適的自我滿足感。創作閒適詩的目的在於

〔註13〕中國社會科學院文學研究中國文學史編寫組：《中國文學史》，北京：人民出版社，1979年版，第451～452頁。

〔註14〕清‧趙翼：《甌北詩話》卷四，北京：人民文學出版社，1963年版，第114頁。

『吟翫情性』，即抒發屬於性情而非政治的東西。」〔註15〕筆者認同毛妍君對白氏閒適詩創作有 885 首的說法，繼之新增具有強烈個人色彩的詩歌，生活主題相對地單純、平易，卻涵容文學思想與人生哲學的作品。檢索詩歌中符合閒適情境並詮釋社會文化行為之條件〔註 16〕共有 970 首，具體篇目見附錄：白居易閒適詩歌一覽表。

二、研究方法

前輩學者研究詩作時，大多從作品內容分析與表現方式二方面進行討論，頗能詳其脈絡。白居易詩作內容、題材應該「指的是未經過藝術處理之前的一個抽離的，沒有特殊具體形相的輪廓。」〔註 17〕讓讀者了解白氏關心哪些事情，又是以哪些議題入詩，卻無法表明白氏詩人自覺意識與態度，最終發現從「作品內容」分析與表現方式來探討，只是呈現詩歌客觀事實的存在，而非具有辭質而徑、言直而切的創作發現，因此無論從詩體形式、內容或作者的寫作意識，白氏少採以近體詩，似以古詩和樂府寫實為妥，今研究閒適詩多數以古體詩為形式，其原因不外乎：一是字數句數不定，也可不必整言，二是格式限制少，既可換韻，平仄也不如律絕的嚴謹，是較為自由的詩體。若要創作出具有閒適情調的詩歌，則必須擁有閒適輕鬆的心情，古詩詩體形式自由，最能表達出白氏的心境，內容雖為主觀，個人的情志，然而透過律體詩之鎔裁與意境不同的詮釋方式，卻能夠突顯白氏詩歌閒適特色。

白居易之前的詩人可能已有大量閒適詩的創作，但明確標示創作

〔註15〕 毛妍君：《白居易閒適詩研究》，中國社會科學出版社，2010 年 6 月第一版，第 36 頁。

〔註16〕 「社會行為」是具有特定動機而指向他人的行為；而一種社會行為，假如歷時性或並時性的有多數人反覆操作，形成行為模式，即是「社會文化行為」。當一種「社會文化行為」普遍的發生，即可稱之為「社會文化行為現象」。有關「文化行為」是一種模式化行為，參見美國菲利普・巴格比（Γ. Dagby），《文化——歷史的投影》，台北：谷風出版社，1988，頁 82～106。

〔註17〕 張淑香：《李義山詩析論》，臺北：藝文印書館，1987 年 3 月，頁 117。

閒適詩當屬白氏第一人。晚唐·司空圖在《詩品》中將「疏野」作為詩歌的一種風格劃分，認為「疏野」即為：

> 惟性所宅，真取不羈。控物自富，與率為期。築室松下，脫帽看詩。但知旦暮，不辨何時。倘然適意，豈必有為。若其天放，如是得之。〔註18〕

司空圖所說的疏野風格含有超然世外，適意自然的思想，是一種精神境界與生活態度。古代詩歌作品題材，大多寫隱居村野的閒適生活和寧靜優美的自然風光，白居易的閒適詩從側面真實的反映其人生態度和審美情趣，白氏以一種優美、閒靜的心態對待周圍的環境，與之取得一種融洽、協調的關係，進而得到一種心理上的放鬆與愉悅。首先以白氏詩歌復古之主張，其詩風轉變後閒適詩創作的意象，與其自覺所產生的文學風氣做為「文本分析」研究的方法。

其次，就詩歌閒適作品進行研究。本論文以白居易仕途任職與貶居時間〔註19〕或退官在五個章節中綜觀論述，探討白氏詩歌閒適意象與創作歷程。向來研究白氏詩歌的學者，大部分都是按照白氏所分的諷諭詩、閒適詩、感傷詩、雜律詩的分類，探討其詩歌的內容。白氏固然把自己詩歌分為四類，其分類中前三項是參酌了內容來分的，而雜律詩則是靠形式來分的。白氏這種分法，只用過兩次。第一次是在元和十年（815），貶到江州司馬時，把自己的詩歌八百餘篇，分為諷諭、閒適、感傷、雜律等等。第二次是長慶四年（824），由元稹編輯白氏詩文，命名為《白氏長慶集》，這時候也是按照上次的分類法來分類其詩歌。此後白氏好幾次編輯詩文集，在會昌二年（842），他七十一歲的時候，把《白氏長慶集》以後所編的詩文集，合定為二十卷，這就是「後集」。這時候白氏把自己的詩歌只分為格詩和律詩二類，

〔註18〕晚唐·司空圖著，郭紹虞集解：《詩品集解》，人民文學出版社，1963年版，第28頁。

〔註19〕參見王水照：〈論蘇軾創作的發展階段〉，收於《社會科學戰線》第一期（文藝學），1984年，頁259～269。（大陸學者王水照以詩人任職或貶謫為分期根據。）

不再用諷諭、閒適、感傷、雜律等名目來分了。因此本論文捨棄傳統完全依白氏早年的分類方式，是以白氏的心靈層面為主，探討其詩歌閒適意象創作的內涵。

白居易的一生，大部分過著仕宦生活，對其作品有相當大的影響，他是封建官僚制度下的官吏，同時也是為了實現理想與抱負的文人。筆者透過白氏任職與貶居時間的歷程，探究其詩風轉變與閒適詩形成，仕途順遂、變遷與否的外在壓力成為創作動力的因素之一，藉由白氏隨著自覺性意識的成長，其思想與文學觀經過淬鍊，其作品方成為具有生命力的詩歌篇章。日本文學作家廚川白村先生認為：

> 文藝作品也歸根於潛伏在作家生活深處的人類苦悶，所以通過了作品中所描繪的感覺與具體事物而表現出來的，就是潛藏在它裡面的作家的個性、生命、心靈、思想、情調與感情。〔註20〕

這說明白居易詩歌中蘊涵了生命情調，即是其對生命所抱持的感情態度，包含生活的遭遇、情感的發展、民生問題的關切等，所以白氏的氣質與精神滲入了他的全部作品。本論文研究分析白氏在閒適詩中寫景、詠物所呈現出來的文學意象，以詩歌傳達白氏豐沛的情感，彰顯白氏成為被注目的焦點，並反映白氏應對問題的態度與自然萬物對他的影響。

最終本論文研究白居易詩歌閒適所採取的研究方法，主要以歷史傳記的故事為主軸，聯綴每一時期帶有閒適意象的詩歌作品，探討其敘事閒適詩意象與創作歷程的興味；其後藉由其創作之思維轉折，探索其人生觀，藉著白氏詩歌閒適意象的轉進與創作表現，表達其超越形式的詩歌閒適意象，還有與其他詩人產生共鳴的詩作，呈現中唐詩歌的另一種文學風貌。

〔註20〕 日．廚川白村，林文瑞譯：《苦悶的象徵》，台北：志文出版社，1983年5月再版，頁37。

第二章　白居易詩歌閒適之社會文化

中唐白居易時，已有提出「閒適」的概念，並且把「閒適」納入儒家的「獨善」中，創作一系列的詩作加以印證，再進一步探尋，還可以發現中唐之前書寫閒適情調的詩人也不少，只是不以閒適名之。因而，探索中國閒適詩的源頭，便成了論文中的論點之一，再以白居易詩歌閒適為論述的核心主軸，探討白居易詩歌閒適意象。

本論文研究將「閒適意象」定位在「詩歌閒適文化」實踐行為所隱含的「託喻」觀念，除了呈現詩歌種種活動經驗與反省思辨外，還有與詩歌相關的一切社會文化活動。「託喻」這一詩歌文化術語最早出現在《文心雕龍・比興》:「觀夫興之託喻，婉而成章。」〔註1〕但並不意謂「託喻」這個觀念是由劉勰最早提出來。從詩歌實踐文化觀之，此一觀念從先秦以來便存在，卻有實無名，劉勰經過歷史經驗的省思，乃以「託喻」一詞加以定名，後世仍沿用著。〔註2〕

〔註 1〕南朝梁・劉勰撰，周振甫注：《文心雕龍注釋・比興》，臺北：里仁書局，1985 年，頁 569。

〔註 2〕清・馬位《秋窗隨筆》:「杜詩『萬里戎王子』……代為明皇寵任祿山，託喻之意。」收入丁仲祜編，《清詩話》(台北藝文印書館，1977)，冊下，頁 1057。清代陳啟源《毛詩稽古編》:「比、興雖皆託喻，但興隱而比顯。」(臺北：臺灣商務印書館，1983)。

第一節　白居易詩歌閒適之託喻

白居易〈自吟拙什因有所懷〉詩中有表述:「懶病每多暇,暇來何所為?未能拋筆硯,時作一篇詩。詩成淡無味,多被眾人嗤:上怪落聲韻,下嫌拙言詞。時時自吟詠,吟罷有所思。……」〔註3〕其中有嫌怪白詩無法呈現諧美婉轉的音樂性,修辭也流於拙率。很明顯,「眾人」挑剔的是白詩的語言形式問題,這與中唐以後齊梁詩風頗有復興之勢有關。〔註4〕因此,本論文透過「託喻」觀念,在詩歌文本自身的語言形式上涵蓋觀念性意義,更在與詩歌有關的文化活動中,必須把詩歌的創作、應用、解讀,總體的視為一種社會文化行為。

白居易期待「眾人」能夠體會作品的內在情志,卻不等同於「眾人」對作品內容的理解,也非要專注於語言形式諸問題。本論文透過白詩語言形式特色,採以「寄託式譬喻」,求其委婉勸諫與告曉,接以「情境連類」的觀念系統性進行理解,探討其詩歌文化的內涵。

「託喻」是中國詩歌文化的觀念性產物,在詩歌文化實踐的歷史進程中便有了不同的詮釋,也豐富它的意義。然則,本論文以白居易詩歌閒適為研究,顯其詩歌文化與「託喻」此一觀念史的探討,其目的在透過系統的理論性界說,來詮釋白居易詩歌閒適文化中蘊含著什麼意義,而觀念的詮釋有時必須以實踐事例做為依據。

《文心雕龍.比興》是論述性的文學批評專著,劉勰通過歷史的省思,對「託喻」做了抽象概念的表達。他據以反省的歷史經驗究竟是怎樣的社會文化經驗?透過劉勰《文心雕龍.比興》來闡釋白居易詩歌閒適文化中的「託喻」觀念:

〔註3〕唐.白居易著,謝思煒校注:《白居易詩集校注》,北京:中華書局,2009年11月第二次印刷,頁549。(本論文引白居易詩歌作品以謝思煒校注為本,之後章節引文註之校注本相同。)

〔註4〕關於聲韻和諧、修辭華美恰是此類詩風的顯著特色,中唐以後,齊梁詩風頗有復興之勢,可參見孟二冬:《中唐詩歌之開拓與新變》,北京:北京大學出版社,1998年,頁117～146。孟先生指出,大曆以後不但有人從理論上推崇齊梁詩風(如皎然),並出現許多仿效的詩作。

觀夫興之託喻，婉而成章，稱名也小，取類也大。關雎有別，故后妃方德；尸鳩貞一，故夫人象義，義取其貞，無疑於夷禽；德貴其別，不嫌於鷙鳥；明而未融，故發注而後見也。〔註5〕

從〈比興〉中明確看到的是劉勰對毛鄭箋釋《詩經》所涵具「比興」觀念的繼承，尤其「興」是一種語言上的「譬喻」以及義涉「政教諷諫」這兩個概念更為顯著。藉由這個概念延伸到白居易詩歌涉及「興體詩」得以成立的「起情」，以及其中所隱含「託喻」實為「情境連類」的意義，卻非單純直接由毛鄭箋釋《詩經》所表述的概念而來，透過還原歷史上的詩歌文化經驗，以明察白居易閒適詩文化中的「託喻」觀念。

本論文以白居易詩歌閒適文化為研究對象，原因有二：一是儒道佛思想深滲白居易生命底蘊，其詩歌與豐富的唐代文化融合，二是白氏詩歌語言形式特色，如何以「寄託式譬喻」見其情志，來探究詩歌閒適文化，涵蓋白氏的生活態度、價值觀、信仰、藝術、感知模式等思維活動。逐漸建立興之所喻，隱在言外，皆是作者個人的主觀情志，這種主觀情志並不是文本自身語言形式內所涵有之「意」，而是一種社會行為的意向，也就是何以要創作一首詩的原因與動機，以及一首詩意圖達到什麼目的的「目的動機」。

白居易詩歌閒適本意必須放在當時的社會背景之下，才能體會詩歌與豐富的唐代文化融合，其社會文化行為經驗的情境脈絡，才有可能被理解。以詩而言，白氏在創作詩的當下，實已預設了特定的對象，意圖對此對象有所勸諫或告曉。託喻「興體詩」，白氏本意如何發生？「起情」指的是白氏氣質之性，由於接觸外物、物象而引發的內在感覺經驗。這種觀念與《禮記．樂記》所謂「應感起物而動」之說實有淵源。《漢書．藝文志．詩賦略論》中也有提到漢武帝所採的歌謠：「皆感於哀樂，緣事而發」，這些觀念都可以較準確的描述興之託喻的詩篇，與白氏本意之所

〔註5〕南朝梁．劉勰撰，周振甫注：《文心雕龍注釋．比興》，臺北：里仁書局，1985年，頁569。

以發生的原因，以達到詩歌本身藝術性之外傳播社會文化的功能。

透過「託喻」理解詩歌，在歷史文化經驗脈絡中是較早的表現形態，白居易詩歌閒適「詩用」〔註6〕之社會文化行為現象，融合豐富的唐代文化，是本論文考察的範圍。所謂「詩用」指的是把詩當作「社會文化行為」的「語言形式」來使用，以達到詩歌本身藝術性之外的某種社會性目的。筆者在前人的研究基礎上，明白了先秦時代的「詩用」社會文化行為現象〔註7〕，這樣的行為非個人偶發性，是社會上某一階層普遍的、反覆的進行，並具有價值與目的的模式化行為。

朱自清在《詩言志辨》一書中，〈詩言志〉這一部分大量引述了《詩經》、《左傳》、《國語》、《晏子春秋》等典籍的記載，描述春秋以至漢代的「詩用」狀況。他把這些狀況分為四種：「一、獻詩陳志，二、賦詩言志，三、教詩明志，四、作詩言志」。〔註8〕筆者將在前人研究的基礎上，選擇其中與「託喻」有關的「詩用」行為，是什麼樣的「詩用」行為內涵託喻的觀念？本論文透過一、獻詩陳志。二、賦詩言志。三、作詩言志。詮釋社會文化行為現象，「託喻」觀念所表現的形態依「緣事而發」與「詩言志」來論述。

〔註 6〕理解詩歌「託喻」在歷史文化經驗脈絡中比較早期的「始原形態」，務必要了解先秦「詩用」的社會文化行為，到目前研究得比較有成果的當推顧頡剛、朱自清等人。（顧頡剛，《古史辨》，〈周代人的用詩〉，台北：明倫出版社，1970 年，更名為《中國古史研究》，冊三，頁 320～345 頁）。以朱自清最值得推許，他在《詩言志辨》一書中，〈詩言志〉這一部分大量引述了《詩經》、《左傳》、《國語》、《晏子春秋》等典籍的記載，描述春秋以至漢代的「用詩」狀況。（朱自清，《詩言志辨》，收入《朱自清古典文學論文集》，台北：源流出版社，1982）。

〔註 7〕「社會行為」是具有特定動機而指向他人的行為；而一種社會行為，假如歷時性或並時性的有多數人反覆操作，形成行為模式，即是「社會文化行為」。當一種「社會文化行為」普遍的發生，即可稱之為「社會文化行為現象」。有關「文化行為」是一種模式化行為，參見美國菲利普．巴格比（F. Bagby），《文化——歷史的投影》，台北：谷風出版社，1988，頁 82～106。

〔註 8〕朱自清，《詩言志辨》，收入在《朱自清古典文學論文集》，台北：源流出版社，1982。

第二節　白居易詩歌閒適之興寄

白居易初到江州時，思想還很不穩定，因為第一次遭受貶謫，心裡萬般不是滋味。他曾經有過這樣比喻自己：「傷禽側翅驚弓箭，老婦低顏事舅姑」，或對江南的生活感到有些不習慣，因而有時懷念家鄉：「江人授衣晚，十月始聞砧。一夕高樓月，萬里故園心。」詩中「託喻」司馬淚痕青衫思念京洛城都，舒緩白氏對江州新生活陌生造成的恐懼，努力克制自己要盡可能的適應新的環境，留滯年華晚，倘若不假以託喻哪能度華年？詩中有「若不坐禪銷妄想，即須行醉放狂歌。不然秋月春風夜，爭那閑思往事何？」然而這種貶謫往往是臨時性的，隨時都可以入朝再居高位。白氏到江州的時候，江州刺史便率領府內人員出郭相迎，詩有〈初到江州〉提到剛到江州的景況：

> 潯陽欲到思無窮，庾亮樓南湓口東。樹木凋疏山雨後，人家低濕水煙中。菰蔣餵馬行無力，蘆荻編房臥有風，遙見朱輪來出郭，相迎勞動使君公。〔註9〕

白居易作過翰林學士，天子的近臣，而且詩名滿天下，自非一般司馬可比。白氏初到江州，地方上的刺史、縣令對這種貶謫官，大都不願或不敢要求過多，有時反而給予一定的禮遇。白氏當時受權貴誣陷，被貶為江州司馬。江州屬「偏州惡郡」，是懲罰臣子的地方，白氏當時來到江州，正是秋天時候，不僅路長遠窘迫，人民的生活水準貧窮、落後，他的心情非常沮喪，卻以「何須戀世常憂死，亦莫嫌身漫厭生」主張人既不要怕死，但也不可輕生。白氏認為應該嚴肅正視現實，對待現實層面的問題。他正是懷著這種心情來到了江州。

白居易放眼望去：「樹木凋疏山雨後，人家低濕水煙中。菰蔣餵馬行無力，蘆荻編房臥有風。」白氏以為江州窮鄉僻壤，人煙罕至，與京都較之相去甚遠。又以「潯陽欲到思無窮，庾亮樓南湓口東」此樓雖是附會，實以庾亮嘗為江、荊、豫州刺史為託喻相迎；潯陽江南面樓眺望

〔註9〕謝思煒校注：《白居易詩集校注》，頁1241。

北方，實以白氏私心託向京都；梅雨連綿、潮濕炎熱、雲含瘴氣，白氏北人南來實難以適應而思念家鄉。

一直到白居易出任忠州刺史、長安任官與杭州刺史之前，白氏才發現江州物產豐饒，魚米之鄉，潯陽多美酒。白氏栽花植樹，引泉灌溉，設置草堂，廬山春有錦繡谷花，夏有石門澗雲，秋有虎溪冬有爐峰雪，白氏一到那裡便陶醉不已，山水悅目，琴書消憂，一上廬山十天半月不歸，此時可見白居易：「又願終老是鄉」，慢慢見其思維轉變，與凡事換個角度思考的人生觀。當他接到任命調離說：「身出草堂心不出」，發誓三年官滿欲歸來，後出任杭州太守，途經江州，果然不忘舊時的約定。其身「若遠行客過故鄉，戀戀不能去」，白氏其情似久別遊子歸鄉，濃情密意似回鄉情切。

對於白居易來說，被貶謫江州司馬是一個人生轉捩點。在此之前，他熱衷朝政，體現士大夫的擔當；在此之後，他把更多的時間與心思都投注在詩文創作中。「詩歌」為白氏贏得當世的聲譽，也奠定身後名，換言之，個人的生命意義有其不朽的價值，其詩〈初授秘監并賜金紫閑吟小酌偶寫所懷〉中云：「酒引詩前興，詩留身後名」〔註10〕，乃是因為作詩，可見不是「秘監」、「金紫」之權貴的地位。這種觀念，統括為「以詩立名」，白氏自居「詩人」的身份，同時透露出他對此事極為自信、自豪。白氏在病中昏睡自誇，其詩〈齋月靜居〉云：「病來心靜無一思，老去身閑百不為。忽忽眼塵猶愛睡，些些口業尚誇詩。」〔註11〕

白居易在創作上的自豪、自信乃源於他和「知音」詩友們的相互較量、競賽賦詩，激烈紙上爭戰才能確立自己的文壇地位。正如詩〈江州赴忠州至江陵已來舟中示舍弟五十韻〉中云：「早接文場戰，曾爭翰苑盟」〔註12〕，故白氏多次視元稹、劉禹錫為詩敵〔註13〕，甚至還曾

〔註10〕謝思煒校注：《白居易詩集校注》，頁1962。
〔註11〕謝思煒校注：《白居易詩集校注》，頁2036。
〔註12〕謝思煒校注：《白居易詩集校注》，頁1421。
〔註13〕這類說法，散見於白居易〈和微之詩二十三首并序〉、〈與劉蘇州書〉、〈留白唱和集解〉、〈與劉禹錫書〉諸篇。

埋怨與對方勢均力敵，〈劉白唱和集解〉詩中提到，導致自己「不得獨步於吳越間，亦不幸也。」〔註14〕陳寅恪指出：「當時文士各出其所作互事觀摩，爭求超越。」〔註15〕這都可以視為白氏「以詩立名」，自居為「詩人」的現實環境基礎。

白居易題詩表達自我真實的情感與生命價值的聯繫，指向對生命的肯定和生活的寄託，並追求自由與美的真諦，散發出詩歌涵養的人文氣息。其詩〈自題新昌居止因招楊郎中小飲〉中有云：「地偏坊遠巷仍斜，最近東頭是白家。宿雨長齊鄰舍柳，晴光照出夾城花。春風小榼三升酒，寒食深爐椀一茶。能到南園同醉否，笙歌隨分有些些。」〔註16〕白氏邀友飲酒品茗，書寫友人雅興與詩歌文化呈現的意象。白氏將詩視為自我生命經驗和價值理念的載體，從具體的事件來表情達意，題詩中涵蓋了贈別、酬謝、邀約、寄語等抒寫懷抱，往往不露謝字與勉強以情說愁，即能在事件的關鍵元素中突破客套，從而表達自己的看法，獲得巨大的思維空間，還有詩歌語言技藝運作下的表現張力，使其詩歌妙處橫生，富有文學價值，並增添藝術魅力。

「作詩」是指詩人自己寫作詩歌，白居易在現實社會中切身的感悟到某些事物，所以觸發了他去作詩，以達到「託喻」目的。貞元十六年（800），長安〈及第後歸覲留別諸同年〉，此首深刻的表達白居易置身長安及第後，歸洛陽，暮春南遊的情景：

> 十年常苦學，一上謬成名。擢第未為貴，賀親方始榮。時輩六七人，送我出帝城。軒車動行色，絲管舉離聲。得意減別恨，半酣輕遠程。翩翩馬蹄疾，春日歸鄉情。〔註17〕

從「擢第未為貴，賀親方始榮。時輩六七人，送我出帝城。」來看，白居易在現實社會中體會到「十年常苦學，一上謬成名」有深刻的感觸，

〔註14〕王水照：《傳世藏書集庫總集》7～12，全唐文1～6，海口：海南國際新聞出版中心，頁4774。

〔註15〕陳寅恪：《元白詩箋證稿》，北京：三聯書店，2001年，頁9。

〔註16〕謝思煒校注：《白居易詩集校注》，頁2061。

〔註17〕謝思煒校注：《白居易詩集校注》，頁496。

欲意「以詩訊之」。繼而在實存情境中，其喜悅之情溢於言表，從「軒車動行色，絲管舉離聲」情境寄託白氏及第是何等光榮，歡欣情境是一連串的鋪陳，透過微醺點染畫面「得意減別恨，半酣輕遠程」緩和了與家人別離之苦，酒酣耳熱後的啟程令人興奮，心裡知曉與家人的距離愈來愈近，但還夾雜一種情怯之情愫，催促聲在耳邊響起：「翩翩馬蹄疾，春日歸鄉情」一度的情怯隨著馬蹄疾而消逝，取而代之是及第榮光、喜孜孜的鄉情，再一次鋪陳白氏的心情，詩歌情境連類記錄了白氏心理的微妙變化。〈長安正月十五日〉：「諠諠車騎帝王州，羈病無心逐勝遊。明月春風三五夜，萬人行樂一人愁。」〔註18〕又〈晚秋閑居〉：「地僻門深少送迎，披衣閑坐養幽情。秋庭不掃攜藤杖，閑踏梧桐黃葉行。」〔註19〕白氏在長安準備應試無心逐勝遊，閒少與友朋往來，閒來每獨往，閒坐以養情。獨自表述心志，藉著自然景象與情境氛圍，流露詩寫的自由性，寫詩舵手雖是操之在己，但也要有特定的人事物，與之產生連結。〈題施山人野居〉描寫白居易在長安，應試前與及第後的時光：

> 得道應無著，謀生亦不妨。春泥秧稻暖，夜火焙茶香。水巷風塵少，松齋日月長。高閑真是貴，何處覓侯王？〔註20〕

「作詩」成為一種社會文化行為，白居易從「春泥秧稻暖，夜火焙茶香」與「水巷風塵少，松齋日月長」期許生活，春泥稻暖與夜火茶香託喻著人生希望，水巷與松齋意喻自我堅持的信念，詩歌意象產生情意的溝通符碼，從〈及第後歸覲留別諸同年〉、〈長安正月十五日〉、〈晚秋閒居〉、〈題施山人野居〉等詩，透露白氏十年苦讀，一朝金榜題名時的愉悅心情，其詩〈和鄭方及第後歸洛下閒居〉中有：「勤苦成名後，優遊得意間」〔註 21〕，白氏及第前後的心理轉折，不僅是詩歌意象情境的展現，其春風得意形象呼之欲出。詩歌構作出自於不負家族的期望，

〔註18〕謝思煒校注：《白居易詩集校注》，頁 1045。
〔註19〕謝思煒校注：《白居易詩集校注》，頁 1050。
〔註20〕謝思煒校注：《白居易詩集校注》，頁 1063。
〔註21〕謝思煒校注：《白居易詩集校注》，頁 994。

透過白氏與某種特定讀者雙向表意的媒介形式，有知足的味道，成為詩歌閒適文化中的託喻意義。

白居易詩歌的構成，除了是一種意象藝術性的經營，語言媒介形式上具有明顯的轉折，從白氏在江州時代到杭州時代，其閒適詩、感傷詩占大多數而近體體裁激增，古體詩的數量也並不少，元和十年近體大幅度增加的原因有兩點：一、白氏返京後不能恢復諫官職守的不滿心理，藉著鎔裁聲律、意境橫生的近體詩來表現。二、隨著被罷免諫官職務，白氏尊貴的心靈層面受到挫折，另一方面也釋放了白氏愛好律詩絕句的心聲。元和十年（815）江州司馬到元和十五年（820）忠州刺史，仕宦之途並不順遂，官場不得志，不斷受到貶降，他透過「作詩」表達心志，實寫官宦生涯與受挫的心靈，特別注意培養樂觀性格與修德養生，無論是以古人為師，或與友相濡以沫，或情景寫意都能透過詩歌的演繹，審其詩意「本用」的意義。〈偶然二首〉之一：

> 楚懷邪亂靈均直，放棄合宜何惻惻？漢文明聖賈生賢，謫向長沙堪歎息。人事多端何足怪，天文至信猶差忒。月離于畢何滂沱，有時不雨誰能測？〔註22〕

藉著對政治時事的詠懷詩，白居易自元和十年後有了遠離權力，避害保全的思想，這是對個人出處的思考。詩歌闡述不論在位者是荒淫無誕也好，還是聖明嚴君也罷，身為朝中臣者都有可能被貶或是遭遇殺身，人事的複雜根本無法預測，朝臣無法掌控，也非求神問卜可以解惑的。

〈偶然二首〉之一的創作，呈現白居易反思的思維，曾經的直言敢諫、不畏權貴、不憚災禍的行為，如今視為遠離禍端的契機。從「屈原」、「賈生」、「天文」、「月離」的託喻可知人事的變化，往往讓人措手不及。追求仕宦要節制自我欲望不易，要明哲保身避開讓人損傷的事情更需要智慧。白氏詠史緬懷賢者，提出了價值選擇「去者逍遙」、「早退似先知」的時間點。他透過「作詩」表達情志，透過詩歌演繹描述情

〔註22〕謝思煒校注：《白居易詩集校注》，頁1323。

景寫意，呈現詩歌閒適意象的經營藝術。當白氏貶謫至江州，希望像賈誼能夠召回京城，再次施展才能，但深知自己沒有賈誼那樣才華。〈江亭夕望〉審其詩意「本用」的託喻：

> 憑高望遠思悠哉，晚上江亭夜未迴。日欲沒時紅浪沸，月初生處白煙開。辭枝雪蕊將春去，滿鑷霜毛送老來。爭敢三年作歸計，心知不及賈生才。〔註23〕

白居易曾授秘書省校書郎，再官至左拾遺，可謂春風得意。誰知幾年京官生涯中因其直諫不諱，冒犯了權貴，受朝廷排斥，被貶為江州司馬而創作此詩。此詩雖然營造了蒼茫壯闊的氛圍，卻道出白氏貶謫後的不甘心情緒，更展現出白氏對於回京的渴盼。詩句「辭枝雪蕊將春去，滿鑷霜毛送老來」，白氏從季節的變化中，表達出年華已逝的感傷，描寫冬去春將來，雪花飛落的殘景，聯想到自己霜髮滿頭，年華逐漸老去。託喻的情感以情境連類，有系統的詮釋詩歌內涵，並藉「賈誼」之才華，寫下白氏內心澎湃未已的情切，他的本意在於回京的渴盼，在於比自己有才華的賈誼也都被貶謫離京，遭受困頓，卻希望像他一樣能夠再回到京城，白氏無奈的心情表露無遺。「爭敢三年作歸計，心知不及賈生才」，最後一句對應前文寫景詩句，情景相融合，昇華了情感，白氏發現朝暉夕陰，氣象萬千，西望落暉，東望月升，這何嘗不是人生？籠罩的霧霾，頓時散去，如躓踣再起，豁然開朗的人生態度。

白居易在貶謫文化史上代表著「從執著到超越的過渡性意義」。〔註24〕當元和十年貶謫到江州之後，重新思考仕宦出入與生命安頓，經過思辨，於元和十二年創作〈詠懷〉中：「自從委順任浮沉，漸覺年多功用深」〔註25〕，過一年〈遣懷〉：「已共身心要約定，窮通生死不驚忙」〔註26〕詩句中呈現窮通生死的泰然與心安，除了白氏對政治的表態，顯其達觀

〔註23〕謝思煒校注：《白居易詩集校注》，頁1321。

〔註24〕尚永亮：《貶謫文化與貶謫文學——以中唐元和五大詩人之貶即其創作為中心》，蘭州：蘭州大學出版社，2004年，頁248～254。

〔註25〕謝思煒校注：《白居易詩集校注》，頁1308。

〔註26〕謝思煒校注：《白居易詩集校注》，頁1362。

的洞見外，往後的詩歌創作中有了覺醒的闡述，其憤懣、其鬱塞，無端思緒無解，實指歷經遷謫後，有朝一日能夠萬里回京，鵬程似錦的情感熱烈，最後卻充滿著莫可奈何。白氏江州遷謫後創作重心走向情感的另一端，實踐在日常生活，在閒暇自適的內心深處省思，與友朋往來歌詠的哀傷與快樂，分享知足的篇章，都是白氏切身的感悟，以達到「託喻」目的。

白居易元和十五年（820）忠州刺史到長慶四年（824）杭州刺史，在任杭州刺史所寫的古體其精神很穩定，穩定精神的形成原因是：擔任過中書舍人，白氏作朝臣的自我意識高度成熟了，那麼「興之託喻」中詩歌創作的社會性「原因動機」與「目的動機」，實已顯著的包涵在此一行為之中，可知「作詩」不是單純屬於個人的「藝術創作」，是一種社會文化行為，其詩歌創作的語言構作並非被視為獨立自足的藝術經營，而是作詩者與某特定讀者雙向表意的媒介形式，其語言表達方式，的確有些採取「情境連類」的譬喻。透過白氏直接表述作詩的「本意」，其詩歌包含了他朝臣的身份和意識，還有對悠閒生活的閒適態度。

長慶二年（822）七月，白居易便接到罷去中書舍人，出任杭州刺史的正式任免。這是將他逐離「清貴」地位的一次貶謫，由於他「性疏」而導致的「命薄」，詩歌情境表現出個人的內心活動，然而白氏政治屢受挫折，精神無所寄託，在朝無所作為，尸位素餐，不如實際替老百姓做些事情。〈初罷中書舍人〉從詩歌個人藝術創作進行雙向表意媒介形式，外顯為社會文化行為：

> 自慚拙宦叨清貴，還有癡心怕素餐。或望君臣相獻替，可圖妻子免飢寒。性疏豈合承恩久，命薄元知濟事難。分寸寵光酬未得，不休更擬覓何官？〔註27〕

白居易遭貶謫至杭州，較當年貶至江州而言心情沒有那麼的沉

〔註27〕謝思煒校注：《白居易詩集校注》，頁1581。

重。杭州是天下名郡，物產豐饒，景色秀麗。他到那去任職，遠離京城是非之地，也不是一件壞事。長慶二年（822）〈長慶二年七月自中書舍人出守杭州路次藍溪作〉詩中可以了解得更清楚：「既居可言地，願助朝廷理。伏閤三上章，戇愚不稱旨。聖人存大體，優貸容不死。鳳詔停舍人，魚書除刺史。」〔註 28〕白氏的心裡稍能釋懷，經過心理調適後，他很快適應新的環境，創作的詩歌也有另外一種風貌與格調。

白居易自還朝以來，知足保和的思想更趨濃烈，當前朝政是是非非，更是常用這種思想來寬解自己。長慶三年（823），白氏在杭州刺史任，屢遊西湖。秋初病。八月遊靈隱，冷泉亭。九月，遊恩德寺，看泉洞竹石。白氏寫下西湖絕佳風景，靈隱寺世外桃源深處，還有生動的描寫冷泉亭記。長慶三年（823），白氏撇開榮辱窮達的精神羈絆之後，杭州西湖一帶的湖光山色，便足以讓他感到無限的滿足。透過〈杭州春望〉，可以讀到白氏的心聲：

> 望海樓明照曙霞，護江隄白踏晴沙。濤聲夜入伍員廟，柳色春藏蘇小家。紅袖織綾誇柿蔕，青旗沽酒趁梨花。誰開湖寺西南路，草綠裙腰一道斜。〔註 29〕

白居易將杭州春日最有特色的景色，鎔鑄篇章，舉凡春天的柳樹、蓬生的花草，湖光山景遍綠岸翠，「興之託喻」中將白氏心情道出，透過意象聯想來創作詩歌，並告曉其創作「原因動機」與「目的動機」的社會性。如詩中呈現「濤聲夜入伍員廟，柳色春藏蘇小家，紅袖織綾誇柿蔕，青旗沽酒趁梨花。」詩句中寫出白日眺望杭州西湖，濤聲夜入是想像之詞；女子紅袖舞姿與飲梨花酒，歌樓舞榭寫出杭州繁華景象。

劉禹錫有〈白舍人自杭州寄新詩有柳色春藏蘇小家之句，因而戲酬，兼寄浙東元相公〉詩云：「錢塘山水有奇聲，暫謫仙官領百城。女

〔註 28〕謝思煒校注：《白居易詩集校注》，頁 653。
〔註 29〕謝思煒校注：《白居易詩集校注》，頁 1623。

妓還聞名小小，使君誰許喚卿卿。鰲驚震海風雷起，蜃鬥噓天樓閣成，莫道騷人在三楚，文星今向鬥牛明。」〔註30〕長慶三年（823），元稹自同州刺史遷浙東觀察使在八月，劉禹錫和詩應在四年春天。朝日霞光映照春光，散發濃郁的春日意鬧，此詩從城外城內到西湖，遠近結合，次序井然，錯落有致。

白居易寫景詠古的原因動機與目的，行文之間透過自然的景色，記錄風物人情與友朋唱和的雙向表意社會化行為，洋溢著白氏讚美與喜悅之情。長慶二年（822）七月自中書舍人除杭州刺史，其豐富多樣化生活自有情韻，延續著春日負暄，節日眾歡的氛圍，點染了畫面。長慶四年（824），有詩〈正月十五日夜月〉裡的意象美感經驗讓白氏閒適意境活絡了起來：

> 歲熟人心樂，朝遊復夜遊。春風來海上，明月在江頭。燈火家家市，笙歌處處樓。無妨思帝里，不合厭杭州。〔註31〕

長慶四年（824），年豐人樂的日子帶給人們滿足的生活，修築錢塘湖堤，可蓄水、可灌田千頃，又濬城中六井，以供飲用。白居易解決當地百姓的問題，百姓豐衣足食，才能有興致玩樂。當夜正月十五熱鬧非凡，「燈火家家市，笙歌處處樓」，到處都有年節味兒，白氏年紀已五十三，走向暮年之際，但他仍心繫京都「無妨思帝里，不合厭杭州」，期盼有一日還是可以再回到京城。

白居易老來病相侵，華簪髮不勝，衰病無趣當詠懷，詩吟〈病中對病鶴〉：「但作悲吟和嘹唳，難將俗貌對昂藏。唯應一事宜為伴，我髮君毛俱似霜。」〔註32〕詩歌裡透過意象呈現老而彌堅的強大意志力，能與衰病相抗衡的元素，在於慢慢變老的藝術因子，是將閒適當做生活的重心。其詩〈歲假內命酒贈周判官蕭協律〉中提到：「腳隨周

〔註30〕劉禹錫：〈劉賓客文集〉卷三十一，第2a～2b頁。詩詞檢索：https://sou-yun.cn/QueryPoem.aspx。

〔註31〕謝思煒校注：《白居易詩集校注》，頁1644。

〔註32〕謝思煒校注：《白居易詩集校注》，頁1604。

叟行猶疾，頭比蕭翁白未勻。歲酒先拈辭不得，被君推作少年人。」〔註33〕與之託喻的勸諫、曉諭說給自己聽，也說給他人聽，彷若一個類似的情境，形成連類情境，顯得意象鮮明。白氏希望自己能處於寧心委順，身心安頓的處在逆境中的想法，還有懷抱著積極、進取的精神與創造人生的態度，其仕宦官途以任重道遠為旨歸。長慶四年（824），〈題州北路傍老柳樹〉中見其生命的韌性：

> 皮枯緣受風霜久，條短為經攀折頻。但見半衰當此路，不知初種是何人。雪花零碎逐年減，煙葉稀疏隨分新。莫道老株芳意少，逢春猶勝不逢春。〔註34〕

白居易透過景物來寫自己的經歷，詩作所寫的實存情境，是透過一種意象的傳達，詮釋曾幾何時的芳華已然零落，所有的豐功偉業已然陳跡，而逐漸衰弱的身體猶如路旁的老柳樹。即便如此，年過五十猶強力的白居易在〈題州北路傍老柳樹〉詩裡透露：「雪花零碎逐年減，煙葉稀疏隨分新。莫道老株芳意少，逢春猶勝不逢春。」這樣強烈的意象藝術性，白氏的容光仍未稍歇，即便歡愛忽蹉跎已成往事，白氏還是期待芳意再現呢！筆者從白氏詩歌現實經驗脈絡中，覓得類似情境，形成連類的譬喻效果，藉此相感觸動，達到勸告的目的即便是一種託喻，這樣的識見是從客觀事實，所產生的情感依附，連帶著懷抱希望，遙遙地期待春天的到來。

白居易喜歡在各種場合或人跡罕至的深山來賦詩，歌詠詩篇寄託己意或吟詠詩友詩篇一解相思的行為，以歌詠詩篇寄託己意為本意。賦詩言志是一種對詩意的轉用，此一社會文化行為背後也隱涵著託喻的觀念。顏之推曾在《顏氏家訓》提到：「沈隱侯曰：『文章當從三易：易見事，一也；易識字，二也；易讀誦，三也。』」〔註35〕提出詩歌語

〔註33〕謝思煒校注：《白居易詩集校注》，頁1639。

〔註34〕謝思煒校注：《白居易詩集校注》，頁1644。

〔註35〕北齊．顏之推著，王利器集解：《顏氏家訓集解》，台北：明文書局，1982年，卷9，頁239。

言應當淺易易懂，注意雅俗結合，表明了他要求詩風由雅向俗轉化的用意。元和十五年（820），忠州〈房家夜宴喜雪戲贈主人〉提到留宿白氏的房東與他的互動，勸飲與遊戲跌宕起伏，橫生趣味：

> 風頭向夜利如刀，賴此溫爐軟錦袍。桑落氣薰珠翠暖，柘枝聲引管弦高。酒鉤送盞推蓮子，燭淚粘盤壘蒲萄。不醉遣儂爭散得，門前雪片似鵝毛。〔註36〕

白居易對於發生在身邊的事情，一有了觸發往往創作成詩，感受特別深，其閒適寫意寄託詩句中，帶有勸飲與告曉的情境連類。白氏沒有直接描寫雪景，而是通過視覺、聽覺、觸覺等感官來詮釋房家夜宴喜雪戲。風雪俱驟，戶外月光掛窗，寒意侵來，屋裡溫爐錦袍，厚厚的積雪劃過竹子，聲響可聞。白氏感主人良意特此贈詩。那樣的夜晚他與友人終夜不寐，透過「桑落氣薰珠翠暖，柘枝聲引管弦高」的樂音舞蹈，並穿插飲酒遊戲「酒鉤送盞推蓮子，燭淚粘盤壘蒲萄」的喜樂氣氛，在積雪夜裡顯得格外熱鬧。長慶三年（823），杭州〈題小橋前新竹招客〉詩云：

> 雁齒小紅橋，垂簷低白屋。橋前何所有，苒苒新生竹。皮開拆褐錦，節露抽青玉。筠翠如可餐，粉霜不忍觸。閑吟聲未已，幽玩心難足。管領好風煙，輕欺凡草木。誰能有月夜，伴我林中宿？為君傾一杯，狂歌竹枝曲。〔註37〕

白居易喜好吟詩端賴於天性，自覺與體認自己創作與當代作家不同，所謂「閑吟聲未已，幽玩心難足。管領好風煙，輕欺凡草木。」又「誰能有月夜，伴我林中宿？為君傾一杯，狂歌竹枝曲。」詩句通俗明白，曉暢易懂。白氏詩歌由雅走向俗的道路，其用意在於雅俗共賞，思維有之。白氏堅持如何寫詩、吟詩，並透過自吟、自思來理解自己，其詩云：「人各有一癖，我癖在章句」，藉由詩歌朗朗與白氏精神上相聯繫，誠如《顏氏家訓》提到寫文章：「學為文章，先謀親友，得其評裁，知

〔註36〕謝思煒校注：《白居易詩集校注》，頁1478。
〔註37〕謝思煒校注：《白居易詩集校注》，頁691。

可施行，然後出手。」〔註 38〕言及詩歌與寫文章一樣，創作階段與作品形成，如果能得到親朋好友的評論與討論，才是審慎與嚴格的態度。白氏深知世人偶有不喜朗讀聲響徹雲霄，所以多半在戶外的公開場合賦詩言志，詩歌裡常流露尋求古人的認同與理想典範的追尋，基本上也是一種再創造的行為。元和十年（815），江州〈題潯陽樓〉：

> 常愛陶彭澤，文思何高玄。又怪韋江州，詩情亦清閑。今朝登此樓，有以知其然。大江寒見底，匡山青倚天。深夜湓浦月，平旦爐峰煙。清輝與靈氣，日夕供文篇。我無二人才，孰為來其間？因高偶成句，俯仰愧江山。〔註 39〕

白居易愛好吟詩歸於自己的天性，並有意識自覺自己的創作與當代風氣相異，除了自思自吟詩外，故常以前人為知音，還深入了解創作的背景，故寫出：「常愛陶彭澤，文思何高玄。又怪韋江州，詩情亦清閑。」白氏視陶、韋為知音，此時白氏登潯陽樓所思所感皆化為創作的養分，自發性吟詩才是所重視的表演本身，而聽者與讀者喜歡或嫌棄，這是對自己作品關注才會意識到詩歌是否為人接受或注意。在未經歷江州貶謫前的白氏，對於「詩歌合為事而作，文章合為時而著。」的準則深信，因此當他在讀陶淵明、韋應物詩的時候，應該是思索到：「言者志之苗，行者文之根。所以讀君詩，亦知君為人。」透過言行舉措來詳察人的志向，白氏也曾在〈與元九書〉表述過，這也是儒家文學觀念之一，所以白氏在閱讀陶、韋的詩歌作品時，可以想像其為人。

白居易時常吟詠自創的詩作，陶彭澤與韋江州，與白氏不同時，亦常吟罷有所思，此外復誰愛？摯友元稹，常與白氏互相吟誦作品，透過賦詩，不僅認識了自己，亦與前人、好友成為知音。前人詩作成為白氏的理想典範，與好友們相隔遙遠透過詩歌互吟，天涯也咫尺。元和三

〔註 38〕《抱經堂》本《顏氏家訓》卷四頁 8、《知不足齋》本《顏氏家訓》卷四頁 3 均作「得其評裁，知可施行」。《知不足齋》本《顏氏家訓》，卷四，頁 3「行」字下注曰：「一本無此四字」。王利器所引宋本原注同。

〔註 39〕謝思煒校注：《白居易詩集校注》，頁 593。

年（808），長安〈松齋自題〉有云：

> 非老亦非少，年過三紀餘。非賤亦非貴，朝登一命初。才小分易足，心寬體長舒。充腸皆美食，容膝即安居。況此松齋下，一琴數帙書。書不求甚解，琴聊以自娛。夜直入君門，晚歸臥吾廬。形骸委順動，方寸付空虛。持此將過日，自然多晏如。昏昏復默默，非智亦非愚。〔註40〕

白居易始終將情感性因素視為創作中賦詩的要件，而精確的時間感加深了空間的對比性，以松齋、琴、書之意象表達閒適意境與文化之關係。白氏創作此詩任翰林學士年齡大約是中青代：「非老亦非少，年過三紀餘」，時空流轉，白氏朝登一命初，客氣的說自己的才華有限，給予的待遇已滿足；透過日常生活寫照，亦能在政治有所發揮感到滿意，這有了雙重的意味。「夜入」、「晚歸」作為翰林學士，經常在晚間被皇上召去，起草詔書，補苴罅漏的。對於生活與理想的追求，白氏希望就這樣持續下去：「形骸委順動，方寸付空虛。持此將過日，自然多晏如。」隱含不辜負時光，不讓時光虛度，人生當是怡然自得。安史之亂後，唐憲宗勵精圖治，改革政弊；勤勉政事，重用賢良，力圖中興。唐憲宗在削藩政策上有了顯著效果，重振大唐中央政府的威望。

白居易此詩創作在唐憲宗「元和中興」期間，政治之風相對清明，其「兼濟天下，獨善其身」期待實現的心理意境，表述在「昏昏復默默，非智亦非愚」的難得糊塗裡，白氏是對生活難得糊塗，或是在政治難得糊塗，還是人生呢！他「窮獨善其身，達兼善天下」的心理層面，能與大唐中興相應和，給予他多少希望，他也是殷勤的、懇切的期盼著。

第三節　白居易詩歌閒適之詠懷

白居易非常擅寫詩歌，也特別喜歡寫詩，特別是遇到名勝古蹟，總會留下一鱗半爪。白氏於元和十五年解忠州刺史，經三峽返京，當船

〔註40〕謝思煒校注：《白居易詩集校注》，頁468。

行至巫峽時，就在神女祠邊靠岸，仰視這千古神奇的山峰，然後乘輿遊覽神女祠。當時白氏出人意料的沒有題詠。就當時而言，白氏見到繁知一在牆上題了一首詩：「忠州刺史今才子，行到巫山必有詩。為報高唐神女道，速排雲雨候清詞。」〔註 41〕白氏之所以不肯題詩，並非江郎才盡而是當時感受並不深刻，白氏的創作一定要有意興遄飛，揮筆甫暢，若是無病呻吟，賣弄文詞，白氏不屑為之。

白居易沒有在神女祠題上一首詩，心裡其實也不痛快，但又無可奈何。這可以從他的〈題峽中石上〉一詩看出來：「巫山廟花紅似粉，昭君村柳翠於眉。誠知老去風情少，見此爭無一句詩？」〔註 42〕真正偉大的詩人最善於藏拙，看到別人已經有好詩寫出來了，自己若再寫，也難以超越，那就乾脆不寫，讓人出風頭則罷，何必要爭一詩之勝呢？

元和五年（810），白居易為左拾遺、翰林學士奉詔寫真於集賢殿御書院，時年三十九。此時賦詩者之意，只能由當事人，即他賦詩所針對之「聞詩者」——特定讀者，在彼此所涉入的社會文化行為經驗脈絡中，就「實存情境」聯想而感悟。元和五年（810），白居易在長安〈自題寫真〉：

> 我貌不自識，李放寫我真。靜觀神與骨，合是山中人。蒲柳質易朽，麋鹿心難馴。何事赤墀上，五年為侍臣？況多剛狷性，難與世同塵。不惟非貴相，但恐生禍因。宜當早罷去，收取雲泉身。〔註 43〕

此時的白居易已經意識到，自己狂狷的性格，處在朋黨傾軋的朝廷，很可能會帶給自己滅頂之災。白氏吟詠：「蒲柳質易朽，麋鹿心難馴」，採

〔註 41〕繁知一，生卒年不詳，秭歸（今屬湖北）人，憲宗元和十五年（820），白居易解忠州刺史，將經三峽返京，繁知一預作〈書巫山神女祠〉一詩：「忠州刺史今才子，行到巫山必有詩。為報高唐神女道，速排雲雨候清詞。」白居易見詩，召與同遊，而卒不賦詩。《全唐詩》即存此一詩，事跡見《雲溪友議》，卷上、《唐詩紀事》，卷五。

〔註 42〕謝思煒校注：《白居易詩集校注》，頁 1430。

〔註 43〕謝思煒校注：《白居易詩集校注》，頁 519。

用比興手法，進一步詮釋自己身為山中人的篤定和自豪，接著以自責、自嘲口吻：「何事赤墀上，五年為侍臣」，說明這五年來的官宦生涯有苦難言，「赤墀」在白氏筆下，已有萌生退隱之意。這對於有：「丈夫貴兼濟，豈獨善一身」想法的白氏，「退隱」勢必有隱情。白氏自問自答：「況多剛狷性，難與世同塵」，其諷諭詩已令人如坐針氈，當時常以耿直進諫，當朝波譎雲詭，適時峻拒百官，得以明哲保身。

詩中常有意外之語：「不惟非貴相，但恐生禍因」，超越時間性，對於生命歷程與階段性發出震憾的覺醒。從元和六年（811）白居易母喪，與元和十年（815）武元衡被刺事件，成為日後的預言。題畫詩歌超越現實，透過距離的阻隔與死生的別離，莫過於白氏對自己的了解。意象藝術性之託喻比興，落實藝術文本與人的意識活動，經過白氏文本的提示與其心理過程，重新生發圖像而建構出意象，傳遞其抒發政治經歷的榮辱進退，在生活波瀾挫折裡逐漸老成，猶能安於過日晏如，枚乘猶可企。元和十二年（817），〈題舊寫真圖〉：

> 我昔三十六，寫貌在丹青。我今四十六，衰悴臥江城。豈止十年老，曾與眾苦並。一照舊圖畫，無復昔儀形。形影默相顧，如弟對老兄。況使他人見，能不昧平生？羲和鞭日走，不為我少停。形骸屬日月，老去何足驚。所恨凌煙閣，不得畫功名。〔註44〕

此詩寫於白居易江州司馬任上之時，白氏面對舊寫真產生了時光飛逝，人事已非的感慨，滲透著往事如煙之深沉愁苦，然而白氏不擔心老去，可恨是未能效國盡忠，懼怕畫像不能入凌煙閣。〔註45〕白氏雖然貶謫

〔註44〕謝思煒校注：《白居易詩集校注》，頁642。

〔註45〕凌煙閣，位於今陝西省長安縣內，毀於戰火。唐太宗為表彰功臣勛績所建的樓閣。內懸掛二十四名功臣的畫像，由閻立本繪，唐太宗親自作贊，褚遂良題閣。《新唐書．卷二．太宗本紀》：「戊申，圖功臣于凌煙閣。」唐，白居易〈題酒甕呈夢得〉詩：「凌煙閣上功無分，伏火爐中要未成。」後泛指表彰功臣的殿閣。宋．汪藻〈醉別劉季高侍郎〉詩：「英姿合上凌煙閣，巧譜曾遭偃月堂。」

在江州，仍心繫未能為國建功立業，可知其兼濟思想之深。又過十二年（829），白氏在長安，年五十六歲，睹此舊寫真，感懷於心，其詩〈感舊寫真〉句中：「朱顏與玄鬢，日夜改復改。無磋貌遽非，且喜身猶在。」〔註 46〕白氏面對二十幾年前的個人畫像，產生朱顏已逝的感嘆，此時白氏經歷了複雜的政治鬥爭，到了晚年其思想較為保守，凌煙麒麟之志，也漸漸銷聲匿跡，白氏感到還能活著，就是一件可喜的事情了。

會昌二年（842），白居易 71 歲時罷太子少傅，以刑部尚書致仕。白氏又寫真於香山寺藏經堂，因觀畫撫今追昔，生發感慨。其〈香山居士寫真詩〉：「今為老居士，寫貌寄香山。鶴毳變玄髮，雞膚換朱顏。前形與後貌，相去三十年。勿歎韶華子，俄成婆叟仙。請看東海水，亦變作桑田。」〔註 47〕白氏追憶從 37 歲身為翰林學士到 71 歲的容顏衰老，歎世事變化之速，滿含傷老之情。此時白氏已皈依佛教，了無「兼濟」之心。白氏以自題寫真寄寓人生感慨之情，並從詩中觸及到白氏的情感歷程。元和十一年（816），任江州司馬，白氏常於春天遊歷廬山，薔薇雖正開，時有狂風急雨，枝頭稀疏落英繽紛，晚來惆悵誰知否？唯有杜康春酒熟。當時白氏多與禪師僧人遊〈晚春登大雲寺南樓贈常禪師〉：「花盡頭新白，登樓意若何？歲時春日少，世界苦人多。愁醉非因酒，悲吟不是歌，求詩治此病，唯勤讀《楞伽》。」〔註 48〕又〈遊寶稱寺〉：「竹寺初晴日，花塘欲曉春。野猿疑弄客，山鳥似呼人。酒嫩傾金液，茶新碾玉塵。可憐幽靜地，堪寄老慵身。」〔註 49〕相傳陶淵明之九世孫，名智滿，始出家於寶稱寺，故以唐寶稱大律師（江南講僧）為號焉。詩中提到春遊經歷，夏綠春花綻放，野猿山鳥親暱或襲人，茶酒情意相減愁，總不及勤讀《楞伽》，老慵身尚有一處幽靜地。元和十一年（816），〈早春聞提壺鳥因題鄰家〉：

〔註 46〕謝思煒校注：《白居易詩集校注》，頁 1763。
〔註 47〕謝思煒校注：《白居易詩集校注》，頁 2738。
〔註 48〕謝思煒校注：《白居易詩集校注》，頁 1273。
〔註 49〕謝思煒校注：《白居易詩集校注》，頁 1277。

厭聽秋猿催下淚，喜聞春鳥勸提壺。誰家紅樹先花發，何處青樓有酒沽？　進士粗豪尋靜盡，拾遺風采近都無。欲期明日東鄰醉，變作騰騰一俗夫。〔註50〕

白居易〈早春聞提壺鳥因題鄰家〉提到「提壺」〔註51〕是一種鳥，其叫聲「提壺來、提葫蘆」，至今一千五百九十幾年，然愛喝酒的詩人，聽聞牠的聲音自然覺得親切。話說陶淵明隱於廬山，江州刺史王弘頻頻攜酒來訪，陶淵明不理不采。有個叫秀兒的女孩心太軟，讓王弘和隨從躲在樹後，當陶淵明遊山回程忽聞酒香，秀兒適時呼人「提壺來」，陶淵明猛灌幾口，待王弘現身才知上當。某年陶淵明無酒過重陽，忽有白衣人來，正是王弘遣人送酒，成就文學史上「白衣送酒」佳話。

白居易於元和八年（813）創作〈效陶潛體詩十六首並序〉〔註52〕、〈訪陶公舊宅並序〉〔註53〕等詩，詩中寫到效法陶淵明「開瓶瀉罇中，玉液黃金脂」與「人間榮與利，擺落如泥塵」，白氏尚還能「以酒養真」，而擺落榮與利，力猶未逮。白氏詩歌題目標榜學習陶潛，可以說是效法陶潛作品寫得很多，無法指稱近似陶詩。黃庭堅《跋書柳子厚詩贈王觀複》提到：「後代學者多認為白居易自效陶詩數十篇，終不近也。」蔡啟《蔡寬夫詩話》：「淵明詩，唐人絕無知其奧者，惟韋蘇州、白樂天嘗有效其體之作，而樂天去之亦自遠矣。」〔註54〕所以蔡啟說白居易：

〔註50〕謝思煒校注：《白居易詩集校注》，頁1278。

〔註51〕謝思煒校注：《白居易詩集校注》，頁198。

〔註52〕謝思煒校注：《白居易詩集校注》，頁498。

〔註53〕謝思煒校注：《白居易詩集校注》，頁594。

〔註54〕北宋．蔡啟《蔡寬夫詩話》，詩論專著，卷數不詳。成書年代不詳。蔡寬夫，生卒年不詳。宋代有二，一名居厚，字寬夫，進士及第，累官至吏部員外郎，一名啟，字寬夫，歷任檢點試卷官、太學博士侍郎。《蔡寬夫詩話》撰者是誰待考。清人．朱緒曾《開有益齋讀書志》段為蔡啟著，今人郭紹虞《宋詩話考》則定為蔡居厚著。原書已佚，郭紹虞自《苕溪漁隱叢話》等書中輯出87則，編入《宋詩話輯佚》。《蔡寬夫詩話》今存八十七多條，多品評詩人詩作，兼及遺聞軼事、聲律音樂、典章制度、風土習俗等，其中不少精闢見解為後人稱引。如論詩力主「天然自在」、「語意自到」，反對用事過多，勞辛苦吟，說：「天

「樂天寄退閒，放浪物外，若真能脫屣軒冕者；然榮辱得失之際，銖銖較量，而自矜其達，每詩必著此意，是豈真能望之者哉，亦力勝之耳。」〔註 55〕白氏最不能忘情的是世俗之情，故發而為詩，僵身軀道，其實不悟此理。人世間的各種欲望貫串得失，仍不忘其功名富貴的追求。〔註 56〕白氏仰慕陶潛其人其詩，品格是人生的修養，詩的功夫恰在詩外。詩中藉著東鄰說話西鄰醉，久要不忘平生言，亦寓含勸酒之義，另一個層次「進士粗豪尋靜盡，拾遺風采近都無」，猶如百畝田中半是苔，桃花徑沒菜花開，儼然已成為尋常勞力者。這都是藉由白氏題詩所隱含的託喻觀念。江州無文化、無音樂，地勢又低溼，瘴癘之氣頗重，四周圍繞著黃廬苦竹，聽到的是杜鵑、猿啼，白氏謫居又臥病，可見心情的惡劣。白氏本就喜愛大自然，於是本著追隨陶淵明的自在，境隨心轉，心情自然有所改變。元和十一年（816），江州〈題元十八谿居〉：

> 溪嵐漠漠樹重重，水檻山窗次第逢。晚葉尚開紅躑躅，秋芳初結白芙蓉。聲來枕上千年鶴，影落杯中五老峰。更愧殷勤留客意，魚鮮飯細酒香濃。〔註 57〕

由於白居易境隨心轉，心情改變，不再對於貶謫之事耿耿於懷，只有淡化情緒才會有了轉化後的出口。當時苦竹轉為修竹，低溼的湓江地轉為風候稍涼、少瘴癘與蛇虺蚊蚋的江州，此外白氏還品嚐到肥嫩的湓

下事有意為之，輒不能盡妙，而文章尤然。」

〔註 55〕郭紹虞：《宋詩話輯佚》二卷，中華書局出版，1980 年 9 月，卷下〈蔡寬夫詩話〉。

〔註 56〕《本事詩》記載：「白尚書姬人樊素善歌，妓人小蠻善舞。詩曰：『櫻桃樊素口，楊柳小蠻腰。』」樂天至愛此二舞者。對於其人生態度，其晚年致仕，在洛陽蓋一別墅。其〈池上篇〉說：「十畝之宅，五畝之園。有一水池，有竹千竿。有堂有亭，有橋有船。有書有酒，有歌有弦。有叟在中，白鬚飄然。」別墅中還養了很多歌姬侍妾。這是白居易的生活方式之一，也不能評斷是與非，但一個沉迷於：「櫻桃樊素口，楊柳小蠻腰」的詩人，其精神世界應該是無法與陶淵明相似的。唐．孟啟撰：《本事詩》，中華書局出版，2014 年 3 月北京第一次印刷，頁 88。

〔註 57〕謝思煒校注：《白居易詩集校注》，頁 1287。

魚和陳年江州酒。〈題元十八谿居〉是白氏謫貶江州擔任司馬時期，為好朋友元宗簡所寫的一首七言律詩，主要描述主人莊園景色之雅麗。

白居易從友人在廬山下的依山傍水的莊園途中寫起，層層遞進，描寫景色宜人的住所及主客歡樂融融的情景。潺潺的溪水，彌漫的嵐氣，茂密的森林，依次迎面撲來，極富有層次感。白氏將鏡頭再往前推移，看到是錯落有致的水柵，面山而鑿的小窗。「溪嵐漠漠樹重重，水檻山窗次第逢」，白氏描繪了次第相逢的許多意象，氣勢顯得壯闊，進而渲染了莊園所在位置的幽邃。實寫環溪的近景：「晚葉尚開紅躑躅，秋芳初結白芙蓉」這一意象透過杜鵑、芙蓉花的描寫，開展了一幅夏秋之際境界。白氏題詩託喻詩境，是寄託與告曉，是自我營造的詩境，必然打上白氏的烙印，成為白氏自我性格、情趣和經驗的返照。詩作講究構圖美學，敷彩彷若自然即景，「紅躑躅」、「白芙蓉」兩色入詩，鮮明對比，色彩效果十分強烈。分別以「尚開」、「初結」動詞修飾，花卉此開彼落，生機無限，夏秋多情的綠語花意，在友人谿居一帶自然綿延不絕。

蓋在廬山附近的友人莊園，依山傍水，通過次第的刻劃，已有人間仙境的氛圍，詩的頸聯轉入虛寫，強化了仙境飄然。「千年鶴」巧用丁令威的典故〔註 58〕，顯示主人應該是看破紅塵，超然世間滄桑變化的非凡人物。「影落」句則是說，處於這個淡雅絕俗的居室中，飲酒品茶之際，亦可遠眺窗外的山川景物，已是令人愜意，更為奇妙神往，遠處的五老峰影卻能倒映在杯子中，谿居的明淨便自不待言了。此處著一「落」字，尤為神妙，似乎五老峰影是一個物體，會落入杯中。想像之奇，令人歎為觀止。全篇以「更愧殷勤留客意，魚香飯細酒香濃」結

〔註 58〕 丁令威，本遼東人，學道於靈虛山。後化鶴歸遼，集城門華表柱。時有少年，舉弓欲射之。鶴乃飛，徘徊空中而言曰：「有鳥有鳥丁令威，去家千年今始歸。城郭如故人民非，何不學仙離塚壘？」遂高上沖天。今遼東諸丁，云其先世有升仙者，但不知名字耳。晉．干寶撰，陶淵明，李劍國輯校：《新輯搜神記．新輯搜神後記》第一卷，北京：中華書局，2012 年 7 月。

語，主客開懷暢飲，其樂融融的情景，呈現情感的心理活動，意象的藝術性便在人的意識活動之中。白居易於元和四年（809），長安〈送王十八歸山寄題仙游寺〉，寄題寫意，描摹自然，流露白氏對王十八歸山的羡慕之情：

曾於太白峰前住，數到仙遊寺裡來。黑水澄時潭底出，白雲破處洞門開。林間暖酒燒紅葉，石上題詩掃綠苔。惆悵舊遊那復到，菊花時節羨君迴。〔註59〕

白居易當時在長安回憶往日多次到仙游寺，透過寄題寫景贈別，文字明白曉暢來託喻仙游寺山林與人和諧之景色。描摹自然細膩，不顯雕琢，「黑水澄時潭底出，白雲破處洞門開」呈現空間遠近的山水景觀。時當秋日，其境清幽宜人，白氏聯想到自己肩負官職不能與友同遊，感到惆悵惋惜，「林間暖酒燒紅葉，石上題詩掃綠苔」，暖酒題詩則有閒情逸致，綠苔題詩更添野意之趣。對於友人仕途不順，得以歸家，詩句「惆悵舊遊那復到，菊花時節羡君迴」，還能逢秋季舊地重遊，感到羡慕不已，同時勸慰王質夫藉此消煩解憂。白氏題詩託喻寄寓仙遊與自然之融合，常以行路步尋松喬與杏林，期能「淡染雲霞五色丸，杏林朝罷對花披」，白氏相信煉丹的長生說法顯而易見，他也學習過煉丹之術。元和十一年（816），江州，有詩〈尋王道士藥堂因有題贈〉：

行行覓路緣松嶠，步步尋花到杏壇。白石先生小有洞，黃芽姹女大還丹。常悲東郭千家冢，欲乞西山五色丸。但恐長生須有籍，仙臺試為檢名看。〔註60〕

白居易活了七十五歲，與同時期的詩人比較是最為長壽的。古代醫療條件落後，壽命普遍不長，白氏長壽的原因和他煉丹有關係嗎？元和十五年（820），忠州〈不二門〉詩句中：「亦曾燒大藥，消息乖火候。至今殘丹砂，燒乾不成就。」〔註61〕白氏早年在廬山經營草堂，和郭

〔註59〕謝思煒校注：《白居易詩集校注》，頁1071。
〔註60〕謝思煒校注：《白居易詩集校注》，頁1297。
〔註61〕謝思煒校注：《白居易詩集校注》，頁864。

虛舟方士學習煉丹一事，並且快要出師，此時卻接到朝廷任命走馬上任的消息，煉丹的事情也就暫且放下。白氏還是非常相信煉丹能夠長生的說法：「白石先生小有洞，黃芽奼女大還丹」，恆煮白石為糧，煉銀於鉛，神物自生，灰池炎鑠，鉛沉銀浮，潔白見寶，可造黃金牙。所以金丹之為物，燒之愈久，變化愈妙，黃金入火，百煉不消。埋之，畢天不朽。服此二物，煉人身體，故能令人不老不死。詩句中：「常悲東郭千家冢，欲乞西山五色丸。但恐長生須有籍，仙臺試為檢名看。」想要容顏年少，長生永駐，還得看看神仙簿本是否有他的名字？「只自取勤苦，百年終不成」，試問能壽與天齊，千萬人無一，變故在斯須，百年誰能得？長慶二年（822），長安至杭州途中〈題別遺愛草堂兼呈李十使君〉：

> 曾住爐峰下，書堂對藥台。斬新蘿徑合，依舊竹窗開。砌水親開決，池荷手自栽。五年方暫至，一宿又須回。縱未長歸得，猶勝不到來。君家白鹿洞，聞道亦生苔。〔註62〕

白居易題詩寄題給李渤，只要讀詩，不由分說，彼此間舉目會心。元和十二年（817），江州司馬，廬山草堂成居之。香爐峰居北面，遺愛寺在西偏。白石何鑿鑿，清流亦潺潺。廬山草堂環境優雅，渾然天成，良景宜人，白鹿洞書堂在廬山東南，爛熳姿情花盛開，紅顏桃李以結子。詩句言書堂對藥台，猶知白氏煉丹一事已生活化，非難嘗丹藥而是未能試煉成功。

詩中題別遺愛草堂，「斬新蘿徑合，依舊竹窗開」。喜言山石榴自廬山移到忠州，又將前往杭州，根損斬新栽，花開依舊數，縱然前後時光，過了將近五年之久，「縱未長歸得，猶勝不到來」的曼妙花期殊勝。白居易題寫李渤兄弟隱於廬山之事，嘗養白鹿自娛，修樓建亭書堂故以此名之。白氏過江州贈李渤一詩中，提到「君家白鹿洞，聞道亦生苔」，可知煉丹與聞道為他的生活重心之一，他偕李渤訪禪師

〔註62〕謝思煒校注：《白居易詩集校注》，頁1593。

修道〔註 63〕，無論遭逢環境優劣與否，都能生發勇氣與生命本能，宛如「白日不到處，青春恰自來。苔花如米小，亦學牡丹開。」靠自己煥發出生命力的光采，若了解「各自心情在，隨渠愛暖涼。青苔問紅葉，何物是斜陽。」就能感受到：「砌水親開決，池荷手自栽」的成就喜悅，何其自在。元和十三年（818），江州，有詩〈題遺愛寺前溪松〉貼切的表達白氏在廬山草堂閒適幽棲處：

> 偃亞長松樹，侵臨小石溪。靜將流水對，高共遠峰齊。翠蓋煙籠密，花幢雪壓低。與僧清影坐，借鶴穩枝棲。筆寫形難似，琴偷韻易迷。暑天風槭槭，晴夜露淒淒。獨憩依為舍，閒行繞作蹊。棟樑君莫採，留著伴幽棲。〔註 64〕

題詩的緣由在於對廬山草堂的生活模式，與季節遞嬗的情境描寫，具有特別的感觸，題寫一段關於自己當時的動態：「與僧清影坐，借鶴穩枝棲。筆寫形難似，琴偷韻易迷。」透過傳播的視角，遺愛寺前的松樹與石溪，描繪松樹覆壓下垂緊臨石溪，託喻白居易心思若覆蓋著、壓抑著，然而古松下茂松新綠，莫讓長松浪得虛名，將類似人蔘、味甘微苦的松鬚託喻題詩，描繪與僧人互動，藉鶴穩妥棲枝形象如在眼前，筆墨道盡現實生活裡的韻味，彷彿是偷得浮生才能擁有的半日幽雅，實屬難得。

季節遞嬗，透過「暑天風槭槭，晴夜露淒淒」視角傳遞春夏秋冬，詩中對偶句貫串語意：「靜將流水對，高共遠峰齊。翠蓋煙籠密，花幢雪壓低。」彷若白居易滄浪千萬里，日夜獨孤舟，又像是客居江州的白氏不堪頻北望。霞襯煙籠遶江邊，斜陽魚浪香浮，白氏眼見翠蓋滿庭、雪花偃亞侵簷竹，終於了解塞鴻何事又南飛的遷徙生活．對於自己在

〔註 63〕宋代釋贊寧《宋高僧傳》記載李渤任江州刺史時，曾與白居易一起去拜訪過智常禪師：李問曰：『教中有言，須彌納芥子芥子納須彌，如何芥子納得須彌？』常曰：『人言博士學覽萬卷書籍還是否耶？』李曰：『忝此虛名。』常曰：『摩踵至頂只若干尺身，萬卷書向何處著？』李俯首無言，再思稱嘆。

〔註 64〕謝思煒校注：《白居易詩集校注》，頁 1399。

江州的朝夕生活逐漸感到愜意。詩句尾聲有提到：「獨憩依為舍，閒行繞作蹊。棟樑君莫採，留著伴幽棲。」白氏藉由「獨憩」為依歸，「閒行」為路徑，藉著鶴穩枝棲，棟樑君莫採，留著伴幽棲。白氏本就喜愛大自然，其〈魏王堤〉詩中：「花寒懶發鳥慵啼，信馬閑行到日西」〔註65〕，城裡城外車馬應無數，能夠了解閒行又有幾人呢？白氏題詩遺愛寺與廬山草堂，無論是題寫或題別，都提到人事物滄桑。題詩藉以抒情、切磋詩藝，並表現出自己的人生態度，這些都是傳播視角的延伸，敘事中的閒適，有了故事情節琢磨著，多了趣味性。元和十二年（817），江州，有〈香爐峰下新置草堂即事詠懷題於石上〉，題詩於石上，亦是傳播方式之一：

> 香爐峰北面，遺愛寺西偏。白石何鑿鑿，清流亦潺潺。有松數十株，有竹千餘竿。松張翠傘蓋，竹倚青琅玕。其下無人居，悠哉多歲年。有時聚猿鳥，終日空風煙。時有沉冥子，姓白字樂天。平生無所好，見此心依然。如獲終老地，忽乎不知還。架岩結茅宇，斫壑開茶園。何以洗我耳，屋頭飛落泉。何以淨我眼，砌下生白蓮。左手攜一壺，右手挈五弦。傲然意自足，箕踞於其間。興酣仰天歌，歌中聊寄言。言我本野夫，誤為世網牽。時來昔捧日，老去今歸山。倦鳥得茂樹，涸魚返清源。舍此欲焉往，人間多險艱。〔註66〕

白居易題詩的緣由在於對廬山草堂生活的詠懷，即事詠懷題於石上為留題，沒有贈詩給特定的對象舉目會心，白氏種茶、飲茶回歸大自然，於寧靜致遠中，求得怡淡平和的心情，表示白氏不願意離開此地，所以自題寫心情：「捨此欲焉往，人間多險艱」，白氏當初到了江州的窘境，如今要離開卻有不捨心情，他將生活中的矛盾與衝突降到最低，讓心靈層次更為豐富，心理素質也更為強大。

白居易還曾親手開闢茶園種茶，他在給好友元稹的信中提到那一

〔註65〕謝思煒校注：《白居易詩集校注》，頁2181。
〔註66〕謝思煒校注：《白居易詩集校注》，頁621。

段種茶生涯。當白氏遊覽廬山，來到東西二林之間的香爐峰下，看見雲水泉石，勝絕第一，愛不能捨，便建草堂而居。在香爐峰、遺愛寺旁親闢園圃，植藥種茶，並有詩云：「藥圃茶園為產業，野麋林鶴是交遊」。有〈山泉煎茶有懷〉詩云：「坐酌冷冷水，看煎瑟瑟塵。無由持一碗，寄與愛茶人。」〔註 67〕白氏似乎處在一種悠閒的狀態裡，唯有以煎水煮茶為樂事，還要把這種特殊的飲茶享受傳遞給愛茶的友人。詩句中「白石何鑿鑿，清流亦潺潺」，可知香爐峰下蹲石鱗鱗，水源清澈，波色乍明，晶晶然如鏡面之新開。

這樣的飲茶風情緣於早晚都愛喝茶、賞茶的白居易，透過「架岩結茅宇，斫壑開茶園」，白氏重視園林設計、茶圃土質、水源品質。環繞草堂的泉水林園，通過視覺聽覺摹寫已然成趣：「何以洗我耳，屋頭飛落泉。何以淨我眼，砌下生白蓮」；又草堂前新開一池養魚、種荷日有幽趣，方見淙淙三峽水為源頭，遶水欲成徑，護堤方插籬；或閒坐或幽眠都能舒展身心，猶如「倦鳥得茂樹，涸魚返清源」，詩歌涉趣源於白氏心胸，當詩云：「傲然意自足，箕踞於其間。興酣仰天歌，歌中聊寄言。」白氏言詩託喻，典故、比興儼然成為生活趣味，詩趣意會自在其中。

藉由飲茶行為言括自己本野夫，誤為世網牽解套，〈閑眠〉：「暖床斜臥日熏腰，一覺閑眠百病銷。盡日一餐茶兩碗，更無所要到明朝。」白氏閒適生活點染得更有樂趣，得以「左手攜一壺，右手挈五弦」的雅韻情趣為「其下無人居，悠哉多歲年。有時聚猿鳥，終日空風煙。」帶來寫意的生活面貌。最終白氏詠懷在江州司馬時的生活，藉著「沉冥子」喻己久幽之地而不改其操守，「平生無所好，見此心依然」。白氏胸懷如故，於斯地當下：「如獲終老地，忽乎不知還」、「時來昔捧日，老去今歸山」的人生情懷，時如周公吐哺，時若韜光養晦，然而胸懷若有松數十有竹千餘，松翠後凋竹青有節，君子有守有德有為。

從白居易創作詩歌的態度，了解「題詩」所隱含的「託喻」觀念

〔註 67〕謝思煒校注：《白居易詩集校注》，頁 1588。

務必要緣事而發，抱持著特定的社會性目的，並以情境連類的語言方式創作，形成寫作和感受同時發生的語言行為。白氏剛入仕的仕途本來順遂得意，卻因守喪時苦候選官期間過長，讓他對仕途有些灰心，喪滿回京任官後，又因宰相武元衡被殺之事貶江州。這對白氏而言，是人生仕途中的最大挫折，對他日後面對仕宦旅途的心境有很大的影響，也重新思考自身詩人身分的價值與詩人意識的確立。

「題詩」是一種表達語言的行為，從自身出發並渴望獲得知音，創作一首託喻詩，寄託在言外的「本意」。作品期待知音，都是朝向他人、朝向讀者而發，彷彿這些事足以決定詩的價值。這本意雖通過情境連類而依附於作品，其意義只有當事人，也就是讀者置身實存情境中才能感悟。劉義〈作詩〉:「作詩無知音，作不如不作。未逢賡載人，此道終寂寞。有虞今已歿，來者誰為託？朗詠豁心胸，筆與淚俱落。」〔註68〕作詩、賦詩、題詩，都是白氏與其他詩人間、人際互動關係脈絡中的社會文化行為。

在唐代貶官文化中，貶謫是要以某種形式讓官員離開京城權力核心，以示薄懲。白居易每次的貶謫都有不同的意義，相較其他的詩人，他在心境上較少怨懟、憤慨，他的心境平靜安和，有種既來之則安之的閒適詠懷，詩歌雖流露去國懷鄉、嘆老傷別的情調，卻能從中重新審視自己前半生的生活，公務之餘，並編次自己的詩集與詩歌創作。白氏作詩、賦詩、題詩舉凡抒寫懷抱、舉目會心、切磋詩才，都能藉由詩歌託喻達到傳播效果。詩歌是社會文化行為的特殊媒介，能達到傳播效果，也是屬於社會文化的力量，詩歌中隱含的「託喻」即是其運用的模式，我們稱之為詩用的社會文化行為現象。

〔註68〕劉義，唐代詩人。生卒年字號籍貫等均不詳。活動在元和年、代，他以「任氣」著稱，喜評論時人。韓愈善接天下士善接天下士，他慕名前往，賦〈冰柱〉、〈雪車〉二詩，名出盧仝、孟郊二人之上。後因不滿韓愈為諛墓之文，攫取其為墓銘所得之金而去，歸齊魯，不知所終。《全唐詩》卷395_8。《欽定四庫全書》本。本書900卷（康熙四十二年御定），分成189冊。影印古籍《欽定四庫全書》集部八，總集類。

第三章　白居易詩歌閒適創作之淵源

唐代佛教鼎盛，白居易受到當時環境的影響，很早與佛教接觸，以佛理修養心性，自幼讀儒家經典，立身朝廷之上。四十歲丁憂退居渭村時，白氏為解除煩惱而棲心佛門，多與僧尼道士往來。在江州，他與僧人來往頻繁佈施功德，作碣銘讚美高僧，作詩贈禪師，以詩宣揚佛法。

白居易在江州的生活，一如〈山居〉所言：「除卻青衫在，其餘便是僧」。詩學中的詩境論述，深受佛教境界論與禪師影響，其詩道與禪理涵化之後相互影響，並以晉代的陶淵明和唐代韋應物為理想典範，其渾融平淡與清澈從容風格，白氏視其為知己。中唐後期元、白新樂府運動所強調內容，在反映現實的詩歌主張，相容並蓄的論詩多元化；其迥異詩學風格，透過詩歌審美內蘊與現實觀照，詩歌產生了濡化作用，有意識或無意識學習詩歌生活模式，進而達到社會共識。探究其論，〈與元九書〉是相當著名的文學理論，認為詩歌補察時政，情志鋪敘。

亦援引詩六義，淵明之高古，偏放於田園的言、意觀點，來闡述詩歌意境創造中的意象連結。

元和七年（812）白居易四十一歲時認為自己的詩歌：「詩成淡無味，多被眾人嗤」，被眾人嗤笑的原因有二：「落聲韻」與「拙言詞」。

白居易早期專精於律體，認為會被眾人所嗤笑，今從《後集》所存的一千四百多首詩中，詩句合於平仄韻律的律體詩，高達八成以上，亦是白居易晚期詩歌創作以律體為主要的體裁，就算被他人認為流於聲韻，過於注重詩歌形式，亦不以為意。白居易反其道而行之舉措，不追隨主流的詩歌技巧，可為中唐詩歌新觀點，著墨於此，足以見識白居易對詩藝有求新求變的自覺堅持。六朝人提出「若無新變，不能代雄」〔註 1〕，陶淵明詩不時興六朝綺麗、典重的趨勢，白居易景仰陶淵明人品與詩歌，時時流露於詩中。如〈官舍小亭閑望〉:「數峰太白雪，一卷陶潛詩」。清人趙翼《甌北詩話》中評香山古體詩:「無不達之隱，無稍晦之詞；工夫又鍛鍊至潔，看是平易，其實精純。」〔註 2〕劉禹錫:「片言可以明百意，坐馳可以役萬景，工於詩者而能之，風雅體變而興同，古今調殊而理冥，達於詩者而能之。工生於才，達生於明，二者逐相為用，而後詩道備矣。」〔註 3〕白居易提到「詩成淡無味」即與「片言明百意」的美學特徵，此詩境論援引《莊子·人間世》：「聞以有翼飛者矣，未聞以無翼飛者也；聞以有知知者矣，未聞以無知知者也。瞻彼闋者，虛室生白，吉祥止止。夫且不止，是之謂『坐馳』。」〔註 4〕詩歌語言含意質而徑，體會白居易詩章學淺平易，詩之質樸不晦澀，言直而切，事核而實的意蘊，此與詩歌閒適美學特徵相互印證。

第一節　白居易詩歌閒適之綴慮裁篇

「綴慮裁篇」是指寫作的構思謀篇，在構思謀篇之前，作家便須

〔註 1〕六朝人提出「若無新變，不能代雄」是指南朝蕭子顯《南齊書·文學傳論》提出的文學觀點。在文學主張上正面肯定了「踵事增華」和「新變」，反映到經典問題上則是相對於經典的「變」予以相同的強調。

〔註 2〕清·趙翼著，江守義、李成玉校注：《甌北詩話》，北京：人民文學出版社，2013 年 3 月第 1 次印刷，頁 118。

〔註 3〕參見周祖譔編選《隋唐五代文論選》，北京：北京人民文學出版社，1999 年，頁 229。

〔註 4〕清·郭慶藩編，王孝魚整理：《莊子集釋·人間世》，萬卷樓圖書股份有限公司，2007 年 7 月再版，頁 131。

要培養氣勢，辭句才能有骨力而內容充實，作品方能有新穎的見解。本論文以白居易詩歌閒適為研究，顯其詩歌文辭整飭準確與風骨高翔，雖無華麗辭藻，卻能表達作者昂揚的氣概，詩歌音節動人，文采雅義，詩歌中的思想情感便產生教化作用。

本論文目的在透過系統的理論性界說，來詮釋白居易詩歌閒適之意向；透過文學理論，來驗證白氏取法儒家經典的教育作用，並歸結經典的寫作特色為：「辭約而旨豐，事近而喻遠」，對於當時趨於華靡的文壇風氣有一定的現實意義。透過白氏氣質體現在作品中而形成的文章特色，並取法經典，進而創造新意奇辭，顯其工夫之「鍛鍊至潔，看似平易，其實精純。」本論文透過白氏「綴慮裁篇」之前，所該具備文人養氣的「情與氣偕，辭共體並」，以取法經典為典範，落實在現實生活當中。

白居易有廣大教主之美稱，其詩作老嫗能解，正是其所謂：「自長安抵江西，三、四千里，鄉校、佛寺、逆旅、行舟之中往往有題僕詩者。士庶僧徒孀婦處女之口，每每有詠僕詩者。」〔註5〕這說明白氏作品廣為流傳與影響的普遍現象，呈現其詩本性情，當以性情為主，白詩「尚坦易，務言人所共欲言」，即作品多是觸景生情，因事起意；眼前景、口頭語，自能沁人心脾，耐人咀嚼，具有較強的感染力。在〈與元九書〉中，白居易提出了「文章合為時而著，歌詩合為事而作」的主張。這種文學思想，是白氏從當時的現實生活和思想情感孳甲孕育而成。指的是文章、詩歌必須要有風骨，並能有鼓勵與教育作用，即「捶字堅而難移，結響凝而不滯」。明白指出以知識份子的身分，藉由創作提出對社會關懷與正能量的釋出。對於詩歌，白居易有自己的想法和理論，其詩學思想在〈與元九書〉中有明確的詩歌核心理念與創作的意旨：

自足下謫江陵至於今，凡所贈答詩僅百篇。每詩來，或辱序，

〔註5〕唐・白居易著，謝思煒校注：《白居易文集校注》，北京：中華書局，2019年8月第二次印刷，頁321。

> 或辱書，冠于卷首。皆所以陳古今歌詩之義，且自敘為文因緣，與年月之遠近也。僕既愛足下詩，又諭足下此意，常欲承答來旨，粗論歌詩大端，並自述為文之意，總為一書致足下前。〔註6〕

劉大杰在《中國文學發展史》中給予很高的評價：「這一篇最大膽最有力的文學運動宣言，對於文學遺產，作了大膽的批判和正確的評價，是中唐近百年中最進步的主張。」〔註7〕陳家煌《白居易生命歷程對詩風影響之研究》中之分期，將白居易分為青年仕進、中年貶謫及晚年閒適三個時期。〔註8〕白居易〈與元九書〉創作時間於元和十年（815），當時四十四歲的白居易正擔任江州司馬之職，從青壯階段進入中年貶謫，為生命的轉捩點。本論文以謝思煒《白居易詩集校注》為詩歌之選本，透過劉勰《文心雕龍》中的〈風骨〉、〈徵聖〉及白居易〈與元九書〉文本分析探討，連結白居易詩歌閒適創作的三個時期為範圍，本論文附錄亦以此分期：一、元和十年（815）任江州司馬前。二、江州司馬任內至寶曆元年（815～825）為太子左庶子分司。三、寶曆元年（825）後。開展白居易詩歌閒適之綴慮裁篇主題。劉勰《文心雕龍》中〈風骨〉提到的：

> 詩總六義，風冠其首，斯乃化感之本源，志氣之符契也。是以怊悵述情，必始乎風；沉吟鋪辭，莫先於骨。故辭之待骨，如體之樹骸，情之含風，猶形之包氣。結言端直，則文骨成焉；意氣駿爽，則文風清焉。若豐藻克贍，風骨不飛，則振採失鮮，負聲無力。是以綴慮裁篇，務盈守氣，剛健既實，輝光乃新，其為文用，譬徵鳥之使翼也。故練

〔註6〕白居易著，謝思煒校注：《白居易文集校注》，北京：中華書局，2019年8月第二次印刷，頁321。

〔註7〕劉大杰：《中國文學發展史》，天津：百花文藝出版社，2007年8月，頁555～556。

〔註8〕陳家煌：《白居易生命歷程對詩風影響之研究》，高雄：國立中山大學中國文學研究所碩士論文，1999年。

於骨者，析辭必精；深乎風者，述情必顯。捶字堅而難移，結響凝而不滯，此風骨之力也。若瘠義肥辭，繁雜失統，則無骨之征也；思不環周，索莫乏氣，則無風之驗也。昔潘勗錫魏，思摹經典，群才韜筆，乃其骨髓峻也；相如賦仙，氣號凌雲，蔚為辭宗，迺其風力遒也。能鑒斯要，可以定文，茲術或違，無務繁采。〔註9〕

劉勰觀點認為一名作家要有好的詩作，他的作品一定要具備風骨，即是文章、詩歌等創作必定要先有感動人的力量，才能佐以詞藻。所以「怊悵述情，必始乎風；沉吟鋪辭，莫先於骨。」白居易詩歌言語淺白，老嫗能解，行文為時代而寫，詩歌為事情而創作，揮灑酣暢，緊扣心弦，其景物烘托與意態描寫，細膩生動闡釋詩歌意象的藝術性。

閒適詩，是古詩中注重精神愉悅和心靈超越的一種流派，白居易對閒適詩的定義為：「又或公退獨處，或移病閑居，知足保和，吟翫性情者一百首，為之閒適詩。」〔註10〕隱逸詩人陶淵明可說是閒適詩的鼻祖，他的詩句中往往流露出一片淡泊閒適之情，但把閒適詩學思想提升到理論高度的當屬白氏，是白氏奠定了閒適詩學思想理論基礎。在〈與元九書〉中說：「至於『諷諭』者，意激而言質；『閒適』者，思澹而詞迂：以質合迂，宜人之不愛也。」本論文以白居易詩歌閒適為研究，其詩歌閒適梳理、鋪陳之間，白氏開始對人生價值進行重新審視。

當時白居易是把政治放在首位，表現出剛直忠勇。元和七年（812），白氏四十一歲的創作〈適意二首〉表現出他的人生價值觀：

十年為旅客，常有飢寒愁。三年作諫官，復多尸素羞。有酒不暇飲，有山不得遊。豈無平生志，拘牽不自由。一朝歸渭上，泛如不繫舟。置心世事外，無喜亦無憂。終日一蔬食，

〔註 9〕南朝梁・劉勰撰，周振甫注：《文心雕龍注釋・風骨》，臺北：里仁書局，1985 年，頁 467。

〔註10〕唐・白居易著，謝思煒校注：《白居易文集校注》，北京：中華書局，2019 年 8 月第二次印刷，頁 326。

終年一布裘。寒來彌懶放，數日一梳頭。朝睡足始起，夜酌醉即休。人心不過適，適外復何求？

早歲從旅遊，頗諳時俗意。中年忝班列，備見朝廷事。作客誠已難，為臣尤不易。況予方且介，舉動多忤累。直道速我尤，詭遇非吾志。胸中十年內，消盡浩然氣。自從返田畝，頓覺無憂愧。蟠木用難施，浮雲心易遂。悠悠身與世，從此兩相棄。〔註 11〕

此首詩歌確實反映出白居易生活內容的簡單與適意的思維，然而「豈無平生志，拘牽不自由」，當官顯達與崇尚自由，便成為他自我實現的新目標。這是兩種不同的人生價值，兩者之間是有矛盾的，詩句中：「中年忝班列，備見朝廷事。作客誠已難，為臣尤不易。」客觀上他已經脫離政界，主觀上也有相對應的變遷。這種相對應的變遷，在其思想歷程中，有兩個重要的轉折：一是窺探佛教義旨的同時，白居易也開始對人生有了深刻的反思。二是淪溺苦海的世間，遭逢心力衰頹的困境，佛教渡化身心的義旨，也是沉潛佛門的動機。元和六年（811），在〈自覺二首〉之二，詩中有了覺性的具體述說：

朝哭心所愛，暮哭心所親。親愛零落盡，安用身獨存？幾許平生歡，無限骨肉恩。結為腸間痛，聚作鼻頭辛。悲來四支緩，泣盡雙眸昏。所以年四十，心如七十人。我聞浮屠教，中有解脫門。置心為止水，視身如浮雲。抖擻垢穢衣，度脫生死輪。胡為戀此苦，不去猶逡巡？迴念發弘願，願此見在身。但受過去報，不結將來因。誓以智慧水，永洗煩惱塵。不將恩愛子，更種憂悲根。〔註 12〕

當時，這是一種合乎邏輯的念頭，也是一個難以遏止的趨勢。然而，這種思想的種子，在元和五年（810）已經產生，有〈見元九悼亡詩因以

〔註 11〕謝思煒校注：《白居易詩集校注》，頁 529～530。
〔註 12〕謝思煒校注：《白居易詩集校注》，頁 806。

此寄〉詩：「夜淚暗銷明月幌，春腸遙斷牡丹庭。人間此病治無藥，唯有楞伽四卷經。」〔註 13〕政治挫折的因素，政治前程的黯淡，除了《楞伽經》，白居易的心靈觸角延伸大自然的懷抱，用以改善自己的心境，陶冶自己的性情。於是我們看到他創作詩歌閒適意境，開始大量增加，這在白氏的創作生涯中是一個重要的轉變。

白居易在追求適意生活的時候，並沒有改變自己的政治節操，他只是迫於環境，不得不將政治加以擱置罷了。「況予方且介，舉動多忤累。直道速我尤，詭遇非吾志。」寧可失，不改直道，這是他自我志節的坦誠表白。細味「胸中十年內，消盡浩然氣」之句，也仍可感到其中所隱含的憤懣不平。從「自從返良畝，頓覺無憂愧」即看出他對田園並不鄙視，相反地，頗覺親切和自然。由此看來：「悠悠心與世，從此兩相棄」之語，他將一切世事置之度外，無憂無喜，為求平靜、平淡，這一種適意或為閒適、適心，顯然不同於那些官僚單純的感官享受，他將這種目標追求，提升到哲學思維的高度，歸結為心靈的高境界。白氏視陶淵明為文學偶像，視韋應物為文化偶像，本論文以二個特點來說明白氏心志，這讓他的心靈內涵更加豐富：

一、澄澹風骨，志深筆長

白居易在元和六年（811）到元和十一年（816）時期的閒適詩歌，在思想與內容上給人一種很強的過渡印象。「閒適」原先是白氏反對的，現在卻要認同，這在心理層面往往需要透過推理和論證。他才能說服自己沒有鄙薄，也需要說服別人，所以言：「神仙要有籍，富貴亦在天」，不可強力而致，似有所因緣。由此一轉，然後才提出：「金門不可入，琪樹何由攀？不如歸山下，如法種春田。」

以詩歌閒適為題，於本論文言其創作效法陶淵明，白氏正是把陶淵明當成了自己效法的楷模。白氏詩中有：「種田意已決，決意復何如」，然後細述如何賣馬、買牛，徒步回家；如何購買農具，等候下雨；

〔註 13〕謝思煒校注：《白居易詩集校注》，頁 1073。

如何親自到田中，指揮耕作。對自己由「近臣」變為「野夫」，表示能夠看得開。〈歸田三首〉中有：「……為魚有深水，為鳥有高木。何必守一方，窨然自牽束？……形骸為異物，委順心猶足。幸得且歸農，安知不為福？」〔註 14〕白氏的思想正在轉變，對於農作不視為畏途，或視為卑賤。他覺得非常幸運，對於農耕的莊稼人，更有觀察入微的體貼舉措，寫出更為細膩的作品。

元和八年（813），白居易開始種田以後，思想感情產生了很大的變化。他常常出去觀察，懂得關心禾苗的成長，看見豐收的莊稼，心裡非常開心，似乎聽見鳥鳴聲也非常快樂。他經常與村里中的鄰居往還，農民的樸實、勤勞，使得他對農民有別於以往的認識，〈觀稼〉中有著特別的體驗：

> 世役不我牽，身心常自若。晚出看田畝，閑行旁村落。纍纍繞場稼，嘖嘖群飛雀。年豐豈獨人，禽鳥聲亦樂。田翁逢我喜，默起具樽杓。斂手笑相延，社酒有殘酌。愧茲勤且敬，藜杖為淹泊。言動任天真，未覺農人惡。停杯問生事，夫種妻兒穫。筋力苦疲勞，衣食常單薄。自慚祿仕者，曾不營農作。飽食無所勞，何殊衛人鶴？〔註 15〕

從這首詩裡，反映出三個問題：一是農民誠實，毫無矯飾之處；二是全家經年勞動，但得不到溫飽；三是感到不勞而食的祿仕者可恥。白居易這樣一位士大夫，遠在一千年以前就有如此的認知，確實是非常不容易的。

白居易不僅熱愛禾苗，而且親自下田勞作。當然他沒有像農民那樣肩負最艱苦的活兒，但他確實和農民一起在勞動的。有詩〈得袁相書〉云：「穀苗深處一農夫，面黑頭班手把鋤。何意使人猶識我，就田來送相公書。」〔註 16〕元和八年（813）六月，關中地區大雨。長安特

〔註 14〕謝思煒校注：《白居易詩集校注》，頁 539。
〔註 15〕謝思煒校注：《白居易詩集校注》，頁 547。
〔註 16〕謝思煒校注：《白居易詩集校注》，頁 1118。

別嚴重，據史載：「唐寅（初十）京師大風雨，屋毀飄瓦，人多壓死，所在川瀆暴漲，行人不通。」〔註 17〕下邽自然也不例外。想像白居易在颳風暴雨之際，寫出十六首效陶潛體的組詩與對生活的感慨，其心境表達得淋漓盡致。元和八年（813），〈效陶潛體詩十六首〉序云：

> 余退居渭上，杜門不出，時屬多雨，無以自娛。會家醞新熟，雨中獨飲，往往酣醉，終日不醒。懶放之心，彌覺自得，故得於此而有以忘於彼者。因詠陶淵明詩，適與意會，遂傚其體，成十六篇。醉中狂言，醒輒自哂。然知我者，亦無隱焉。〔註 18〕

詩歌裡的描寫，是由於政治的退隱和多雨的天氣觸發，面對社會的壓抑和自然與困境，並不是一味牢騷，而是主動的進行自我調整，主要是採取擱置窘境，以所謂的「有以忘於彼」的方法，另闢生活蹊徑，從而將「自得」、「自娛」，做為自己此際的新追求。他重新定義與理解陶淵明，並與之產生精神上的共鳴。正是從「自得」、「自娛」這一角度出發，詩旨以「酒」字涵蓋，酣然酒興中，找到一種美妙的體悟，所以〈效陶潛體詩十六首〉序中繼續敘事：

> 不動者厚地，不息者高天。無窮者日月，長在者山川。松柏與龜鶴，其壽皆千年。嗟嗟群物中，而人獨不然。早出向朝市，暮已歸下泉。形質及壽命，危脆若浮煙。堯舜與周孔，古來稱聖賢。借問今何在，一去亦不還。我無不死藥，兀兀隨化遷。所未定知者，修短遲速間。幸及身健日，當歌一樽前。何必待人勸，念此自為歡。〔註 19〕

詩裡用大自然的無際無涯，反襯人生的有限性。白居易首先提出對人生的看法，他認為不論任何人，都必須走向生命的終點。由人生的有限

〔註 17〕後晉·劉昫等撰：《舊唐書·憲宗本紀下》，卷十五，北京：中華書局出版，2012 年 8 月。

〔註 18〕謝思煒校注：《白居易詩集校注》，頁 498。

〔註 19〕謝思煒校注：《白居易詩集校注》，頁 499。

性，導出人應該曠達樂觀，為歡及時的論點。正是通過陶淵明與松柏的意象，從在家園種植松柏的不吉利變成一件風雅的行為，變成一件賞心悅目的植栽藝術。繼而透過松與柳的連接，也可以較了解陶淵明在文學與思想上，對白居易具體的影響。從〈效陶潛體詩十六首〉組詩的內容來看，描寫其在下邽居喪以來的一些生活面貌。從其詩風來看，是狂放不羈的，詩中列出了自我為歡的幾種主要方式：

> 朝飲一杯酒，冥心合元化。兀然無所思，日高尚閑臥。暮讀一卷書，會意如嘉話。欣然有所遇，夜深猶獨坐。又得琴上趣，安絃有餘暇。復多詩中狂，下筆不能罷。唯茲三四事，持用度晝夜。所以陰雨中，經旬不出舍。使悟獨往人，心安時亦過。〔註20〕

詠懷諸事之中，各首詩之間實無必然的關聯性。「朝飲一杯酒」，輒題數句自娛，「暮讀一卷書」，思維神馳以自得，尤其對飲酒表達多層次的感受，做為對白居易觀照的一個切面。

文學的人格與作者的人格不盡相同，陶淵明在他詩文中的自白，雖也根據事實，卻也是經過選擇的部分事實，讀其詩文以逍遙閒適著稱，詩有：「採菊東籬下，悠然見南山」的適意。也云：「刑天舞干戚，猛志固常在」，其中有調適、互補，或是強調、淡化，其實「猶未能平其心」，他並未真正忘情於世事，也不像他自己所說的：「忘懷得失，以此自終」。陶淵明的風神，在草卉，有寄於菊花；在喬木，則最契於柳、松。柳與松，同樣是魏晉士人所欣賞的樹木，但姿態習性迥異，所呈現的風貌不同，進而與雅人名士也各有法緣，最後形成一種文化意蘊。

白居易此時效法陶淵明，實則可稱為白居易的「文學偶像」，也有與其相類似的境遇與心情。從白氏所引述的古代人物和史蹟中可以清楚窺見，講陶淵明：「吾聞潯陽郡，昔有陶徵君。愛酒不愛名，憂醒不

〔註20〕謝思煒校注：《白居易詩集校注》，頁501。

憂貧。嘗為彭澤令，在官纔八旬。愀然忽不樂，掛印著公門。」講屈原、劉伶：「楚王疑忠臣，江南放屈平。晉朝輕高士，林下棄劉伶。一人常獨醉，一人常獨醒。醒者多苦志，醉者多歡情。」歌詠古代人物，實際即是以古人自況。其中直接寫到了白氏自身：「清光入盃杓，白露生衣巾。乃知陰與晴，安可無此君。我有樂府詩，成來人未聞。今宵醉有興，狂詠驚四鄰。獨賞猶復爾，何況有交親。」在白氏身上，「狂詠驚四鄰」與「且效醉昏昏」就是這樣難以分割地融和在一起，清楚地看到白氏的特殊心態。白氏對自己將期以何種聲名傳世，始終懷著一份關注，甚至焦慮，確實不是一味的閒適。

元和十一年（816）春天，是白居易到江州後第一個春天，心情感到十分的落寞。〈早春〉有其寫照：「雪消冰又釋，景和風復暄。滿庭田地濕，薺葉生牆根。官舍悄無事，日西斜掩門。不開莊老卷，欲與何人言？」〔註 21〕這個時候他除了讀道家的書以外，也看佛經，常常把兩者參照互讀，解釋一些生活上遇到的問題，或是無法解釋的，睡前也常有一番思考。〈睡前晏坐〉：「後亭晝眠足，起坐春景暮。新覺眼猶昏，無思心正住。淡寂歸一性，虛閑遺萬慮。了然此時心，無物可譬喻。本是無有鄉，亦名不用處。行禪與坐忘，同歸無異路。」〔註 22〕（白注云：道書云：無何有之鄉。禪經云：不用處。二者殊名而同歸。）說明道家思想、佛家思想都在指導他的生活，可見他並不拘泥於一家之言，而是擇其善者而從之。

元和十一年（816）二月，白居易往遊二林寺，在山中住了十五天。白氏儘管是：「身閑易澹泊，官散無牽迫」，但他還是關心淮西的戰事，念起「智士勞思謀，戎臣苦征役」，而感到內心不安。他家居生活的確是平淡的，每天飲酒、下棋、彈琴、寫詩，餘暇時間就逗著侄兒阿龜玩耍。有時清掃一下庭院，栽種花卉樹木。他移一些山櫻桃樹，還寫了一首詩〈移山櫻桃〉：「亦知官舍非吾宅，且劚山櫻滿院栽。上佐近來多

〔註 21〕謝思煒校注：《白居易詩集校注》，頁 606。
〔註 22〕謝思煒校注：《白居易詩集校注》，頁 607。

五考，少應四度見花開。」〔註 23〕他已料想出自己的前途，謫居生活最少得五年。所以〈送春歸〉有說：

送春歸，三月盡日日暮時。去年杏園花飛御溝綠，何處送春曲江曲。今年杜鵑花落子規啼，送春何處西江西。帝城送春猶怏怏，天涯送春能不加惆悵？莫惆悵，送春人，冗員無替五年罷，應須准擬再送潯陽春。五年炎涼凡十變，又知此身健不健？好去今年江上春，明年未死還相見。〔註 24〕

這首詩寫於元和十一年（816）的暮春時節，春盡夏至，此詩真實地呈現他的生活與思想動態。四月，白居易於湓水中泛舟，其詩：「湓水從東來，一派入江流」，湓水入江的地方，在江州西一里左右，名湓浦。白氏的遊船，順流而下，也就是自東而西。當他下船登上南岸，回望江州：「城雉映水見，隱隱如蜃樓」，風景如畫，他的心情為之爽快，心緒特別開朗起來。這是他到官半年以來的新發現、新感受，顯得特別新奇。

秋天，白居易再度往遊廬山，他專程拜訪了陶淵明的故居。他說：「自開先寺西行十數里，至歸宗寺。寺有馬尾泉，瀑布也。有紫霄峰，王羲之嘗寓此，洗墨、養鵝皆有池，寺前幾里許有溫泉。自歸宗寺西北行，則至靈溪觀，觀西為陶淵明栗里。今有橋，有吐酒石，過此入廬山西北行，則古柴桑地。」陶淵明「茅舍籬菊」，經過五百年寒暑與風雨，早已蕩然無存，只是山川依舊矗立，白雲悠悠劃過天際。白居易〈訪陶公舊宅〉詩其小序中：「今遊廬山，經柴桑，過栗里，思其人，訪其宅，不能默默，又題此詩。」〔註 25〕他的情感澎湃，有些激動、有些激昂，真情摯意，詩歌縷細而貼切。元和十一年（816），〈訪陶公舊宅〉詩：

……我生君之後，相去五百年。每讀五柳傳，目想心拳拳。昔常詠遺風，著為十六篇。今來訪故宅，森若君在前。不慕

〔註 23〕謝思煒校注：《白居易詩集校注》，頁 1271。
〔註 24〕謝思煒校注：《白居易詩集校注》，頁 922。
〔註 25〕謝思煒校注：《白居易詩集校注》，頁 594。

樽有酒，不慕琴無弦。慕君遺榮利，老死此丘園。柴桑古村落，栗里舊山川。不見籬下菊，但餘墟中煙。子孫雖無聞，族氏猶未遷。每逢姓陶人，使我心依然。〔註 26〕

白居易對陶淵明的情志摹寫，綜觀古今知識分子皆然。當自身的不遇而慷慨悲歌，或激昂憤慨；有理想卻有志難伸的士人，除了無語問蒼天，最好的抒發是寄情於篇章，當真淳的氣氛影響了白氏，白氏將美感與智慧化為雋永文字，輻射出白氏有別以往的審美境界。當有無奈、不滿的情緒，透過田園生活，找到了化解生命困境的方法，而不是埋怨、怨恨，當真淳瀰漫在居簡生活的每一個層面，便能感受到至高無上的心靈饗宴。詩歌裡流露出白居易對陶淵明的敬佩，一來是慕其高風亮節，二是非常喜歡他的詩，有言：「常愛陶彭澤，文思何高玄」，如今的處境，讓他心灰意冷，常常浮起歸隱的念頭，這就是他愈來愈喜歡陶淵明的原因了。

這一次遊山，停留的時間較長，寄宿在東林寺裡，寺的住持僧滿上人，久仰〈長恨歌〉作者之名，自然是熱情接待了。白居易非常喜愛東林寺內的白蓮池，相傳是晉代慧遠法師所鑿，池內有白蓮三百莖，不僅光彩奪目，而且芳香迷人。白氏有時候深夜起身，繞池而行，觀賞不止。圍繞東西二林寺附近的一些古寺名勝，他幾乎都跑遍了。最後發現香爐峰之北，遺愛寺之南，峰寺之內，有一片地方，風景絕佳，於是產生修建草堂的念頭。元和十一年（816），江州。他有一首詩〈端居詠懷〉最能說明此時此刻的心情：

賈生俟罪心相似，張翰思歸事不如。斜日早知驚鵩鳥，秋風悔不憶鱸魚。胸襟曾貯匡時策，懷袖猶殘諫獵書。從此萬緣都擺落，欲攜妻子買山居。〔註 27〕

詠懷傳統的源頭〈古詩十九首〉中的大部分作品，流露出濃厚的離別感懷或人生感懷。白居易人生感懷的內蘊，往往有他對生命意義

〔註 26〕謝思煒校注：《白居易詩集校注》，頁 594。

〔註 27〕謝思煒校注：《白居易詩集校注》，頁 1289。

與存在價值的自覺，「端居」或「飲酒」蘊含「感懷」生活，表現上著重描寫的經驗，或感情本身對事件的敘述，產生某種形象或意象，提升內心的境界，並期許超越世俗的價值。對於離情或悲傷、憤恨的情感，會有所節制而非蔓延開來，接著消解種種感懷，轉化為對自我價值和生命意義的省思。經由「綴慮裁篇」經典中的陶淵明，白居易視其為「文學偶像」，白氏在感懷和省思的相互定義中，漸由仕隱的價值與生活的意義，獲致的精神自由與生命安頓的歸向。這是一種階段性的思考與心境轉變的軌跡，由「感懷」經「省思」達「境界」的過程，期能有所承繼與創新。

二、怡曠沉穩，興寄藝術

元和七年（812），白居易在退居下邽渭濱，長安附近旱災較嚴重，去年春季賑貸百姓粟二十四萬石，今年增加到三十萬石，說明情況愈來愈吃緊，老百姓沒有糧食吃，就到田野去摘地黃，然後用地黃去換有錢人家馬料吃。白氏身體多病的情況雖已轉好，心情總是有些惆悵、黯然，但對於詩歌創作卻很勤奮，友情更是他重要的精神支柱。元稹、崔群、錢徽、李建、王起、王質夫等朋友，彼此間不時有書信往來，給了他很多的安慰。此外有詩贈答的親友還有楊汝士、楊穎士、李紳、張籍、袁滋、元宗簡、劉敦質、張殷衡、樊宗師、李顧言等。這些親友之中，最好的知己自然要數元稹。元和七年（812），〈自吟拙什因有所懷〉詩中：

> 懶病每多暇，暇來何所為？未能拋筆硯，時作一篇詩。詩成淡無味，多被眾人嗤。上怪落聲韻，下嫌拙言詞。時時自吟詠，吟罷有所思。蘇州及彭澤，與我不同時。此外復誰愛，唯有元微之。謫向江陵府，三年作判司。相去二千里，詩成遠不知。〔註 28〕

白氏感覺到自己的詩，明顯地不合世俗潮流，但其實他又十分自信，引

〔註 28〕 謝思煒校注：《白居易詩集校注》，頁 549。

陶淵明與韋應物為知音，而當世的知音者則唯有元稹了。這也正是他們彼此友誼堅牢不破的原因。

長慶四年（824）五月，白居易在杭州的任期滿了，離開杭州，從汴河路北返洛陽，白氏〈汴河路有感〉提到自己不若以往：「三十年前路，孤舟重往還。繞身新眷屬，舉目舊鄉關。事去唯留水，人非但見山。啼襟與愁鬢，此日兩成斑。」〔註 29〕人事已非，山水猶在，體力衰退，愁鬢成斑。自己要求分司，有〈求分司東都，寄牛相公十韻〉。於是朝廷授以太子左庶子，分司東都。在洛陽履道坊，購得故散騎常侍楊憑之住宅，加以修葺，將從杭州帶回之天竺石、華亭鶴，安置在林園中，準備「洛下招新隱，秦中忘舊遊」，就此從事吏隱，而天不從人願，次年（825）三月四日，除蘇州刺史。二十九日從東都出發，五月五日到達蘇州上任。

蘇州是江南最大的州，〈自到郡齋，僅經旬日〉：「版圖十萬戶，兵籍五千人」，並作〈蘇州刺史謝上表〉：

> 土雖沃而尚勞，人徒庶而未富。宜擇循良之吏，委以撫綏。豈臣瑣劣之才，合當任使？然既奉承命，敢不誓心？必擬夕惕夙興，焦心苦節，唯詔條是守，唯人瘼是求，諭陛下憂勤之心，布陛下慈和之澤。〔註 30〕

這是他的誓言，也是他的初心。蘇州是個大郡，剛上任，白居易專心處理公務。必須先了解民生疾苦，才能窮源塞本。他投入煩忙的公務之中，毫無空閒，連他最喜愛的詩歌創作也無法顧及，一直到十幾天之後，他才得空寫了一首詩題很長〈自到郡齋僅經旬日方專公務未及宴遊偷閒走筆題二十四韻兼寄常州賈舍人湖州崔郎中仍呈吳中諸客〉，其中比較詳細講述他的工作狀況、施政方針和思想活動，從中可以約略看到白居易在蘇州任職情況：「……候病須通脈，防流要塞津。救煩無

〔註 29〕謝思煒校注：《白居易詩集校注》，頁 1831。

〔註 30〕白居易著，謝思煒校注：《白居易文集校注》，北京：中華書局，2019 年 8 月第二次印刷，頁 1847。

若靜，補拙莫如勤。削使科條簡，攤令賦役均。……」〔註 31〕以白氏五十四歲的年紀和健康狀況，從事如此繁忙的工作，確實是一件沉重的責任。詩中「靜」即是與民休息，一切行政措施，以便民、不擾民為主。法令要化繁為簡，法令簡易，人民才容易遵行，而不致誤蹈法網；賦役公平合理，人民才沒有怨言。

白居易在蘇州的生活和在杭州相彷彿，遊山玩水，試遣笙歌，飲酒賦詩，從前他曾羨慕吳興崔太守每年春天的茶山之旅，自入太湖，羨慕之意頓減。太湖的煙渚雲帆，澄波皓月，比起茶山，猶有過之。蘇州的太湖，也叫洞庭湖，這裡出產的橘子，品質特優，作為貢品入貢。白氏曾親赴洞庭揀貢橘，有詩〈早發赴洞庭湖〉、〈宿湖中〉、〈撿貢橘書情〉，他曾五宿澄波皓月中，而且將湖山勝景刻在湖中石上，「書為故事留湖上，吟作新詩寄浙東」。他十四、五歲時，曾旅居江南，羨慕當時的蘇杭刺史韋應物、房孺復之詩酒風流，就有異日蘇杭苟獲一郡足矣的理想。白氏仰慕蘇杭刺史韋應物為人。「去年脫杭印，今年佩蘇印；既醉於彼，又吟於此：酣歌狂什，亦往往在人口中。」寶曆元年（825）因作〈吳郡詩石記〉，將旬宴一詩復於後，刻在石上，流傳後世：

> 貞元初，韋應物為蘇州牧，房孺復為杭州牧，皆豪人也。韋嗜詩，房嗜酒，每與賓友一醉一詠，其風流雅韻，多播於吳中。或目韋、房為詩酒仙。時予始年十四五，旅二郡，以幼賤不得與遊宴，尤覺其才調高而郡守尊。以當時心，言異日蘇、杭苟獲一郡足矣。及今自中書舍人間領二州，去年脫杭印，今年佩蘇印，既醉於彼，又吟於此，酣歌狂什亦往往在人口中。則蘇、杭之風景，韋、房之詩酒，兼有之矣。豈始願及此哉！然二郡之物狀人情，與曩時不異。前後相去三十七年，江山是而齒發非，又可嗟矣。韋在此州歌詩甚多，有〈郡宴〉詩云：「兵衛森畫戟，燕寢凝清香。」最為警策。今

〔註 31〕謝思煒校注：《白居易詩集校注》，頁 1877。

刻此篇于石，傳貽將來，因以予〈句宴〉一章亦附于後。雖雅俗不類，各詠一時之志。偶書石背，且償其初心焉。寶曆元年七月二十日，蘇州刺史白居易題。〔註32〕

韋應物是唐朝詩人，曾任蘇州刺史，世稱「韋蘇州」。其詩語言簡淡，意蘊深遠。沖淡平和，於田園山水別有寄託，應該是沿著陶淵明、謝靈運、王維等詩人脈絡下來，但傳承中自生胸臆，別有風情，後人以「王孟韋柳」並稱。白居易〈與元九書〉：

韋蘇州歌行，才麗之外，頗近興諷。其五言詩又高雅閑澹，自成一家之體，今之秉筆者誰能及之？然當蘇州在時，人亦未甚愛重，必待身後然人貴之。〔註33〕

韋應物的樂府歌行近杜甫、元結，正如白居易所說：「才麗之外，頗近興諷」。韋氏詩這種感諷時事的思想，無疑影響了白居易關於諷諭詩的創作，而且對白氏領導的中唐新樂府運動也有所影響。韋應物五言古體源出於陶，而化於三謝〔註34〕，故真而不樸，華而不綺。

韋應物在詠物詩創作另闢蹊徑，詠物隱喻時代現象，感喟人生際遇，興寄藝術。其山水詩在清幽之中，往往透出些許寂寥，其情感的表達有所節制，呈現一種哀而不傷的幽寂美感，並著力於體物悟道，陶寫性情，從而使其詠物詩，體現出和李白、杜甫、白居易、劉禹錫、韓愈等詠物詩相異其趣的風貌，下啟宋代儒學觀物窮理、體物悟道、詠物闡理的詠物詩創作風氣。

韋應物表現出的平靜，不似王維佛道信仰之下的無所掛懷，雲淡

〔註32〕唐・白居易著，謝思煒校注：《白居易文集校注》，北京：中華書局，2019年8月第二次印刷，頁1837。

〔註33〕唐・白居易著，謝思煒校注：《白居易文集校注》，北京：中華書局，2019年8月第二次印刷，頁327。

〔註34〕宋・胡仔《苕溪漁隱叢話前集・國風漢魏六朝下》引唐子西《語錄》：「江左諸謝詩文，見《文選》者六人。希逸無詩，宣遠、叔源有詩不工，今取靈運、惠連、玄暉（朓）詩合六十四篇為三謝詩。」明・何良俊《四友齋叢說・詩一》：「詩自左思潘陸之後，至義熙永明間又一變矣，然當以三謝為正宗。」

風輕，亦非柳宗元壓抑心情後流露的清峭。生活在動盪之後的中唐，物是人非，盛世難再，韋應物在時代氛圍的影響下，其心也愈見冷靜了。青墨疏淡的山水風物，觸發其創作靈感。當下如果場景熱鬧非凡，或景致生氣盎然，如詩如畫，韋應物表現得像個旁觀者。光影裡的明暗幻化，風景裡的濃淡重疊；自然裡的鳥鳴、蛙唱、鐘聲、流水，將他的心境襯托得更加寂靜。韋應物詩歌裡幽靜的境界，既是當時的氛圍使然，也是白氏自我的審美追求。

韋應物自然意象表現的手法，是運用自然界熱鬧的樂音，來烘托詩歌的幽寂之境。如〈夜偶詩客操公作〉：「驚禽翻暗葉，流水注幽叢」、〈西郊期滌武不至，書示〉：「山高鳴過雨，澗樹落殘花」、〈山行積雨歸途始霽〉：「深林猿聲冷，沮洳虎跡新」、〈與盧陟同遊永定寺北池僧齋〉：「密竹行已遠，子規啼更深」、〈秋景詣琅琊舍〉：「蒼茫寒色起，迢遞晚鐘鳴」等詩中分別以流水聲、雨聲、猿啼、鳥鳴、鐘聲來襯托幽靜的氣氛。他在有聲的大自然之中，得到了一份屬於自己的靜謐。

韋應物詩歌幽寂特質，並非只包括清冷、寂靜，它的內蘊應是立體的，複雜的，富於感情的。如〈山行積雨歸途始霽〉：「始霽升陽景，山水閱清晨。雜花積如霧，百卉萋已陳。」、〈往雲門郊居途經回流作〉：「崩壑方見射，回流忽已舒。明滅泛孤景，杳靄含夕虛。」畫面中有明、有暗，明的是陽光、清晨，暗的是霧靄、山嵐，光與影明暗的交錯，形象地展示出一幅幅靜謐清幽的自然圖景。寶曆元年（825），白居易在蘇州創作〈西樓喜雪命宴〉：

> 宿雲黃慘澹，曉雪白飄飄。散麴遮槐市，堆花壓柳橋。四郊鋪縞素，萬室甃瓊瑤。銀榼攜桑落，金爐上麗譙。光迎舞妓動，寒近醉人銷。歌樂雖盈耳，慚無五袴謠。〔註 35〕

又寶曆二年（826）創作〈松江亭攜樂觀漁宴宿〉：

> 震澤平蕪岸，松江落葉波。在官常夢想，為客始經過。水面

〔註 35〕謝思煒校注：《白居易詩集校注》，頁 1898。

排罾網，船頭簇綺羅。朝盤鱠紅鯉，夜燭舞青娥。雁斷知風急，潮平見月多。繁絲與促管，不解和漁歌。〔註36〕

若同為以酒食款待賓客或是閒情逸致遊賞，這兩首詩與韋應物〈郡齋雨中與諸文士燕集〉呈現不同的情致，其中：「自慚居處崇，未睹斯民康。理會是非遣，性達形跡忘。鮮肥屬時禁，蔬果幸見嘗。俯飲一杯酒，仰聆金玉章。神歡體白輕，意欲凌風翔。」〔註37〕韋應物善於以山水高遠之景色寄託心境，以景抒情，將情與景凝固於詩作中；白居易重視自然意象之景色，加入了人文關懷與素養，並且將人文意象統攝自然意象。然韋應物任蘇州刺史創作〈郡齋雨中與諸文士燕集〉有自然意象，融情於景的創作外，還有人文關懷與素養；白居易在蘇州創作〈西樓喜雪命宴〉與〈松江亭攜樂觀漁宴宿〉這兩首詩，寄予的自然意象與人文情調，意象堆疊，景與物的描寫，顯出宴集之趣味。

〈郡齋雨中與諸文士燕集〉中提到「兵衛森畫戟，燕寢凝清香」最為警策，頗有道理。文士宴集，本屬文事，而兵衛畫戟，明確是武事，韋應物將兩者組合一起，於寫實中透出自己的身份、地位、才華，含蘊良多，猶為詩中佳句。詩句末段大家躬身飲下一杯醇清美酒，抬頭聆聽各人吟誦金玉詩章。當時韋應物以刺史與詩人的雙重身份來記述文士宴集，並由此而聯想到吳中的人文淵藪與財賦之地，有居高臨下的風度。韋應物晚年（788～790）任蘇州刺史創作〈郡齋雨中與諸文士燕集〉：

兵衛森畫戟，燕寢凝清香。海上風雨至，逍遙池閣涼。煩痾近消散，嘉賓複滿堂。自慚居處崇，未睹斯民康。理會是非遣，性達開跡忘。鮮肥屬時禁，蔬果幸見嘗。俯飲一杯酒，仰聆金玉章。神歡體自輕，意欲凌風翔。吳中盛文史，群彥今汪洋。方知大藩地，豈曰財賦強。〔註38〕

〔註36〕謝思煒校注：《白居易詩集校注》，頁1932。

〔註37〕唐・韋應物著，陶敏、王友勝校：《韋應物集校注》卷一，上海：上海古籍出版社，2011年9月，頁13a～13b。

〔註38〕唐・韋應物著，陶敏、王友勝校：《韋應物集校注》卷一，上海：上海古籍出版社，2011年9月，頁13a～13b。

這是一首寫與文士宴集，並抒發個人胸懷的詩。韋應物自慚居處位地崇高，不見黎民疾苦，全詩議論風情人物，大有長官胸襟。敘事、抒情、議論相間，結構井然有序。韋應物詩風恬淡高遠，以善於寫景和描寫隱逸生活著稱。詩中描寫「理會是非遣，性達閒跡忘」，顯其個性能遺形忘跡，又給詩中添幾分閒適意味。白居易評韋應物五言詩曰：「高雅閒淡，自成一家之體。」若以此來概說此詩的格調，也是比較貼切的。

白居易在元和二年（807），任周厔縣縣尉（今陝西省西安市西）創作〈觀刈麥〉，此詩描寫了麥收成時節的農忙景象，對造成人民貧困之源的繁重租稅提出指責。另一首詩於元和八年（813），白氏在下邽創作〈觀稼〉，反映出自己感到居官食祿的可恥。韋應物創作〈郡齋雨中與諸文士燕集〉有所體悟外，他對於自己無功無德，不勞動，卻能豐衣足食而深感愧疚，其詩〈觀田家〉：

> 微雨眾卉新，一雷驚蟄始。田家幾日閒，耕種從此起。丁壯俱在野，場圃亦就理。歸來景常晏，飲犢西澗水。飢劬不自苦，膏澤且為喜。倉稟無宿儲，徭役猶未已。方慚不耕者，祿食出閭里。〔註39〕

詩歌中表現了一個有良心的封建官吏的人道主義精神。描寫從驚蟄之日起，農民就沒有閒日，每天都宵衣旰食忙碌於農活，結果家裡卻無隔夜糧，每天披星戴月，勞役個不停。韋應物想起自己不從事耕種，俸祿卻是來自鄉里農民，心中深感慚愧。

這是唐代田園詩中的一個特點，也是中國古典詩歌中的一個傳統思維。因此客觀的物性描寫，要能夠具足意義類，有了詩人主觀的聚類引義的聯想，才能夠引出「所用為何」的功效，如何能用物性比況詩人所要敘述的義類，這也就是〈與元九書〉中所說的：「興發於此，而義歸於彼」的寫作手法。歸納而言，天地自然萬物所有物象，都可以透過

〔註39〕唐・韋應物著，陶敏、王友勝校：《韋應物集校注》，卷七，上海：上海古籍出版社，2011年9月，8b～9a。

詩人發興而歸義，歸義符徵的運用，端賴詩人如何在寫作前定位它的符徵意旨，甚至物象的物性，亦可用以比況歷史人物。

當時寶曆元年（825）三月四日，唐敬宗任命他為蘇州刺史，詔書中對白居易做了這樣的品評：「藏於己為道義，施於物為政能。在公形骨鯁之志，閫境有為襦之樂。」顯示唐敬宗對他政治才能的重視。同年月底，他只好離開洛陽，東下赴任。惜別之際，創作〈除蘇州刺史別洛城東花〉：

亂雪千花落，新絲兩鬢生。老除吳郡守，春別洛陽城。江上今重去，城東更一行。別花何用伴，勸酒有殘鶯。〔註 40〕

五月五日到達蘇州，當日上任，並作〈蘇州刺史謝上表〉，其中：「當今國用，多出江南。江南諸州，蘇最為大，兵數不少，土雖沃而尚勞，人徒庶而未富。宜擇循良之吏，委以撫綏。……然既奉承命，敢不誓心？必擬夕惕夙興，焦心苦節，唯詔條是守，唯人瘼是求。」〔註 41〕這是他的志向，他的遠望。

當時的蘇州，不僅地廣人稠，經濟富足，為天下大郡，而且四時風景宜人，足以與杭州媲美。寶曆元年（825）早秋時節，白居易藉著為皇上揀選貢橘的機會，到太湖中作了一次為期五天的長途漫遊。詩歌〈揀貢橘書情〉裡描寫：「洞庭貢橘揀宜精，太守勤王請自行。珠顆形容隨日長，瓊漿氣味得霜成。」〔註 42〕當天一大早，他就帶著十艘畫舫啟棹出航。月亮倒映湖水，星月熠熠，藝伎奏著〈霓裳羽衣曲〉，輕揉慢撚抹復挑，曲子高亢、緩和，聽起來悅耳，消除許多疲勞。白居易詩歌〈早發赴洞庭湖中作〉創作：

閶門曙色欲蒼蒼，星月高低宿水光。棹舉影搖燈燭動，舟移聲拽管絃長。漸看海樹紅生日，遙見包山白帶霜。出郭已行

〔註 40〕謝思煒校注：《白居易詩集校注》，頁 1865。

〔註 41〕唐・白居易著，謝思煒校注：《白居易文集校注》，北京：中華書局，2019 年 8 月第二次印刷，頁 1847。

〔註 42〕謝思煒校注：《白居易詩集校注》，頁 1894。

十五里，唯銷一曲慢霓裳。〔註43〕

當天晚上就住宿在太湖之中的洞庭山麓。太湖是一個盛產橘子的地方，洞庭山畔的景致特別迷人，〈宿湖中〉有記：

水天向晚碧沉沉，樹影霞光重疊深。浸月冷波千頃練，苞霜新橘萬株金。幸無案牘何妨醉，縱有笙歌不廢吟。十隻畫船何處宿，洞庭山腳太湖心。〔註44〕

第二天，他又來到湖中陽塢的明月灣過夜，〈夜泛陽塢入明月灣即事寄崔湖州〉詩裡：「湖山處處好淹留，最愛東灣北塢頭。掩映橘林千點火，泓澄潭水一盆油。龍頭畫舸銜明月，鵲腳紅旗蘸碧流。為報茶山崔太守，與君各是一家遊。」〔註45〕崔太守是指當時的湖州刺史崔玄亮，崔玄亮與白居易為同年好友。白氏初到蘇州時，非常羨慕崔玄亮在湖州每年春天的茶山之旅，等到白氏來遊太湖，見到此處絕色佳景，那種羨慕的心情便消弱了許多。他隨後又寫〈泛太湖書事寄微之〉詩給元稹：

煙渚雲帆處處通，飄然舟似入虛空。玉杯淺酌巡初匝，金管徐吹曲未終。黃夾纈林寒有葉，碧琉璃水淨無風。避旗飛鷺翩翻白，驚鼓跳魚撥刺紅。澗雪壓多松偃蹇，巖泉滴久石玲瓏。書為故事留湖上，吟作新詩寄浙東。軍府威容從道盛，江山氣色定知同。報君一事君應羨，五宿澄波皓月中。〔註46〕

此詩將他的喜悅之情傳達給元稹。顯示其透過詩歌的傳播，白居易與摯友們間的詩歌交流，得以將他的工作狀況與情緒表現，隨著心理的放鬆得到身心靈的平衡。

寶曆二年（826），春天，他遭受疾病的折磨，「春來痰氣動，老去嗽聲深」，又因墮馬傷足，腰痛難行。這些疾病一直延續到寒食，仍未好轉，有〈病中多雨逢寒食〉詩：「水國多陰常懶出，老夫饒病愛閑

〔註43〕謝思煒校注：《白居易詩集校注》，頁1893。
〔註44〕謝思煒校注：《白居易詩集校注》，頁1894。
〔註45〕謝思煒校注：《白居易詩集校注》，頁1895。
〔註46〕謝思煒校注：《白居易詩集校注》，頁1896。

眠。三旬臥度鶯花月，一半春銷風雨天。薄暮何人吹觱篥，新晴幾處縛鞦韆。綵繩芳樹長如舊，唯是年年換少年。」〔註 47〕白氏抱病外出，眼前春景處處生機，雖語中感慨年老多病，垂老興嘆猶盼春日繁景榮華。接著困擾他多年的眼病復發加劇，各種病痛，同時聚集，為了養病，他請了一百天的長假，接著因病請求辭官。他決定後便申請「長告」，即長期病假。五月中旬正式開始他的百日長假〔註 48〕，從此他得以暫時擺脫庶務，專心休養。

從元和以來，朝廷建立了一項新制度，職事官休假滿百日，就予以解職。當時白居易正好眼睛病得非常厲害，〈眼病二首〉中提到：「散亂空中千片雪，蒙籠物上一重紗。縱逢晴景如看霧，不是春天亦見花。」、「眼藏損傷來已久，病根牢固去應難。醫師盡勸先停酒，道侶多教早罷官。」〔註 49〕白居易從五月開始，他實施了齋居，戒食葷腥，試圖進行身體與心靈的雙重調整，有詩〈仲夏齋居偶題八韻寄微之及崔湖州〉：「腥血與葷蔬，停來一月餘。肌膚雖瘦損，方寸任清虛。體適通宵坐，頭慵隔日梳。眼前無俗物，身外即僧居。」〔註 50〕

九月初，百日假滿，這意味著很快就可以辭官回鄉了。白居易滿懷欣喜，〈百日假滿〉：「心中久有歸田計，身上都無濟世才。長告初從百日滿，故鄉元約一年迴。馬辭轅下頭高舉，鶴出籠中翅大開。但拂衣行莫迴顧，的無官職趁人來。」〔註 51〕他辭官的正式理由，是健康惡化，非政治原因，他辭官後的打算，是歸隱田園，非躋身朝官。寶曆二年（826），離開蘇州前創作〈酬別周從事二首〉中有提到：

〔註 47〕謝思煒校注：《白居易詩集校注》，頁 1912。

〔註 48〕白居易〈河亭晴望〉詩中說：「郡靜官初罷。」題下自注說：「九月八日。」有的學者據此認為白居易罷蘇州刺史職應在九月初。白居易又有〈寶曆二年八月三十日夜夢後作〉一詩，其中說：「塵纓忽解誠堪喜」由此可知，他的解職乃在八月下旬。據此上推，計入小月，則其百日長告應始於五月中旬。

〔註 49〕謝思煒校注：《白居易詩集校注》，頁 1923。

〔註 50〕謝思煒校注：《白居易詩集校注》，頁 1920。

〔註 51〕謝思煒校注：《白居易詩集校注》，頁 1928。

腰痛拜迎人客倦，眼昏勾押簿書難。辭官歸去緣衰病，莫作陶潛范蠡看。洛下田園久拋擲，吳中歌酒莫留連。嵩陽雲樹伊川月，已校歸遲四五年。〔註 52〕

白居易於十月初，告別了蘇州〔註 53〕，無數的州民紛紛出來送行。白氏登舟時，州民們臨水羅列跪拜，祝福他一切順利。不少人則沿著堤岸，隨著船隻送行了十來里，還不肯停下。白居易十分感激，在〈別蘇州〉寫道：「還鄉信有興，去郡能無情？」〔註 54〕遠在和州的劉禹錫得知白居易辭官歸鄉的消息後，劉禹錫有感而發，以詩互道辭別。

曾任蘇州刺史的韋應物，出身於官宦世家，自從漢朝開始，韋氏家族就逐漸顯赫，出了不少朝廷大官。依靠顯赫的家庭背景，加上他過人的才華，十五歲就被任命為三衛郎，得到了唐玄宗的賞識。由於成名太早，韋應物與其他公子哥一樣，有著放蕩不羈的性格，有時候還目中無人。安史之亂爆發後，皇帝唐玄宗逃亡蜀地避難，韋應物也就丟掉了工作，這讓他相當鬱悶，從此開始埋頭苦讀，也改掉了之前狂傲的性格，變得十分低調。唐肅宗繼位後，韋應物又被重新啟用，但他基本都是在外地做官，最高做過蘇州刺史。韋應物不管身居何職，工作都相當努力，而且為官極為清廉，深受百姓愛戴。

韋應物與白居易，他們對自己要求高，尤其是對於百姓的福祉，極力爭取。即使這樣，他們總是認為自己做的不夠，經常自我反省，認為朝廷所發給的俸祿，是民脂民膏，應該要妥善規劃政策與制度。韋應物在詩中寫道：「身多疾病思田里，邑有流亡愧俸錢」有朋友勸他：「你已經做的很好了，不要對自己太嚴苛。」一般來說，他任職了好幾年的

〔註 52〕謝思煒校注：《白居易詩集校注》，頁 1933。

〔註 53〕朱金城《白居易集箋校》卷二十一〈答劉禹錫白太守行〉詩箋：「白氏在蘇州所作之《華嚴經石記》題云：寶曆二年九月二十五日前蘇州刺史白居易記，則知其九月二十五日前仍未離開蘇州。此詩云『去年到郡時，麥穗黃離離。今年去郡日，稻花白霏霏。』所當是晚稻之花。東南諸省晚稻熟成於立冬前後，據此，白居易離開蘇州時必在十月初旬。」

〔註 54〕謝思煒校注：《白居易詩集校注》，頁 1691。

刺史，應該有不少積蓄。貞元四年（788）任蘇州刺史，貞元六年（790）罷蘇州刺史，事實卻令人吃驚，他連去京城的費用都出不起，在古代，詩人做官相當的多，像韋應物一貧如洗的人卻寥寥無幾。他的晚年寓居蘇州城外永定寺裡。

貞元七年（791）韋應物在廟中病逝，葬於長安少陵原。即使如此貧困，但他頗為灑脫，曾經寫下了：「我有一瓢酒，可以慰風塵」與「欲持一瓢酒，遠慰風雨夕。落葉滿空山，何處尋行跡。」的經典詩句。白居易比韋應物小三十五歲，他對韋應物的才華相當的佩服，彷彿視其為文化偶像。韋應物與白居易對於禪宗思想有所研究，時常出入寺院，亦有許多詩歌提及佛教、佛門的作品。這類詩歌並不直接講述佛理，而是以描寫寺院、禪房，與其周圍的動靜態景物為主，將其對禪修生活的喜愛，訴諸詩歌裡，從容寄寓風韻之情感。白氏內斂的情感不因為描繪景致有所稀釋，反而愈見其精神高度，靜者有怡曠之姿態，動者有沉穩之氣勢。

第二節　白居易詩歌閒適之意蘊

白居易從小讀書，學作詩，學作文章。〈與元九書〉：「及五六歲，便學為詩。九歲諳識聲韻，十五始知有進士，苦節讀書。二十已來，晝課賦，夜課書，間又課詩，不遑寢息矣，以至于口舌成瘡，手肘成胝，寄壯而膚革不豐盈，未老而齒髮早衰白。」〔註 55〕又〈朱陳村〉：「十歲解讀書，十五能屬文」。身勞苦、心憔悴，思維縝密，詩才卓越，其十五歲所作〈江南送北客〉、〈江樓望歸〉等詩，十六歲所作的〈賦得古原草送別〉詩極受到賞識。其〈眼暗〉：「早年勤卷看書苦，晚歲悲傷出淚多」，他這樣埋頭苦讀經典，腹有詩書氣自華，造就其詩歌創作非凡。

白居易效法《詩經》三百篇的筆法，他認為詩必須合乎六藝，才有價值。他的詩歌創作有風雅比興的作品，在新樂府序中，明白的說：

〔註 55〕唐・白居易著，謝思煒校注：《白居易文集校注》，北京：中華書局，2019 年 8 月第二次印刷，頁 324。

「凡九千二百五十二言，斷為五十篇。篇無定句，句無定字，繫於意，不繫於文。首句標其目，卒彰顯其志，《詩》三百之義也。」〔註56〕可為明證。他生平好詩、愛詩、嗜詩，自稱詩癖、詩魔、詩仙、詩客。貞元十五年，白居易二十八歲（799），從鄉試及第後，雖專攻科試，但也不廢棄作詩。永貞元年，白氏三十四歲（805）授校書郎，所作的詩已有三百多首了，許多朋友對他的詩都很稱讚。

白居易是一個很有抱負的人，他雖然已經做校書郎，但他還不滿足，所以他在卜居渭上的第二年和元稹兩人商議應制舉，於是退居華陽觀。他在〈策林・序〉中說：「元和初，予罷校書郎，與元微之將應制舉，退居於上都華陽觀，閉戶累月，揣摩當代之事，構成策目七十五門。及微之首登科，予次焉。」〔註57〕元和五年（810）他在長安，〈代書詩一百韻寄微之〉詩中說：

> 荏苒星霜換，回環節候催。兩衙多請告，三考欲成資。運啟千年聖，天成萬物宜。皆當少壯日，同惜盛明時。光景嗟虛擲，雲霄竊闇闚。攻文朝矻矻，講學夜孜孜。策目穿如札，毫鋒銳若錐。繁張獲鳥網，堅守釣魚坻。並受夔龍薦，齊陳晁董詞。萬言經濟略，三道太平基。中第爭無敵，專場戰不疲。輔車排勝陣，掎角搴降旗。雙闕紛容衛，千僚儼等衰。恩隨紫泥降，名向白麻披。既在高科選，還從好爵縻。東垣君諫諍，西邑我驅馳。〔註58〕

元和元年（806）春天，白居易與元稹退居華陽觀準備應制策，閉門不出。有〈春題華陽觀〉、〈華陽觀桃花時招李六拾遺飲〉、〈春中與盧四周諒華陽觀中八月十五日夜招友翫月〉等詩。當年四月，二人同應制策，白居易入四等，元稹入三等。白居易授盩厔縣尉，元稹授左拾遺。元和

〔註56〕謝思煒校注：《白居易詩集校注》，頁267。
〔註57〕唐・白居易著，謝思煒校注：《白居易文集校注》，北京：中華書局，2019年8月第二次印刷，頁1351。
〔註58〕謝思煒校注：《白居易詩集校注》，頁978。

元年，白氏三十五歲作〈長恨歌〉，他在這段時期創作許多作品，除了膾炙人口的〈長恨歌〉外，還有樂府雜詩、閒適、諷諭等詩百多篇，生活與時事都成為詩歌創作內涵。

元和二年，白居易授翰林學士。這時之所以受到憲宗的拔擢，主要是他文辭富豔，尤精詩筆，箴時之病，補正之缺。這個創造的條件並不是因為諷諭詩而被重用，他當時還沒有大量抒寫諷諭詩。元和三年秋天，白氏曾為京兆府考取進士的考試官。值得關注的是〈策問五道〉，其中的第三道是論及詩歌作用。說明這時的白居易對詩歌創作論，比撰寫〈策林〉時更加成熟了：「大凡人之感於事，則必動於情，發於嘆，興於詠，而後形於歌詩焉。故聞〈蓼蕭〉之詠，則知德澤被物也；聞〈北風〉之刺，則知威虐及人也；聞「廣袖」「高髻」之謠，則知風俗之奢蕩也。古之君人者，採之以補察其政，經緯其人焉。……」〔註 59〕他提出詩歌和政治具有密切關係的論點，是從來沒有人如此明確的闡釋過，在中國古代詩歌理論發展上，是一個重要的突破，這是現實主義文學關鍵性的起點。隨著年歲增長，白氏閱歷也更加豐富，對寫作也有了較深的認識，因而所寫的〈秦中吟〉及新樂府詩歌為時人所稱許。元和十年（815）〈與元九書〉：

> 自登朝來，年齒漸長，閱事漸多。每與人言，多詢時務。每讀書史，多求理道。始知文章合為時而著，歌詩合為事而作。是時皇帝初即位，宰府有正人，屢降璽書，訪人急病。僕當此日，擢在翰林。身是諫官，手請諫紙。啟奏之外，有可以救濟人病，裨補時闕，而難於指言者，輒詠歌之。欲稍稍遞進聞於上，上以廣宸聰，副憂勤；次以酬恩獎，塞言責；下以復吾平生之志。〔註 60〕

〔註 59〕唐・白居易著，謝思煒校注：《白居易文集校注》，北京：中華書局，2019 年 8 月第二次印刷，頁 448。

〔註 60〕唐・白居易著，謝思煒校注：《白居易文集校注》，北京：中華書局，2019 年 8 月第二次印刷，頁 324。

白居易〈與元九書〉:「提到自登朝來，年齒漸長，閱事漸多，每與人言，多詢時務，每讀書史，多求道理。始知文章合為時而著，歌詩合為事而作」。說明其詩歌〈秦中吟〉到新樂府詩歌創作軌跡，接觸的現實面更加廣闊了。〈秦中吟〉反映社會現實，發人深省，其主題專一明確，摹寫造境，敘寫鮮明對比。新樂府詩歌創作是白居易讀過李紳與元稹和詩以後，受到啟發才創作了〈新樂府〉，延續了元和四年或五年之間諷諭詩的氛圍，適足證明李紳給予白居易的影響甚大。無論是〈秦中吟〉到新樂府詩歌創作，或詩歌閒適創作，都能夠呈現質古采風之妙，語言文字通俗化，平易近人之詩歌特質。

元和五年（810），由於政治環境的錯綜複雜，宦官集團與舊官僚集團勢力日漸逼近。進士集團領袖人物裴垍中風，不能視事，辭去宰相。李吉甫即將入朝，這對新進分子們壓力很大。正因為如此，所以白居易創作的詩歌特別多，而且多是組詩，其思想鮮明，針對性強烈，給人的印象極為深刻。此年白氏在詩歌體裁創新上有很大的突破，寫了兩篇百韻的五言排律。一是〈和夢遊春詩一百韻〉，另一篇是〈代書詩一百韻寄微之〉，多是敘述舊遊及宦仕之際的經歷。這種體裁當是元和體的特點之一。依據元稹〈上令狐相公詩啟〉說法：

> 稹與同門生白居易友善，居易雅能為詩，就中愛驅駕文字，窮極聲韻，或為千言，或為五百言律詩，以相投寄，小生自審不能有以過之，往往戲排舊韻，別創新詞，名為次韻相酬，盡欲以難相挑耳，江湘間為詩者復相仿效，力或不足，則至於顛倒語言，重複首尾，韻同意等，不異前篇，亦目為元和詩體。而司文者考變雅之由，往往歸咎於稹。嘗以為雕蟲小事，不足以自明。〔註61〕

據此可知，所謂「元和體」，主要是指長篇的排律而言。元、白兩人之長篇排律，大都記敘年輕時代某些浪漫的生活瑣事，同時也涉及到政

〔註61〕唐·元稹：《元稹集校注》，補遺卷二，上海：上海古籍出版社，2011年12月。

治上的挫折，及個人的志趣、理想等等，並非如杜牧借李戡之口對元、白的評論。〔註 62〕元和五年的年底，李吉甫從揚州回到了長安入相，此時宦官與舊官僚的氣勢又高漲起來，白居易內心深感不安，意氣漸漸的消沉下去。歲暮，他寫過一篇〈隱几〉詩，毫無保留的輕吐了自己的心曲：

> 身適忘四支，心適忘是非。既適又忘適，不知吾是誰。百體如槁木，兀然無所知。方寸如死灰，寂然無所思。今日復明日，身心忽兩遺。行年三十九，歲暮日斜時。四十心不動，吾今其庶幾。〔註 63〕

描寫當時白居易面對政治環境的錯綜複雜，宦官集團與舊官僚集團勢力，日漸逼近所引發的憑几坐忘，凝神遐想，彷徨仰天長嘯的心理狀態。元和五年（810），從白居易所寫的組詩，反映出他的思想徬徨、遲疑，對現實漸漸失去信心。那種敢於革心，勇於諍諫的雄心壯志，逐日削弱，可是自己又不甘心沉淪下去，所以內心日益苦悶。〈雜感〉描寫此時心理變化，其中有提到：

> 君子防悔尤，賢人戒行藏。嫌疑遠瓜李，言動慎毫芒。立教圖如此，撫事有非常。為君持所感，仰面問蒼蒼。犬齧桃樹根，李樹反見傷。老龜烹不爛，延禍及枯桑。城門自焚爇，池魚罹其殃。陽貨肆兇暴，仲尼畏於匡。魯酒薄如水，邯鄲開戰場。伯禽鞭見血，過失由成王。都尉身降虜，宮刑加子長。呂安兄不道，都市殺嵇康。斯人死已久，其事甚昭彰。是非不由己，禍患安可防？使我千載後，涕泗滿衣裳。〔註 64〕

元和六年（811），由於憲宗重視禪宗，因而大量翻譯佛經，同時

〔註 62〕據李戡雲：「嘗痛自元和以來有元白詩者，纖艷不逞非莊人雅士多為其所破壞。流於民間，疏於屏壁，子女父母，交口教授，淫言語，冬寒夏熱，入人肌骨，不可除去。」

〔註 63〕謝思煒校注：《白居易詩集校注》，頁 523。

〔註 64〕謝思煒校注：《白居易詩集校注》，頁 263。

也相信神仙之說，張籍勸說:「求道慕靈異，不如守尋常，先王知其非，戒之在國章。」可以說是語重心長。當時憲宗令白居易撰寫制書，白居易反對，於是拒絕撰寫，並上疏奏嚴綬，理由是:「趙宗儒眾稱清介有恆，嚴綬眾稱怯懦無恥，二人臧否，優劣相懸。」嚴綬是個無所為的人，經常依附宦官自固，說明嚴綬不如當時江陵節度使趙宗儒。裴垍病免宰相消息傳到江陵以後，元稹認為得以依靠的政治人物沒有了，便考慮投靠嚴綬集團。這不只是一個功名利祿的問題，而是政治上的變節，是對進士集團新進分子的背叛。白居易在這元和五、六年之際，心裡充滿煩躁與不安，時而想起元稹（微之），有詩〈雨雪放朝因懷微之〉云:「歸騎紛紛滿九衢，放朝三日為泥塗。不知雨雪江陵府，今日排衙得免無？」〔註 65〕當時天氣驟變，不僅陰寒，也因為雪量過大，憲宗放朝三日，派人送詩章來以慰藉白居易，白居易答詩表示自己毫無煩惱，有詩〈酬錢員外雪中見寄〉寫道:「松雪無塵小院寒，閉門不似住長安。煩君想我看心坐，報道心空無可看。」〔註 66〕白居易期待看得心淨，清淨得心地，莫蜷縮身心，若能舒展身心，放曠遠看。元和六年（811）夏天四月，白居易母親陳氏病逝長安，白居易與白行簡遵禮丁憂，便辭去官職，率領家人扶柩回下邽故里。這次離開長安，就當時的政治環境而言，白居易是極其徬徨與無奈，卻又不甘心沉淪下去。元和五年（810），長安〈自題寫真〉，約莫可以看出他當時的思想動態:

> 我貌不自識，李放寫我真。靜觀神與骨，合是山中人。蒲柳質易朽，麋鹿心難馴。何事赤墀上，五年為侍臣。況多剛狷性，難與世同塵。不惟非貴相，但恐生禍因。宜當早罷去，收取雲泉身。〔註 67〕

此時的白居易已經意識到，自己狂狷的性格處在朋黨傾軋的朝廷，如果不及早脫身，極有可能會帶給自己滅頂之災。「丁憂」，給他創造了一

〔註 65〕 謝思煒校注:《白居易詩集校注》，頁 1080。
〔註 66〕 謝思煒校注:《白居易詩集校注》，頁 1082。
〔註 67〕 謝思煒校注:《白居易詩集校注》，頁 519。

個極好的機會，「沉潛」，讓他鍛鍊一個強健的身心。於是，當他對於現實漸漸失去信心時，思想呈現徬徨無依的狀態下，逐漸建立起曾經的雄心壯志，那種勇於革新，勇於諫諍的豪情剛狷。秋冬之際，白居易病已漸癒，身體也慢慢結實起來，但裴垍病逝的消息傳來，他的心中極為怏怏不悅。實際上這是舊官僚集團與進士集團的衝突表面化，白居易是熟知個中奧秘的，當下心中的忿忿不平，他亦感到不當官也不是一件壞事。元和六年（811），下邽〈閒居〉創作，對人世間的富貴與高位有了不同的理解：

空腹一盞粥，飢食有餘味。南簷半牀日，暖臥因成睡。綿袍擁兩膝，竹几支雙臂。從旦直至昏，身心一無事。心足即為富，身閑乃當貴。富貴在此中，何必居高位？君看裴相國，金紫光照地。心苦頭盡白，纔年四十四。乃知高蓋車，乘者多憂畏。〔註 68〕

這首詩說明白居易的思想產生變化，對於仕宦之途已有些厭倦，對於朝中千奇百怪的故事，現在似乎看得更加清楚了，使他得以避免感情用事，覺得如能永遠離開那個政治旋渦，離開長安未嘗不是一件好事。在他看來一個人「知足保和」就是富，生活「安閒無事」就是貴，並不一定要高冠駟馬，即使裴垍做過宰相費盡多少心機，還是多少有些憂畏，但對於裴垍的為人他卻非常敬重的。

元和七年（812），白居易與白行簡等兄弟都在丁憂，俸料皆停，當時白居易的病雖然好了，但氣虛體弱，心理層面免不了蒙上一層灰暗。白氏除了自己身家問題外，有時懷念元稹，為他遲遲不得放歸而感到難過。白居易並未意志消沉，而且希望活下去，希望還能夠有一番作為。他曾從野外移株小松樹來鼓勵自己，有詩〈栽松二首〉寫著：

小松未盈尺，心愛手自移。蒼然澗底色，雲濕煙霏霏。栽植我年晚，長成君性遲。如何過四十，種此數寸枝？得見成陰

〔註 68〕謝思煒校注：《白居易詩集校注》，頁 527。

否，人生七十稀。

愛君抱晚節，憐君含直文。欲得朝朝見，階前故種君。知君死則已，不死則凌雲。〔註69〕

白居易藉松言志，反映出其思想深處蘊藏堅強的意志，不向困難低頭，不畏強權，正是他的性格本色。他還目睹了貧富懸殊的現象，當時長安附近各地旱災，老百姓沒有糧食餬口維生，就到田野挖取地黃，然後用地黃去換有錢人的馬料吃。他有感而發，寫下〈採地黃者〉加以紀實：

麥死春不雨，禾損秋早霜。歲晏無口食，田中採地黃。採之將何用，持以易糇糧。凌晨荷鋤去，薄暮不盈筐。攜來朱門家，賣與白面郎。與君啖肥馬，可使照地光。願易馬殘粟，救此苦飢腸。〔註70〕

白居易與白行簡等兄弟都在丁憂，俸料皆停，社會環境並不理想，自家的經濟條件也不是很樂觀，一家生計必須解決，數十口之家何以維生？思前想後，唯一當前出路就是種田。當時社會觀感認為，作過翰林學士的人務農營生，必定會受人譏笑。白居易從不會擔心這種觀感，因為他對於務農種田者沒有輕視與偏見。毅然決然的念頭，詩有〈歸田三首〉其中提到：

種田意已決，決意復何如？賣馬買犢使，徒步歸田廬。迎春治耒耜，候雨闢菑畬。策杖田頭立，躬親課僕夫。吾聞老農言，為稼慎在初。所施不鹵莽，其報必有餘。上求奉王稅，下望備家儲。安得放慵惰，拱手而曳裾？學農未為鄙，親友勿笑余。更待明年後，自擬執犁鋤。〔註71〕

白居易下定決心務農，是經過長時間的深思熟慮，雖然是基於現實的考量，迫於無奈與不得已的情況下，但他實際上種了一些數量不多的

〔註69〕謝思煒校注：《白居易詩集校注》，頁805。
〔註70〕謝思煒校注：《白居易詩集校注》，頁99。
〔註71〕謝思煒校注：《白居易詩集校注》，頁536。

作物，大約有高粱與韭菜，種高粱用來釀酒，種韭菜留明年春天，期待來年豐收，亦期待長安城裡能傳來好消息。此時此刻白居易撐住羸弱身體，對詩歌的創作熱情猶不減，繼續奮鬥抒寫雅俗生活，誠如元和七年（812）〈自吟拙什因有所懷〉所說的：

懶病每多暇，暇來何所為？未能拋筆硯，時作一篇詩。詩成淡無味，多被眾人嗤。上怪落聲韻，下嫌拙言詞。時時自吟詠，吟罷有所思。蘇州及彭澤，與我不同時。此外復誰愛，唯有元微之。謫向江陵府，三年作判司。相去二千里，詩成遠不知。〔註72〕

從元和五年到元和八年之間，白居易創作了許多詩歌，對於自己喜愛吟詩作對，歸因於天性，並對自己總體創作現象的觀照與審思，更視為一種自我覺察、自我批評，通過詩歌確立自我觀照與意象審美。即使詩歌創作受人嘲笑，他還是不斷強化、堅持自己的寫詩信念。並以晉代的陶淵明和唐代韋應物為理想典範，將二者渾融平淡與清澈從容的風格，視他們為自己的知音，白居易猶能吟詩作伴，遣懷自娛。遠貶江陵的元稹，即使相隔千里，仍欣賞白居易詩歌，詩歌創作吟誦之間，取得精神上的聯繫，這是知音相知相惜的寫照。其詩歌創作規律主張有二：

一、詩成淡無味之意蘊

元和八年（813）白居易開始種田以後，他的思想情感起了極大變化。他懂得觀察禾苗的生長，豐收的莊稼讓他心裡非常愉快，聽見鳥雀鳴聲也感覺非常快樂。他經常與村莊的鄰里往來，面對質樸、勤勞的農民，使他對農民有了新的認識。白居易詩歌賦予新的觀點，闡述白氏散步和作客見聞農家生活場景，由描寫農民的質樸到發表士太夫不勞而獲的議論，接轉自然。詩句質樸自然，語言樸實無華，明曉如話家常，詩歌樸實中透露出真摯的情感和豐富的意蘊。

詩歌意境創造的「意象」，在通過對農民終歲辛勞而不得溫飽的具

〔註72〕謝思煒校注：《白居易詩集校注》，頁549。

體描述，深刻揭示了當時賦稅徭役的繁重和社會制度。農民就開始無一日閒度，整天起早摸黑的忙碌於農活，結果寅吃卯糧，勞役不停歇，經濟還是未能改善。勞動對一個士大夫知識份子來說，是一件很不容易的事情，白居易體認到勞動的必要性，對於躬耕生活有了感情；對於農民的苦難有了同情，並和農民之間有了經常性的交往。

陶淵明農事歌詠中，田園詩佔了極大的篇幅，〈移居二首〉中有：「農務各自歸，閒暇則相思，相思則披衣，言笑無厭時。」〔註 73〕他和農民之間建立起相通的思想情感，得以理解與關注，他參與農業活動能以同理心觀察與體認，其〈歸園田居〉詩中有提：「時復墟曲中，披草共來往。相見無雜言，但道桑麻長。桑麻日已長，我土日已廣。常恐霜霰至，零落同草莽。」〔註 74〕陶淵明長期的田居與躬耕壟畝生活，通過飽經風霜農事生活，與農民有了共通的語言，有了這樣的共識，對於士大夫來說是非常可貴的。這是陶淵明在中國詩歌史上的創舉，他的田園詩不僅反映其個人的田園生活經歷，廣闊的反映當時的農村生活，既是寫詩亦是寫史。詩歌中「曖曖遠人村，依依墟裏煙」、「狗吠深巷中，雞鳴桑樹巔」、「採菊東籬下，悠然見南山」，以怡然自得的心情，將農村生活如實寫入詩歌，反映農村生活之外，對於田間自然之景描繪得詩意盎然。

白居易作品是真實的生活寫照，也是白氏的精神生活裡的一面鏡子。白氏寄身仕途與陶淵明、韋應物經歷宦海浮沉，經歷幾度物換星移的生活，他們都能有「居官自省」與「愛民如己」的思想。無論是陶淵明「穎脫不羈，認真自得」或是韋應物「才麗興諷之外，澄澹精緻，格在其中。」還有白居易「辭質而徑，事覈而實」即是標舉詩歌寫作語言質樸通俗，議論直白顯露，寫事絕假純真，形式流利暢達。白氏恬適

〔註 73〕晉・陶淵明：《陶淵明集校箋》（修訂本）（上下冊），上海：上海古籍出版社，2019 年 3 月，頁 138。

〔註 74〕晉・陶淵明：《陶淵明集校箋》（修訂本）（上下冊），上海：上海古籍出版社，2019 年 3 月，頁 87。

居、觀田家，或是從事農物勞動，亦涵養著閒適自得的生活，讀來亦是真誠信實，超然靜穆的一面。

白居易當時因為政治退隱與多雨天氣有感而發，他面對社會環境與大自然陰晴變化，並非一味牢騷與壓抑，他能晴耕雨讀，能自我調整，面對窘困，他會轉移注意力，並與仕宦人際網絡，保持適當的個體距離，另闢生活蹊徑。他將自娛、自得做為自己新的精神追求，從這角度出發，他重新思索高士陶淵明的人生境遇與心情，並與之產生情感上的距離連結。

〈效陶潛體詩十六首〉〔註75〕主旨在於「酒」字的涵蓋性，酣然酒興中找到了一種美妙的人生方式，超越性的人生哲理，用大自然的無限反襯人生的有限，以人生應是曠達樂觀為導引，為歡幾何？莫如即時當下，夫復何求？白居易很清楚自己的生活取向選擇，因此與陶淵明純然養真的飲酒態度是有差異的。陶淵明詩歌以逍遙閒適遠播，有詩「採菊東籬下，悠然見南山」著名，而「刑天舞幹戚，猛志固常在」，並非朝夕農作，飲酒尋思，飄然若塵。白居易當時效法陶淵明有與之相類似的境遇與心情。詩歌〈效陶潛體詩十六首〉中「我有同心人，邈邈崔與錢。我有忘形友，迢迢李與元。」、「重陽雖已過，籬菊有殘花。歡來苦晝短，不覺夕陽斜。老人勿遽起，且待新月華。客去有餘趣，竟夕獨酣歌。」、「一人常獨醉，一人常獨醒。醒著多苦志，醉者多歡情。歡情信獨善，苦志竟何成？」、「貴賤交道絕，朱門扣不開。及歸種禾黍，三歲旱為災。入山燒黃白，一旦化為灰。蹉跎五十餘，生世苦不諧。處處去不得，卻歸酒中來。」、「南巷有貴人，高蓋駟馬車。我問何所苦，四十垂白鬚？答雲君不知，位重多憂虞。北里有寒士，甕牖繩為樞。出扶桑藜杖，入臥蝸牛廬。散賤無憂慮，心安體亦舒。」詩歌充滿諧趣雋永，饒富意境，對於詩中良將、壯士、孝婦等形象，熱情的讚頌，情志的抒懷，接轉詩情無限。白居易歌詠古代人物，實際是以古人

〔註75〕謝思煒校注：《白居易詩集校注》，頁499。

自況，他非一味閒適安逸，其閒適乃是要傳達：「知足保和，吟翫情性」。他充滿對社會關懷，卻也如歷代政治文人一樣，仕宦官途過關斬將，難免灰心喪志，陶淵明的人物形象重生，同時也效法〈五柳先生傳〉作醉吟先生自況。在〈題潯陽樓〉詩中：

> 常愛陶彭澤，文思何高玄。又怪韋江州，詩情亦清閑。今朝登此樓，有以知其然。大江寒見底，匡山青倚天。深夜溢浦月，平旦爐峰煙。清輝與靈氣，日夕供文篇。我無二人才，孰為來其間？因高偶成句，俯仰愧江山。〔註 76〕

白居易因為登樓見到長江、匡山、溢浦月、爐峯煙之美景，緣於他曾在江州潯陽，當時正是孟冬時節，草木尚能見綠滋，〈溢浦早冬〉詩有：「日西溢水曲，獨行吟舊詩。蓼花始零落，蒲葉稍離披。」〔註 77〕與「清輝與靈氣，日夕供文篇」相應。詩人自嘆無陶潛之才，讚揚韋應物詩歌偉美清閒，來到江州雖有作詩依然深感慚愧，白氏來到陶淵明、韋應物曾待過的江州潯陽，遂期許自己在共用清輝與靈氣中，將來詩歌造詣與生活境界能夠更加提升。韋應物〈遊靈巖寺〉：

> 始入松路永，獨忻山寺幽。不知臨絕檻，乃見西江流。吳岫分煙景，楚甸散林丘。方悟關塞眇，重軫故園愁。聞鍾戒歸騎，憩澗惜良遊。地疏泉穀狹，春深草木稠。茲焉賞未極，清景期杪秋。〔註 78〕

韋應物（737～792）將靈巖寺和靈巖山的描寫得十分幽靜，轉瞬間走向林蔭大道，登臨眺望滾滾長江，遙望吳楚大地，山巒疊翠，雲煙穿空，感覺時空更是遙遠，加重了對故園的思念。遊賞尚意猶未盡，期待下次的秋天。寫景與抒情融和，情景交融，渾然天成，情因景生，景隨情變，玩賞還沒有盡興，興起來日故地重遊的想法。這首詩歌語言簡潔樸素，

〔註 76〕謝思煒校注：《白居易詩集校注》，頁 593。
〔註 77〕謝思煒校注：《白居易詩集校注》，頁 591。
〔註 78〕唐·韋應物著，陶敏、王友勝校：《韋應物集校注》，卷七，上海：上海古籍出版社，2011 年 9 月，頁 10b～11a。

風格沖淡閒遠。以記遊形式，透過詩句轉折，意境產生變化，遠景壯闊引思念故園，近景明媚春光惜當下，沉吟不已，鐘鼓響徹分晝夜，遊賞意興仍強烈。寶曆二年（826），蘇州，白居易〈靈巖寺〉：「館娃宮畔千年寺，水闊雲多客到稀。聞說春來更惆悵，百花深處一僧歸。」時光流逝，盛衰無常。同年亦寫下一首〈宿靈巖寺上院〉，詩歌流露禪淨意境：

> 高高白月上青林，客去僧歸獨夜深。葷血屏除唯對酒，歌鐘放散只留琴。更無俗物當人眼，但有泉聲洗我心。最愛曉亭東望好，太湖煙水綠沉沉。〔註79〕

當時白居易信佛，是屬於「在家居士」。這次夜宿在靈巖寺，動了禪心。他覺得寺院客去僧歸，已無俗物入眼，但有泉聲洗心，心淨無塵，虔誠向佛，生動的描繪出一個佛門信徒虔誠的心態。詩通過對寺院自然環境以及僧人日常生活的描寫，營造出了一種濃郁文化氛圍的禪淨意境。這與〈題靈巖寺〉意境與心情大不相同：「娃宮屧廊尋已傾，硯池香徑又欲平。二三月時但草綠，幾百年來空月明。使君雖老頗多思，攜觴領妓處處行。今愁古恨入絲竹，一曲涼州無限情。直自當時到今日，中間歌吹更無聲。」〔註80〕

〈宿靈巖寺上院〉詩中的禪淨是文人心中的禪淨，它浸淫著一種濃郁的文化氛圍，並非是一種空寂的淨。白居易以「白月」和「青林」描繪環境的明麗，然後在送走遊客與僧人離去，只有他獨自面對眼前的天地，對於他身心而言是一次「取捨」的意義。佛教中「放」與「禁」中，他選擇了禁：屏除葷血，這是遵從不殺生、不食生的佛教教義，而他又留下了酒，表現出傳統文人的嗜好。經過一番取捨，他進入了文人的禪淨：眼中一切都是雅淨的，更是潺潺的泉聲傳來，可蕩盡心中一切雜念。有心可洗，可見白氏此時是有心向禪而未徹悟。詩之尾聯卻開始進入了禪境，這是一片渾然的境界，朝霞與煙霧一色、湖天一色，白氏此時也無所謂取捨，他以全部身心融入這個境界，於是，在不經意中，

〔註79〕謝思煒校注：《白居易詩集校注》，頁1933。

〔註80〕謝思煒校注：《白居易詩集校注》，頁1677。

他步入了禪境。

白居易詩中有工於詩歌語言閒適自然，理當透過白氏錘鍊與潤飾的工夫，作用為精煉而呈現詩成淡無味，但見情性，不睹文字的超越境界。劉禹錫〈酬樂天初冬早寒見寄〉詩中以：「兩傳千里意，書劄不如詩」對「詩者，其文章之蘊」一語做出的具體解說歸納，說明詩歌與其他體裁的文章，在意與象間實存著很大的差別，此差別即是詩歌「片言以明百意」所形成詩歌意境美的本質特徵。在坐馳言虛靜坐忘、神與物遊的，也援用佛家戒、定、慧三學之法，探論想像力與詩歌意境創造的關係問題，並承接劉勰《文心雕龍．神思》中的「寂然凝慮」、「思接千載」、「視通萬理」等見解而來。這樣的過程是白氏進行創作後不執著於「言」的層面，並跳脫「意」的局限性，方可超越「言」與「意」之間的不盡之憾，「象」仍只是傳達「意」的媒介與手法，進而超越「象」的有限性，詩境才能與象外的情思連結，即是詩成淡無味的蘊含，詩歌吟罷繼而馳役的創造力發揮。

二、吟罷有所思之馳役

白居易對於陶淵明的景仰與愛慕之情，時常流露於詩中，如〈官舍小亭閑望〉：「數峰太白雪，一卷陶潛詩。」〔註 81〕、〈北窗三友〉：「嗜詩有淵明，嗜琴有啟期，嗜酒有伯倫，三人皆我師。」〔註 82〕、〈足疾〉：「應須學取陶彭澤，但委心形任去留。」〔註 83〕與〈醉中得上都親友書以予停俸多時憂問貧乏偶乘酒興咏而報之〉：「異世陶元亮，前生劉伯倫。」〔註 84〕白氏也自比是陶淵明，《元好問「論詩三十首」》：「一語天然萬古新」注云：「陶淵明，晉之白樂天。」〔註 85〕他從士大夫傳統的審美觀出

〔註 81〕謝思煒校注：《白居易詩集校注》，頁 465。
〔註 82〕謝思煒校注：《白居易詩集校注》，頁 2280。
〔註 83〕謝思煒校注：《白居易詩集校注》，頁 2667。
〔註 84〕謝思煒校注：《白居易詩集校注》，頁 2775。
〔註 85〕元好問：《元好問「論詩三十首」》，臺北：萬卷樓，2013 年 4 月，頁 119。

發，以唐代陳子昂、杜甫之詩合乎六義之標準來評論前代詩人，尚能標舉陶淵明、謝靈運、李白、韋應物等詩人。當時白居易在江州，以陶淵明、韋應物為宗，追求平淡自然，前者「高玄」，後者「清閒」，而回歸自然，走向山水，其詩〈讀謝靈運詩〉中有提到：「謝公才廓落，與世不相遇。壯志鬱不用，須有所洩處。洩為山水詩，逸韻諧奇趣。大必籠天海，細不遺草樹。豈惟玩景物，亦欲攄心素。」〔註 86〕身在江湖，壯志鬱積。其中白氏山水詩句有：「大必籠天海，細不遺草樹。豈惟玩景物，亦欲攄心素。」此寫景抒發心情，壯志逸韻，也是受到謝靈運的影響。

故從《石洲詩話》：「白公之妙，亦在無意，此其似陶處。」又曰：「白公五古，上接陶，下開蘇陸。」〔註 87〕白居易像陶淵明處，除了詩語天然，在無意之間外，他們的性情也十分相似。兩人互為晉朝、唐代人物形象表裡，白居易在江州曾訪陶淵明舊宅，詩題〈訪陶公舊宅〉並序：「予夙慕陶淵明為人，往歲渭川閒居，嘗有〈效陶體詩十六首〉。今遊廬山，經柴桑，過栗里，思其人，訪其宅，不能默默，又題此詩。」其中有云：「……我生君之後，相去五百年。每讀五柳傳，目想心拳拳。昔常詠遺風，著為十六篇。今來訪故宅，森若君在前。」〔註 88〕白氏在詩中讚揚陶之高風亮節，卓然不群，甘於貧賤，不應徵召，並陳述他對陶淵明人格的景仰，「每逢姓陶人，使我心依然。」流露對其精神風格的依戀。翁方綱《石洲詩話》：

> 白居易效陶詩作從內容上看屬於「閒適」的範圍，據其〈與元九書〉對自己作品的分類，所謂閒適詩的涵義是「或退公獨處，或移病閒居。知足保和，吟玩情性」。從體裁上講主要是五言古詩，許學夷《詩源辨體》卷二八：「白樂天五言古，其源出於淵明。」白詩時有得淵明神韻之處，如《唐宋詩醇》評其〈病假中南亭閑望〉詩：「神韻酷似淵明，西簷二句，亦摹採菊東

〔註 86〕謝思煒：《白居易詩集校注》，頁 603。
〔註 87〕清・翁方綱著：《石洲詩話》，卷二，中國哲學書書電子化計畫。
〔註 88〕謝思煒校注：《白居易詩集校注》，頁 594。

籬下語意。」〈官舍小亭閑望〉詩：「太白雪，陶潛詩，隨意所會，綴而成文，不相合而相合。」〈詠興五首〉詩：「出府歸吾廬，胸有真得，信手拈來，自饒天趣，此種詩境的是從淵明脫化而出，但不無繁簡古近之別，必以字句形跡求之，是耳食之見也。」「白公之妙，亦在無意，此其所以似陶處也。」即如宋人詩：「有時俗物不稱意，無數好山俱上心。稱為佳句。」而白公則云：「有山當枕上，無事到心中。更為自然。」〔註89〕

實際情況言之，白居易被貶謫之後，通過其詩歌，探索人如何才能成為真正的自己進行思考。政治的打擊和衰病的催逼，使他自由的生命受到了嚴重壓抑，為了反抗壓抑，獲取自由，他不但在思考方式上做了不懈的追求，而且也在生活方式做了重要的調整。

〈江州雪〉有詩句：「新雪滿山前，初晴好天氣。日西騎馬出，忽有京都意。城柳方綴花，簷冰才結穗。」〔註 90〕這和他遇事會退一步想的性格頗有關係，由此看來，「悠悠身與世，從此兩相棄」之語並非真實思想，又「神仙須有籍，富貴亦在天」，無論是歸農或貶謫江州司馬，幸與不幸在於其思想扭轉，不可強力而致。白居易丁憂歸農時，或時有元稹經濟支援，任江州司馬雖是閒職，但生活無虞。

元和十三年（818）〈江州司馬廳記〉：「苟有志於吏隱者，舍此官何求焉？案《唐典》，上州司馬，秩五品，歲廩數百石，月俸六七萬。官足以庇身。食足以給家，州民康，非司馬功；郡政壞，非司馬罪。無言責，無事憂。」〔註91〕與〈訪陶公舊宅〉並序中描寫陶淵明：「夷齊各一身，窮餓未為難。先生有五男，與之同飢寒。腸中食不充，身上衣不完。連徵竟不起，斯可謂真賢。」〔註 92〕詩句中比較，白居易尋常

〔註89〕清．趙執信著，陳邇冬校點：《談龍錄．石洲對話》，卷二，人民文學出版社，1981 年 1 月，頁 65。

〔註90〕謝思煒校注：《白居易詩集校注》，頁 592。

〔註91〕唐．白居易著，謝思煒校注：《白居易文集校注》，北京：中華書局，2019 年 8 月第二次印刷，頁 250。

〔註92〕謝思煒校注：《白居易詩集校注》，頁 594。

生計尚能充裕度日，陶淵明一家人生活常常是左支右絀，兩人在詩語性情或偶然有所契合，在某些人生價值觀選擇與思想的鍛鍊，卻是走在不同的道路上。

元和十三年（818）白居易創作〈江州司馬廳記〉，首先指出了當時的司馬是一個很特殊的閒職。緊接著經過生活的洗禮，便把「適」當作人生目標，高高的標舉著，人生行住坐臥，應機接物皆是道的思想，彼此一致。其次是這「適」字直接取自莊子的：「始乎適而未嘗不適者，忘適之適也。」同時，它又可以與孟子：「窮則獨善其身，達則兼善天下」的思想互相溝通。韋政通先生在其《中國的智慧》提到：

> 慧能是莊子以後最偉大的思想天才，它把佛陀、莊子、孟子的思想融於一爐，開創了中國的禪，禪代表中國存在哲學最成熟的智慧。他衝破了上下內外人我的一切樊籬，在自性相通的基礎上，形成一個太和的世界。〔註93〕

白氏剛到江州時，還努力論證儒家的兼濟道理，高倡「為時」、「為事」，對文學史上不合「風雅比興」之詩加以批判。這些理論並非是「新樂府運動的綱領」，它的主要作用，其實是為自己元和以來的諷諭詩創作進行辯護，也是對朝廷貶謫的一種抗爭。

〈與元九書〉一文，白居易提出有關儒家美刺教化的詩學主張，首先他為自己的詩歌理論找依歸：「人之文，六經之首」就六經言，《詩》又首之。何者？聖人感人心而天下和平，感人心者莫先乎情，莫始乎言，莫切乎聲，莫深乎義。又說：「聖人知其然，因其言，經之以六義。」概論其《詩經》傳統主張：「以詩補察時政，以歌洩導人情」，認為文章合為時而著，歌詩合為事而作，發揮詩歌美刺教化作用。

白居易的諷諭詩創作自從來到江州，基本上是停止了，創作感傷、閒適詩的寫作氛圍也愈來愈多，尤其是閒適詩的大量增加。正因為有了對「時」的依循，所以他的思想和創作轉向，也可以說成並不是對儒家

〔註93〕韋政通著：《中國的智慧》，臺北：水牛出版社，1993年10月。

精神的背離，而只是暫時的「擱置」，一旦「時」來還可以重返兼濟。白氏之變通是根據孟子的「獨善」、「兼善」之說，對此他並非固執不捨，他通過對禪、道的體會，是對佛教經典產生了濃厚的興趣，閱讀經典進而創作詩歌，甚至已經是「入於耳，貫於心，達於性」了，對他的思想的影響，自然是愈來愈深。「獨善」、「兼善」二者取捨的關鍵便是「時」：「大丈夫所守者道，所待者時。時之來也，為雲龍，為風鵬，勃然突然，陳力以出；時之不來也，為霧豹，為冥鴻，寂兮寥兮，奉身而退。進退出處，何往而不自得哉？」〔註94〕所以白居易志在兼濟，行在獨善，現在的「時」變了，自己也便可以順利地由「兼濟」轉為「獨善」，對於「獨善」的理解，又從道德自律，變成了生命自由。〈江州司馬廳記〉中的：「官不官，繫乎時也；適不適，在乎人也」，又與這道理不謀而和。實際上，此一轉折，是他人生哲學的巨變；他的思想行事便是從對社會殷憂轉向了心靈自悟。其詩歌闡揚主題思維：是人如何才能成為真正的自己，深刻且極具普遍意義的人生問題，「閒適」成為他人生追求的新目標，江州司馬之職的「閒」則為「適」提供了最優越的條件。

長慶四年（824）五月，白居易在杭州的任期滿，除太子右庶子。離開杭州，北返洛陽。在洛陽履道坊，購得故散騎長寺楊憑之住宅，加以修葺，將從杭州帶回之天竺石、華亭鶴，安置在林園中，準備「洛下招新隱，秦中忘舊遊。」就此從事吏隱。天不從人願，次年寶曆元年（825）三月四日，除蘇州刺史。白居易五月到達蘇州上任，在〈蘇州刺史謝上表〉自謙是：「瑣劣之才，合當任使？敢不誓心？然既奉成命，必擬夕惕夙興，焦心苦節，唯詔條是守，為人瘼是求，諭陛下憂勤之心，布陛下慈和之澤。」〔註95〕

曾任蘇州刺史韋應物（737～792）有首詩〈池上懷王卿〉：「幽居

〔註94〕唐・白居易著，謝思煒校注：《白居易文集校注》，北京：中華書局，2019年8月第二次印刷，頁326。

〔註95〕唐・白居易著，謝思煒校注：《白居易文集校注》，北京：中華書局，2019年8月第二次印刷，頁1847。

捐世事，佳雨散園芳。入門靄已綠，水禽鳴春塘。重雲始成夕，忽霽尚殘陽。輕舟因風泛，郡閣望蒼蒼。私燕阻外好，臨歡一停觴。茲遊無時盡，旭日願相將。」〔註 96〕描寫幽居的春天景象，將春天的意象劃開，沉重的淡淡詩情，即便朦朧的景色，蒼蒼郡閣，乍暖還寒，晴雨忽悠，寫下待他日攜遊。蘇州的太湖（洞庭湖），當時秋天產的橘子，品質特優，作為貢品入貢。白居易詩歌〈池上早秋〉：「荷芰綠參差，新秋水滿池。早涼生北檻，殘照下東籬。露飽蟬聲懶，風乾柳意衰。過潘二十歲，何必更愁悲。」〔註 97〕描寫秋天景象，情溢於詩，面對秋景繁華與衰落，有著寄興語發，終是感慨而不傷。白氏於秋天遊太湖，採橘子進貢，有時待在洞庭畔澤多日，也曾五宿寄宿湖中。

南宋思想家陳振孫有言：「蓋以貢橘為名，遊太湖也。或者唐守臣修貢，皆當躬親，如湖州、常州貢茶故事邪？」〔註 98〕白居易修築東起閶門西至虎丘的山塘河堤，束水排灌，改善了蘇州西北近郊的農田水利，疏解旱象，水資源節流與交通便利。這成為他在蘇期間最大的政績。完成山塘河的治理後，回復到唐朝官員的生活日常，參與地方的禮儀活動及自身的宴遊唱酬。推廣地方特色與特產，像是茶葉與柑橘，白居易剛到蘇州時，時節端月，春茶已過，近秋天待採橘，太湖一帶與洞

〔註 96〕唐．韋應物著，陶敏、王友勝校：《韋應物集校注》，卷六，上海：上海古籍出版社，2011 年 9 月。

〔註 97〕謝思煒校注：《白居易詩集校注》，頁 1884。

〔註 98〕唐代時我國茶葉發展的重要歷史時期，佛教的發展推動了飲茶習俗的傳播。安史之亂後，經濟重心南移，江南茶葉種植髮展迅速，手工制茶作坊相繼出現，茶葉初步商業化，形成區域化和專業化的特徵，為貢茶制度的形成奠定了基礎。唐代貢茶制度有兩種形式：
（1）選擇優質的產茶區，令其定額納貢。當時名茶亦有排名：雅州蒙頂茶為第一，稱「仙茶」；常州陽羨茶、湖州紫筍茶同列第二；荊州團黃茶名列第三。
（2）選擇生態環境好、產量集中、交通便利的茶區，由朝廷直接設立貢茶院，專門製作貢茶。如：湖州長興顧渚山，東臨太湖，土壤肥沃，水陸運輸方便，所產「顧渚撲人鼻孔，齒頰都異，久而不忘」，廣德年間，與常州陽羨茶同列貢品。大曆五年（770 年）在此建構規模宏大的貢茶院，是歷史上第一個國營茶葉廠。

庭西山柑橘成熟，他親自前往督察採橘，並遣人快速進貢。寶曆元年（825 年）有頌橘詩〈揀貢橘書情〉：

> 洞庭貢橘揀宜精，太守勤王請自行。珠顆形容隨日長，瓊漿氣味得霜成。登山敢惜駑駘力，望闕難伸螻蟻情。疏賤無由親跪獻，願憑朱實表丹誠。〔註 99〕

蘇州洞庭山也產美茶，歲入為供，但白居易赴蘇州任太守時已錯過了採茶時節，秋天柑橘的督貢，則成了白氏的重要事務。唐代江南各州盛產柑橘，且多為貢品，獨蘇州洞庭西山（包山）一帶所產的洞庭橘名冠天下，洞庭橘中，又以西山（包山）所產的品質最優。〈早發赴洞庭舟中作〉中有：「漸看海樹紅生日，遙見包山白帶霜。出郭已行十五里，唯銷一曲慢霓裳。」〔註 100〕蘇州洞庭貢橘與湖、常二州的紫筍茶一樣，亦由地方長官親自督辦。白氏非常重視這一年度的貢橘督辦，在親赴太湖洞庭山揀橘的過程中，留下了許多膾炙人口的詩篇。從這些詩篇中，我們不僅可以體會到督辦貢橘是一場重要的儀禮活動，也是白氏絕佳的遊湖時光，同時跟隨白太守同往督辦揀橘的幕僚們，也紛紛作詩相和。

白居易在後來的〈和酬鄭侍禦東陽春悶放懷追越遊見寄〉詩中寫到：「白首舊寮知我者，憑君一詠向周師。」在「周師」下注曰：「周判官師範，蘇杭舊判官。」可知周判官名師範，是白氏在杭、蘇二州刺史任上的判官。白氏在杭州任上用他，在蘇州任上再次聘用他，並以「舊寮」稱之，必是知心知意，委以心腹的屬下。白氏在詩歌中也多次提到了這位周判官，還專門為周判官寫過詩。〔註 101〕有了這位周判官，白氏就可以放心地遊宴唱酬了。白氏與友人間唱和常有之，元稹、崔玄亮等人，又與劉禹錫相贈答，來到蘇州時，元稹還在越州任上。雖然中間隔了個杭州，但相距不遠，兩人之間依然魚雁不斷。泛太湖，揀貢

〔註 99〕謝思煒校注：《白居易詩集校注》，頁 1894。

〔註 100〕謝思煒校注：《白居易詩集校注》，頁 1893。

〔註 101〕通判官是各部門的主任，判官則是各部門的事務主管。

橘，想到了元稹，寫〈泛太湖書事寄微之〉；閒來無事思念元稹，寫〈郡中閑獨寄微之及崔湖州〉；年底了，想念元稹，寫〈歲暮寄微之三首〉；元稹郡中建了新樓，寫〈酬微之開拆新樓初畢相報末聯見戲之作〉；九月八日接到罷郡的通知，重九前辭官已獲准有詩〈河亭晴望詩〉：「郡靜官初罷，鄉遙信未迴。明朝是重九，誰勸菊花杯？」〔註 102〕次日寫〈九日寄微之〉；離別蘇州之際，寫〈留別微之〉等等，不遑枚舉。總之，與元稹的交往詩歌唱和，為白氏官宦生涯增添了些許歡樂。

第二年春天，白居易遭受疾病的折磨，（自嘆）：「春來痰氣動，老去咳聲深。」〔註 103〕又因墮馬傷足，腰痛難行。這些疾病一直延續到寒食，仍未好轉，為了養傷，他請了一百天的長假，接著因病請求辭官。另一種思維是：朝廷宰相權力的傾軋，與人事的變動休戚相關，否則白氏在蘇州刺史任上僅一年有餘，並沒有到屆滿該換崗之時，何以請百日長假後，又亟亟去官？寶曆二年（826 年）十月初，船發蘇州，正是秋冬之際，與劉禹錫相遇於長江北岸的揚子津，結伴遊揚州、楚州，是年冬，弟白行簡卒。白氏經滎陽返回洛陽履道坊家中，已經是次年的初春。劉禹錫在揚州遇見辭任北歸的白太守，寫下了〈白太守行〉詩，詩中寫道：「聞有白太守，抛官歸舊谿。蘇州十萬戶，盡作嬰兒啼。」〔註 104〕極盡吹捧之能，根本沒有想到數年之後，劉禹錫接任蘇州刺史時將要面臨的困窘，倒是白氏的答詩〈答劉禹錫白太守行〉很像一個真情流露的年度總結：

> 去年到郡時，麥穗黃離離。今年去郡日，稻花白霏霏。為郡已周歲，半歲罹旱饑。襦褲無一片，甘棠無一枝。何乃老與幼，泣別盡沾衣。下慚蘇人淚，上愧劉君辭。〔註 105〕

身為地方大員，白居易自認為沒能改善民生，沒能給蘇州民眾留下

〔註 102〕謝思煒校注：《白居易詩集校注》，頁 1936。
〔註 103〕謝思煒校注：《白居易詩集校注》，頁 1908。
〔註 104〕謝思煒校注：《白居易詩集校注》，頁 1689。
〔註 105〕謝思煒校注：《白居易詩集校注》，頁 1689。

多少實惠，以至於愧對蘇州人民，愧對劉君的贊辭。或許，大家會認為這是白氏的自謙之辭。文人之間長此以往的吹捧，自吹自擂，也都習以為常。韋應物、白居易、劉禹錫三人，被蘇州人奉為「賢」，配祀城隍，成為蘇州歷史文化上的濃墨重彩，主要原因還是因為其文學上的盛名。

白居易〈送劉郎中赴任蘇州〉：「何似姑蘇詩太守，吟詠相繼有三人。」〔註 106〕唐代三位著名詩人韋應物、白居易、劉禹錫都在蘇州當過刺史。白居易在蘇州期間較為短暫，似乎還常在病中，其實乃小病大養。白氏曾有詩〈詠慵〉：「嘗聞嵇叔夜，一生在慵中。彈琴復鍛鐵，比我未為慵。」〔註 107〕故而，此時他閒適詩的數量大增，而且此時的詩中多「閒」字，連題目也往往以「閒」字作，如〈郡中閑獨寄微之及崔湖州〉、〈閑園獨賞〉、〈閑臥寄劉同州〉、〈城東閑遊〉等。「閒」是他的一種狀態，「閒」也是他的一種情調和境界，因此，我們從「閒」處著眼和發掘，方可真正讀懂白居易的閒適狀態，體悟當時創作詩歌閒適意象之風格。

長慶二年七月，白居易自中書舍人出任杭州刺史，直到長慶四年五月除太子左庶子返洛陽，僅僅十一個月後，即寶曆元年五月又回江南任蘇州刺史，至白居易離開杭州，就任蘇州刺史，寶曆二年十月，因病罷職。《舊唐書．白居易傳》載：「時天子荒縱不法，執政非其人，制禦乖方，河朔複亂。居易累上疏論其事，天子不能用，乃求外任。」〔註 108〕，可見白氏此次到蘇州任職，與其在朝廷的處境有關。白氏自京城外放，而且是自求外放，在政治上肯定不太適意，且年已半百，但是，因為遠離朝廷是非，遠離正在興起的朋黨之爭，蘇州則人情融洽，故而白氏的精神狀態也便特別閒適，有詩〈馬上作〉其中有提到：「蹉跎二十年，頷下生白鬚。何言左遷去，尚獲專城居。杭州五千里，往若投淵魚。雖未脫簪組，且來泛江湖。吳中多詩人，亦不少酒酤。高聲詠

〔註 106〕謝思煒校注：《白居易詩集校注》，頁 2884。

〔註 107〕謝思煒校注：《白居易詩集校注》，頁 554。

〔註 108〕見劉昫等撰：《舊唐書．白居易傳》，卷一六六，台北：洪氏出版社，1977 年。

篇什，大笑飛杯盂。五十未全老，尚可且歡娛。用茲送日月，君以為何如？」〔註109〕詩中生動描寫了白氏詩酒適意、唱和酬酢的閒情逸致，雖韶光易逝，蹉跎白鬢，「何言左遷去，尚獲專城居」的正向態度，白氏愈發覺得早春暖陽的風光格外秀麗，街坊酒肆特別繁華、熱鬧，故而心情也愈發輕鬆。

第三節　白居易詩歌閒適之意境

白居易一向喜歡閱讀老莊，老莊思想能使他拋開塵俗雜事與道士往來，道士的仙風道骨使他有出塵之思，而且往來論道更是人生一樂。白居易永貞元年（805）大約三十四歲剛進入仕途，即有感於人生的短促，富貴無法強求，對於貧賤生活，則正面看待無須逃避，詩歌閒適中帶有忘我自足，淡泊名利的思想，並體會出曠達的人是不會受到外物遷化而影響的，極有道家自然意蘊之風，其性情流露不學而能。

永貞元年（805）二月，在賽神鼓聲中，白居易全家離開了埇橋。從外州縣遷往長安，這應該是件愉快的事，白居易卻是那麼痛苦，主要是與初戀女子湘靈的分別，他們明明知道，此地一別，再見無期。〔註110〕

〔註109〕謝思煒校注：《白居易詩集校注》，頁667。

〔註110〕白居易在符離居住了20多年，在這裡，有著白居易刻骨銘心的初戀。他的初戀，是鄰家女孩符離村姑湘靈，但白居易出身官宦世家，門不當戶不對，遭到白母的堅決反對，而白居易也是因為湘靈，直到37歲才結婚。湘靈成為了白居易一生的牽掛，多年後，唐王朝在埇橋設置宿州，白居易就是這個時候回到了符離。離別二十載，故鄉的道路都變化了，而因為戰亂等原因，左鄰右舍也所去無幾，湘靈，更是早已不在這裡了。看到此情此景，白居易寫下了〈埇橋舊業〉：「別業埇城北，拋來二十春。改移新徑路，變換舊村鄰。有稅田疇薄，無官弟侄貧。田園何用問，強半屬他人。」舊業，舊時的園宅東林草堂；別業，指白居易移居他處，與「舊業」或「第宅」相對而言。白居易在詩中提到「埇城」，「埇城」就是指宿州城。其實，白居易和湘靈的愛情並沒有因白母拒絕而結束，白居易一輩子都在為湘靈寫詩，後來白居易還偶然遇見了漂泊的湘靈父女，發出了「應被傍人怪惆悵，少年離別老相逢」、「久別偶相逢，俱疑是夢中」、「我梳白髮添新恨，君掃青蛾減舊容」的感慨，傳說湘靈一生未嫁。

白氏寫過〈潛別離〉一詩：「不得哭，潛別離。不得語，暗相思。兩心之外無人知。深籠夜鎖獨棲鳥，利劍春斷連理枝。河水雖濁有清日，烏頭雖黑有白時。惟有潛離與暗別，彼此甘心無後期。」〔註111〕抒發自己內心的苦惱。

當時白居易路過洛陽，稍做停留，曾親去拜禮凝公大師的法身。凝公大師原為東都聖善寺的住持，貞元十九年（803）八月遷化。白居易在貞元十六年（800）經過洛陽曾向凝公大師求教，凝公教以「觀、覺、定、慧、明、通、濟、捨」八言。居易就以這八個字為題，作了〈八漸偈〉，而且是「升于堂，禮于牀，跪而唱，泣而去。」〔註112〕表示對凝公大師的崇敬。白居易這種行為的本身，說明他對於佛教的信仰不是一般迷信，而是對佛教經典產生濃厚的興趣。甚至是「入於耳，貫於心，達於性」了，佛教經典自然啟迪他的思想，影響也愈來愈深遠了。

白居易兩登科第，再出任校書郎，他廣結善緣，交遊漸廣，結識的朋友越來越多。當時在蘭台同為校書郎的有元稹、王起、崔賢亮、呂靈、呂頻、劉敦閒、張仲元，此外還有老友元宗簡，那是白居易考進士時認識的。樊宗師，是白居易在襄陽認識的。新結識的有李建、劉禹錫、柳宗元、李紳、庾玄師等人。白居易與元稹是在貞元十九年（803）三月認識，當時他們考中書判拔萃科第四等，也就是訂交之始。詩人們詩歌發展的認識，基本上是一致的，他們同樣受到陳子昂的啟發，一樣酷愛杜甫詩歌，白氏有讚譽杜甫詩：「貫串古今，縷格律，盡工盡善。」元稹亦讚詩：「愛其浩蕩津涯，處處臻到。」所以元稹才見識到：「詩人以來，未有如子美者。」這和他們後來交往密切，引為同道極有關係。另一位對白居易創作上有影響的是李紳，與白居易同年紀。李紳十五、六歲開始寫詩，蘇州刺史韋夏卿〔註113〕

〔註111〕謝思煒校注：《白居易詩集校注》，頁959。

〔註112〕唐・白居易著，謝思煒校注：《白居易文集校注》，北京：中華書局出版，2019年8月第二次印刷，頁104。

〔註113〕蘇州刺史韋夏卿為元稹岳父，其女兒韋叢年20歲嫁給元稹，809年韋叢過世，婚姻只有八年。

很欣賞他的詩。貞元十八年（802）三十一歲考進士落第，但詩名大噪，從〈憫農二首〉：「春種一粒粟，秋收萬顆子。四海無閒田，農夫猶餓死。」與「鋤禾日當午，汗滴禾下土。誰知盤中餐，粒粒皆辛苦。」〔註 114〕可以反映出他的思想。貞元二十八年（804），李紳從江南來到長安，寄居元稹家，當時才與白居易相識，其餘的友人皆能詩，但無與之匹敵者。這一群年輕人年齡相仿，年少輕狂有其志向，對於政論議題充滿熱情與見解，年少得志有其浪漫，生活的意圖與取向十分明顯。

貞元二十一年正月，德宗病故，太子繼位，是為順宗，於是王伾、王叔文用事。他們結納一些有志改革之士，形成一個朋黨。王伾、王叔文為的是爭權，而劉禹錫、柳宗元等人想藉機實現自己的抱負。白居易官職卑微，在這次狂風暴雨政變中沒有參與，他的思想卻產生極大的漣漪與波動，也有自己的政治傾向與想法。王叔文欲專國政，首引韋執誼為相，己用事於中，與相唱和。白氏在二月〈為人上宰相書〉雖說是為人代寫的，只是遁辭，實際上就是他自己要寫的，時間抓得很緊湊，也能說明白居易對永貞革新的態度和心情。他在信中有一段話，表達其態度：「……主上踐阼未及十日，而寵命加於相公者，惜國家之時也。相公受命未及十日，而某獻於執事者，惜相公之時也。夫欲行大道、樹大功，貴其速也，蓋明年不如今年，明日不如今日矣。故孔子曰：『日月逝矣，歲不我與。』此言時之難得而易失也。」〔註 115〕八月，太子李純即位，即是唐憲宗，改貞元二十一年為永貞元年。王叔文黨皆遭貶謫，九月，劉禹錫貶連州刺史，十月，再貶朗州司馬。只有韋執誼直到十一月才貶為崖州司馬。一場「永貞革新」運動，先後不到八個月就煙消雲散。貞元二十一年（永貞元年）（805），白居易在長安，

〔註 114〕李由：《唐詩選箋：中唐到晚唐》，臺北：秀威經典，2017 年 10 月，頁 133。

〔註 115〕唐・白居易著，謝思煒校注：《白居易文集校注》，北京：中華書局，2019 年 8 月第二次印刷，頁 311。

寓居永崇里華陽觀〔註116〕，與元稹同住，喜其幽靜，以便攻讀，應制舉考試。貞元二十一年（永貞元年）(805)，長安〈感時〉：

> 朝見日上天，暮見日入地。不覺明鏡中，忽年三十四。勿言身未老，冉冉行將至。白髮雖未生，朱顏已先悴。人生詎幾何，在世猶如寄。雖有七十期，十人無一二。今我猶未悟，往往不適意。胡為方寸間，不貯浩然氣。貧賤非不惡，道在何足避。富貴非不愛，時來當自致。所以達人心，外物不能累。唯當飲美酒，終日陶陶醉。斯言勝金玉，佩服無失墜。〔註117〕

白居易與元稹共同研究時事，作詩理論，贈答詩漸多，相互有所啟迪。當時生活，對於兩個人的思想、友誼都有所增進和提高。白氏接觸老莊思想，研讀佛學經典，對於經典理解後，能巧妙運用文字訴諸詩歌，受到陳子昂的啟發，酷愛杜甫詩歌，白氏詩歌創作走出自己的風格。自貞元十六年（800）正月以來，白居易正在長安等待考試，內心頗不寧靜，深怕落第。同年二月中進士，東去洛陽「探花宴」，便轉向宣城拜謝崔衍的「貢舉」之情，同時也希望崔衍繼續提拔他。輾轉到了符離住了十個月，一方面是為了迎接拔萃科考試，不敢稍懈，依然是埋首攻讀，正如他自己所說的：「耽書力未疲」，另一方面是他六兄符離主簿病故，他親為營葬，有祭文〈祭符離六兄文〉以表悼念，文中有云：「既卜遠日，既宅新阡。春草之中，晝為墓田。濉水南岸，符離東偏。其地則邇，其別終天。」

一路往北漫遊，為了參加拔萃科考試，他渡河跋涉，隻身騎馬奔

〔註116〕「永崇里華陽觀」，即「永崇里觀」、「宗道觀」，又名華陽觀，在永崇坊。《唐兩京城坊考》卷三朱雀門街東第三街永崇坊：「宗道觀，本興信公主宅，賣與劍南節度使郭英乂。其後入官。大曆十二年為華陽公主追福，立為觀。按觀為華陽公主立，故亦曰華陽觀。」白居易〈策林序〉(《白氏文集》卷六二)：「元和初，予罷校書郎，與元微之將應制舉，退居於上都華陽觀。」見謝思煒校注：《白居易詩集校注》，頁456。

〔註117〕謝思煒校注：《白居易詩集校注》，頁452。

往長安。貞元十九年（803）三月，白居易參加書判拔萃科，及第。這時他回到符離，生活平淡、恬靜，經歷多年飄零，較易於滿足，只是這樣的滿足是短暫的、表面性、口頭上的。白居易兩登科第，出任校書郎，全家離開了埇橋遷往長安，貞元二十一年（永貞元年）（805）經歷「永貞革新」，其感受特別深刻而寄語詩歌，待適意生活後終能富貴時來致之。唐憲宗即位，白居易制舉考試「才識兼茂明於體用科」四等。元和元年（806）五月，白居易三十五歲，開始「趨走吏」的生活。

元和九年（814）深冬，白居易奉詔授太子左贊善大夫，於是離開紫蘭村，再度走進長安都。白居易總算求得了一個左贊善大夫，主要職務是協助左諭德對太子進行「諷諭規諫」，事實上事情很少，所以白居易稱之為「冷官」。可是這個冷官必須天天上朝，不如李紳任職的國子助教，雖然李紳也是冷官，卻不要求上朝，可以不必起早。白居易對於每天冒著寒風上朝，感到不習慣。他曾寫給李紳〈初授贊善大夫早朝寄李十二助教〉詩：「病身初謁青宮日，衰貌新垂白髮年。寂寞曹司非熟地，蕭條風雪是寒天。遠坊早起常侵鼓，瘦馬行遲苦費鞭。一種共君官職冷，不如猶得日高眠。」表達對這種職務的不滿與感嘆。

白居易總算是入朝了，但當時的政治環境並不是很理想，就是說當時憲宗時期的朝政，主要是宦官集團和舊官僚掌權。元和十年（815）正月，元稹由唐州回到江陵府，二月轉入京。王叔文之黨的柳宗元、劉禹錫也在二月回到長安。長安城內頓時熱鬧非凡。白居易、元稹、李紳三人常去城南遊宴，他們在花下飲酒，有時流連忘返，白居易還鼓動元、李等天黑往回走，〈遊城南留元九李二十晚歸〉詩中有：「老遊春飲莫相違，不獨花稀人亦稀。更勸殘杯看日影，猶應趁得鼓聲歸。」〔註118〕當時劉禹錫、柳宗元、張籍等也常常一同出遊。他們從城南皇子陂往昭國里走，當時長安近郊風景秀麗，是個清幽好

〔註118〕謝思煒校注：《白居易詩集校注》，頁1173。

去處。白居易、元稹馬上吟詩相戲謔，一問一答，不絕聲者二十餘里。跟在後面的朝臣完全插不上嘴，白居易、元稹非常得意。

元和十年（815）六月三日，武元衡被暗殺。白居易認為如此行徑，不可容忍，當天中午便上書論奏，主張捕賊雪恥，以肅法紀。不意，宦官集團與舊官僚集團說他越職言事，要給以懲處。其實集團已將王叔文黨貶謫的對象有元稹、柳宗元、劉禹錫等人逐一清戶，卻找不到理由將白居易貶謫，事實很明顯，白居易被貶謫的命運早已經安排好了。正在此時，「有素惡居易者，掎摭居易，言浮華無行，其母因看花墮井而死，而居易作〈賞花〉及〈新井〉詩，甚傷名教，不宜置彼周行。」〔註119〕白氏寫詩本來就是寫實，讚美花與新井，從反對白氏人的眼中都是礙眼，喜羅織謠言，愛編派是非，或是他常擺出倚老賣老之姿，以為蔑視與狂妄，讓集團警覺他留在朝中是個麻煩，暗中策畫放逐事宜。當時也有人說他給太子作贊善大夫是不合格的，應予外放。

隔年（816）白居易在寫給既是姻親、又是好友的楊虞卿的信中，回顧這一段事件，指責圍剿者「或誣以偽言，或構以非語」，憤怒之情表露無遺，他在〈與楊虞卿書〉中歸納自己受到誣陷誹謗的原因：

> 然僕始得罪於人也，竊自知矣。當其在近職時，自惟賤陋，非次寵擢，夙夜腆愧，思有以稱之。性又愚昧，不識時之忌諱。凡直奏密啟外，有合方便聞於上者，稍以詩歌導之，意者欲其易入而深誡也。不同我者得以為計，媒蘖之辭一發，又安可君臣之道間自明白其心乎？加以握兵於外者，以僕潔慎不受賂而憎，秉權於內者，以僕介獨不附己而忌。其餘附麗之者，惡僕獨異，又信狺狺吠聲，唯恐中傷之不獲。以此得罪，可不悲乎？〔註120〕

〔註119〕見劉昫等撰：《舊唐書．白居易傳》，卷一六六，台北：洪氏出版社，1977年。

〔註120〕唐．白居易著，謝思煒校注：《白居易文集校注》，北京：中華書局，2019年8月第二次印刷，頁292。

白居易忠心為國、直道而行，卻得到斥逐流放的下場，白氏自知這是因為一己正直慎重的性格所造成的。他不受軍要賄賂，不攀附權臣，結黨營私，遂招來憎恨、排擠，他提到：「不識時之忌諱」所創作的新樂府，得罪君王，亦為遭貶之因。白氏身為一個從小就接受儒家思想薰陶的士子，潔身自好的性格、忠君為國的情操，不正是儒家理想人格的體現嗎？以詩歌抒寫百姓蒼生之痛，不也是儒家仁愛精神的發揮，乃文人所應具備的社會責任嗎？這些白氏原本堅信且躬行的德行，在文章內卻被他一一列為自己獲罪的原因，可以見出，這是他反思人生意義與理想價值的時刻。

經由這兩件事情拼湊細節，輿論已經形成，宰相奏貶江表刺史。詔出，中書舍人王涯上疏論之，言白居易所犯罪跡，不宜治郡，追詔改授江州司馬。六月三日，武元衡被刺案發，中午白居易上疏，到七月奉命出都，還有一個多月的時間，這期間是他最苦悶的了。從他寫的〈自誨〉一詩，可以看出他頹喪鬱悶，其中有提：

> 人生百歲七十稀，設使與汝七十期。汝今年已四十四，卻後二十六年能幾時？汝不思二十五六年來事，疾速倏忽如一寐？往日來日皆瞥然，胡為自苦於其間？〔註121〕

從這首詩可以判斷出，當時白氏五味雜陳的心情，他對人生、世事的熱情已降到冰點，視之猶夢。實際上，白氏的個性，就像自喻是一柄古劍，〈李都尉古劍詩〉有云：「至寶有本性，精剛無與儔；可使寸寸折，不能繞指柔。」〔註122〕無非意味著無論處境多麼困難，他也不會向惡勢力低頭的，〈放言五首〉之二中顯現出他的自信：「不信君看弈棋者，輸贏須待局終頭」〔註123〕，他終究會堅持下去的。元和十二年（817），白居易焦慮錯雜是必然的，當年已是四十六歲了，這一年，白居易有一件事情差堪告慰，就是把自己過去寫的詩編纂成集，共十五卷，為了紀

〔註121〕謝思煒校注：《白居易詩集校注》，頁2842。
〔註122〕謝思煒校注：《白居易詩集校注》，頁29。
〔註123〕謝思煒校注：《白居易詩集校注》，頁1231。

念還寫一首詩提於卷末。〔註 124〕

元和十三年（818）春天來了，白居易的心情依然是鬱鬱不樂。當年元和十年（815）欲往江州途中，寫〈舟行遇風寄李十一舍人〉詩抒發：

> 扁舟厭泊煙波上，輕策閑尋浦嶼間。虎蹋青泥稠似印，風吹白浪大於山。且愁江郡何時到，敢望京都幾歲還。今日料君朝退後，迎寒新酎煖開顏。〔註 125〕

白居易還沒有到江州就想回到長安，說明他並不甘心退出政治舞台。每當這個時候，便自己勸慰自己，初到江州時，第一次遭受貶謫，總覺得不是滋味。他詩〈初到江州寄翰林張、李、杜三學士〉曾自喻：「傷禽側翅驚弓箭，老婦低顏事舅姑。」〔註 126〕又〈潯陽歲晚寄元八郎中庾三十二員外〉詩中有提：「漏盡雞人報，朝回幼女迎；可憐白司馬，老大在湓城。」〔註 127〕雖然沒有正面提出請他倆設法援掖，但的確是有所暗示。詩〈九江春望〉：「淼茫積水非吾土，飄泊浮萍是我身。身外信緣為活計，眼前隨事覓交親。爐煙豈異終南色，湓草寧殊渭北春？此地何妨便終老，匹如元是九江人。（香爐峰上多煙，湓水岸邊足草，因而記之）。」〔註 128〕雖說有留在江州不走的打算，但並不是真心的想安心住下來，因而時常流露出煩悶的情緒，無法解開。於是白居易在江州向佛之心愈切，許多夜晚都在東林寺學禪，可是他還沒有做到四大皆空。〈正月十五日夜東林寺學禪偶懷藍田楊主簿因呈智禪師〉：「新年

〔註 124〕「一篇長恨有風情，十首秦吟近正聲。每被老元偷格律，苦教短李伏歌行。世間富貴應無分，身後文章合有名。莫怪氣粗言語大，新排十五卷詩成。」〈編集拙詩成一十五卷因題卷末戲贈元九、李二十〉，詩中的語氣，似乎是對元稹、李紳開個玩笑，而實際上也流露出一點得意神情，因為他相信自己的文名會流傳於後世。見謝思煒校注：《白居易詩集校注》，頁 1334。

〔註 125〕謝思煒校注：《白居易詩集校注》，頁 1224。

〔註 126〕謝思煒校注：《白居易詩集校注》，頁 1265。

〔註 127〕謝思煒校注：《白居易詩集校注》，頁 1342。

〔註 128〕謝思煒校注：《白居易詩集校注》，頁 1346。

三五東林夕，星漢迢迢鐘梵遲。花縣當君行樂夜，松房是我坐禪時。忽看月滿還相憶，始歎春來自不知。」〔註 129〕白居易原本盼著白行簡回江州，卻又擔心旅途的安全了：「書報九江聞暫喜，路經三峽想還愁。」〔註 130〕當時三峽常常翻船，故而擔心。不久，白行簡回到江州，白居易設宴為他洗塵。並對他說：「人生苟有累，食肉常如飢。我心既無苦，飲水亦可肥。」〔註 131〕言外之意是：你回來了，當時兩個從妹已婚嫁，我在也沒什麼心累的事情了。白居易還有懷念的友人與親人，情繫江湖與世間情，無須脫俗了凡塵，仍可以佛教經典為依歸。

元和十四年（819）二月初，白居易全家啟程前往忠州上任。在湓口上船的那天，送行的人們預備了極為豐盛的酒宴，在江岸上為他餞別，直喝到大家都有醉意，方始開船。白氏趁著暮色，站在船頭上，望著生活過三年多的江州城，峰嵐間積雪尚未融化的廬山，不勝依依。三月十日，船停在夷陵（今湖北宜昌縣），與元稹的官船相遇。元稹是從通州司馬〔註 132〕改授虢州長史，順江東下，與白居易不期而遇，兩人闊別五年，一旦會晤，難分難捨，知己相逢真的太開心了。白居易官船進入三峽之後，一些奇景，迎面而來。山峽窄處，站在船頭伸手可以摸著峭壁，〈初入峽有感〉：「上有萬仞山，下有千丈水。蒼蒼兩崖間，闊峽容一葦。」〔註 133〕峽中水流如瀉，礁石叢生，如果舟人偶有失神，必然要發生危險。他很快想到安全問題：「常恐不才身，復作無名死。」〔註 134〕船進入瞿塘峽時，天色已黑，山勢更加險峻，

〔註 129〕謝思煒校注：《白居易詩集校注》，頁 1315。

〔註 130〕謝思煒校注：《白居易詩集校注》，頁 1359。

〔註 131〕謝思煒校注：《白居易詩集校注》，頁 644。

〔註 132〕元和十年三月二十五日，詔授元稹為通州司馬。二十九日，白居易送別到戶東蒲池村。〈醉後卻寄元九〉紀其事：「蒲池村裏匆匆別，灃水橋邊兀兀回。行到城門殘酒醒，萬重離恨一時來。」同時覺得意有未盡，又寫了〈重寄〉「蕭散弓驚雁，分飛劍化龍。悠悠天地內，不死會相逢。」可見居易對元稹的不幸遭遇，感到憤憤不平。

〔註 133〕謝思煒校注：《白居易詩集校注》，頁 845。

〔註 134〕謝思煒校注：《白居易詩集校注》，頁 845。

〈夜入瞿唐峽〉:「瞿唐天下險,夜上信難哉。暗似雙屏合,天如匹帛開。」〔註 135〕總而言之,白居易這一次行旅,心情不是很愉快。一來是對忠州不感興趣,二是旅途中風險太大,所以他說:「欲識愁多少,高於灩澦堆」,最終在三月下旬,平安到達忠州山城。唐代的忠州,屬山南東道,離長安二千二百二十二里。因其接近南方邊境,天寶年間曾名南賓郡。城在長江北岸,居民沿著山勢築室而居,巴山人多在山坡架木為居,依附河灘溪水之旁,鑲嵌在奇峰怪石之間,人造建築融合在大巴山的自然環境中。杜甫於唐代宗永泰元年路過忠州時,曾有〈題忠州所居龍興寺院壁〉詩記之:「忠州三峽內,井邑聚雲根。小市常爭米,孤城早閉門。空看過客淚,莫覓主人恩。淹泊仍愁虎,深居賴獨園。」〔註 136〕當時常因為老虎出沒,天色猶未暗便早早將城門關上,其荒涼的景象尤能想像得出。

白居易到郡不久,便發現山城的東坡,原來就有花木,於是利用公餘之暇,大量栽種,期許將來環境幽美。詩〈東坡種花二首〉之一描寫他:「持錢買花樹,城東坡上栽。但購有花者,不限桃杏梅。百果參雜種,千枝次第開。」〔註 137〕他又在東澗種了很多柳樹,為什麼要種柳樹呢?他在〈東澗柳樹〉提到:「不如種此樹,此樹易榮滋;無根亦可活,成陰況非遲。三年未離郡,可以見依依。」〔註 138〕他又另外找了地方種了桃樹和杏樹,〈種桃杏〉:「忠州且作三年計,種杏栽桃擬待花」〔註 139〕,白居易在許多詩裡都表示忠州只能住三年,說明他一開始對於忠州山城的印象,並不是那麼的美好。

秋天嵐霧重重,灘馬陣陣,引起白居易懷念廬山,想起了草堂與僧人,有時也很想回去,〈郡齋暇日易廬山草堂兼寄二林僧社三十韻多

〔註 135〕謝思煒校注:《白居易詩集校注》,頁 1431。

〔註 136〕唐.杜甫著,清.仇兆鰲校注:《杜甫詩詳注》卷十四,頁 45b～46b。詩詞檢索:https://sou-yun.cn/QueryPoem.aspx。

〔註 137〕謝思煒校注:《白居易詩集校注》,頁 869。

〔註 138〕謝思煒校注:《白居易詩集校注》,頁 876。

〔註 139〕謝思煒校注:《白居易詩集校注》,頁 1443。

敘貶官以來出處之意〉：「南國秋猶熱，西齋夜暫涼。閑吟四句偈，靜對一爐香。身老同丘井，心空是道場。覓僧為去伴，留俸作歸糧。為報山中侶，憑看竹下房。會應歸去在，松菊莫教荒。」〔註 140〕這也只是想想罷了，事實上他怎麼可能回去廬山呢？

冬天來了，山城愈加荒涼，白居易的時間大都消磨在東樓裡，〈東樓醉〉：「天涯深峽無人地，歲暮窮陰欲夜天。不向東樓時一醉，如何擬過二三年？」〔註 141〕他在長安的朋友們常常寫信問候他，精神上給他很大的慰藉。他也常常在東樓與友夜飲，〈東樓招客夜飲〉：「唯有綠樽紅燭下，暫時不似在忠州」〔註 142〕，忠州城裡士人不多，能談得來的就更少了，生活單調而寂寞。就在這個東樓裡，白居易常常深夜無眠，除了生活的艱苦令人難以忍受：「仰望但雲樹，俯顧惟妻兒。飲食起居外，端然無所為。」〔註 143〕忠州刺史的祿米，給的是畬田粟，就得吃這種糙米。每個月的俸錢，就發給他當地織的黃絹，所以白居易有著：「倉粟矮家人，黃縑裹妻子」之嘆。他還靜聽當地勞動人民齊唱〈竹枝詞〉，傾訴他們生活中的煎熬，他內心感到不安，覺得不能解除百姓的苦難而內疚：「竹枝苦怨怨何人？夜靜山空歇又聞」〔註 144〕，他惆悵個人的力量有限，只能盡棉薄之力，無法改變那麼多人的命運。

白居易在忠州這一年，經歷過三峽崇峭岩壁、湍集峽谷朝不保夕，對於巴山人在群山險要、深谷險川，能與蛇蟲虎豹和平相處，感到十分驚奇與佩服。他們用的不是蠻力，而是與大自然共生的智慧，他們泛舟溯溪、攀岩，為了謀生非休閒，他們卜居為了生命安全，他們引水以竹竿接引泉水，為了有一口水喝，那一股對生活所付出的戰鬥力，展現另一種不同的生命視野。

唐憲宗在位的十五年，中外咸理，紀律再張，誅除群盜，睿謀英

〔註 140〕謝思煒校注：《白居易詩集校注》，頁 1433。
〔註 141〕謝思煒校注：《白居易詩集校注》，頁 1459。
〔註 142〕謝思煒校注：《白居易詩集校注》，頁 1460。
〔註 143〕謝思煒校注：《白居易詩集校注》，頁 856。
〔註 144〕謝思煒校注：《白居易詩集校注》，頁 1463。

斷，不失為一個有作為的皇帝。因而唐憲宗崩殂的消息傳到忠州，白居易心裡也很不好過。他表達對唐憲宗的懷念，寫給李絳〈奉酬李相公見示絕句〉詩中：「碧油幢下捧新詩，榮賤雖殊共一悲。涕淚滿襟君莫怪，甘泉侍從最多時。」〔註 145〕白居易在唐憲宗時期不甚得意，但他畢竟是唐憲宗提拔，何況當時憲宗對於進士集團是支持的。本來還期望有回朝作一番事業的希望，這一切都在未知之中。白居易從而體會以前有些言行、想法是不合時宜的，務必要做改變。他在〈除夜〉詩中有云：「鄉國仍留念，功名已息機。明朝四十九，應轉悟前非。」〔註 146〕後來穆宗李桓即位，這樣的人事變動，對於白居易、元稹都是有利的。元和十五年（820），忠州〈遣懷〉有所體悟：

> 樂往必悲生，泰來猶否極。誰言此數然，吾道何終塞？嘗求詹尹卜，拂龜竟默默。亦曾仰問天，天但蒼蒼色。自茲唯委命，名利心雙息。近日轉安閑，鄉園亦休憶。回看世間苦，苦在求不得。我今無所求，庶離憂悲域。〔註 147〕

這首詩閃耀著素樸的思想，詹尹難卜，蒼天無言。「樂往必悲生，泰來猶否極」，人受到歷史與階層的局限，世界上的事情都在運轉、發展，最後：「自茲唯委命」，白居易將一切歸之於命運。他剛剛來到忠州時，覺得一切都不大習慣，恨不得快些離開，但該要離開時，又依依不捨。他跑到城東的開元寺，登上樓閣，眺望東坡新栽的柳樹還沒長出長條，有些放心不下，〈留題開元寺上方〉：「最憐新岸柳，手種未全成」，他跑到東坡，看看親手栽種的桃李樹，已經初步成林，流露欣喜歡悅之情：〈別種東坡花樹兩絕〉：「二年留滯在江城，草樹禽魚盡有情。何處殷勤重迴首，東坡桃李種新成。」〔註 148〕忠州荔枝多，果肉玉潤，香氣十足。白居易在忠州常常吃到荔枝，〈題郡中荔枝詩十八韻兼寄萬

〔註 145〕謝思煒校注：《白居易詩集校注》，頁 1471。
〔註 146〕謝思煒校注：《白居易詩集校注》，頁 1466。
〔註 147〕謝思煒校注：《白居易詩集校注》，頁 882
〔註 148〕謝思煒校注：《白居易詩集校注》，頁 1482。

州楊八使君〉中有提到：

星綴連心朵，珠排耀眼房。紫羅裁襯殼，白玉裹填瓤。早歲曾聞說，今朝始摘嘗。嚼疑天上味，嗅異世間香。潤勝蓮生水，鮮逾橘得霜。燕脂掌中顆，甘露舌頭漿。〔註 149〕

白居易在州治的西南隅，建築一座荔枝樓，又稱西樓。〈郡中〉:「鄉路音信斷，山城日月遲。欲知州近遠，階前摘荔枝。」〔註 150〕他還特別請人畫了荔枝圖，以寄給友人。

白居易原本打算在忠州捱過三年，還不到兩年就奉到除命，使他喜出望外：「亦曾仰問天，天但蒼蒼色」，一切委命運的安排，認為沒有名利之心，對一切無所求，就可以離開憂悲域了。他在忠州度過兩個重陽節，元和十四年（819）的重陽時陪諸客在巴山飲酒，元和十五年（820）重陽，前來遊賞塗溪，在岸邊席地而坐，飲酒與聽竹枝了解人民心聲，故而可以斷言，白居易奉命除為郎官，當在重陽之後。又據李商隱〈白居易碑〉云：「穆宗用為司門員外郎。四月，知制誥，加秩主客。」這裡的四月，是指白居易做了四個月的司門員外郎。白居易九月中旬離開忠州，到他十二月下旬除為主客郎中，將近四個月左右，恰與李商隱所記相符。「樂往必悲生，泰來猶否極」確實說出事物轉化的規律，當事物產生矛盾時，白居易認為：「求神問卜」的參考性，最後歸結到「命」，這是他晚年思想轉向消極的反映。

白居易懷著黯然的心情，帶領著家人登上下水船，悽愴的離開生活兩年的山城。官船順流而下，其逝如飛，穿過白狗峽，來到黃牛峽，看見岸邊高寺，有一古塔，白居易命停船靠岸，急切的爬上千葉塔的高層，眺望山城，依稀還能看見龍昌上寺、東樓、荔枝樓……。他的心情錯綜複雜，誠如他在〈發白狗峽次黃牛峽登高寺卻望忠州〉所說的：「昔去悲殊俗，今來念舊遊」〔註 151〕，官船沿長江東下，走到洞庭湖

〔註 149〕謝思煒校注：《白居易詩集校注》，頁 1450。
〔註 150〕謝思煒校注：《白居易詩集校注》，頁 851。
〔註 151〕謝思煒校注：《白居易詩集校注》，頁 1483。

口，望著煙波浩渺，不禁慨然興嘆，白居易浮想聯翩，覺得如把湖水流乾，湖底將便成良田，這該有多好呢？他的浪漫主義與美妙理想寄託在詩歌裡〔註 152〕，這個理想卻反映了白居易關心民瘼的意念。

官船自洞庭湖口轉折向北方，順流直奔鄂州，然後入漢水，逆流而上，到襄陽捨舟登岸，重又走上商山大路。白居易百感交集，六年前貶往江州的情景，又浮現在眼前，〈商山路有感〉：「萬里路長在，六年身始歸。所經多舊館，太半主人非」〔註 153〕、「名利心雙息」我今無所求，長此以往「離憂悲域」，這是最後一次嗎？他在驛館裡看見過去與元稹題名的老桐樹，帶有戲謔的意味，有詩〈商山路驛桐樹昔與微之前後題名處〉：「與君前後多遷謫，五度經過此路隅。笑問中庭老桐樹，這迴歸去免來無？」〔註 154〕實際上，若是放棄了人生的積極追求，無非是封建士大夫，無力抗爭不合理的制度，無法擺脫無窮苦惱的思想表現。〈惻惻吟〉：「惻惻復惻惻，逐臣返鄉國。前事難重論，少年不再得。泥塗絳老頭斑白，炎瘴靈均面黎黑。六年不死卻歸來，道著姓名人不識。」〔註 155〕白居易懷著如此的心情，走進闊別六年的帝都長安。這是發揮主觀能動作用，積極努力，避害趨利，化悲為樂，轉否為泰。

白居易樂天知命、不動心等，是儒家思想。習隱、疏放、守愚、無何有之鄉、泥中曳尾等是老莊思想。禪定息妄念、求慧劍、斷癡想、慈航濟苦是佛教思想。這段時間，他的詩歌閒適中充滿著老莊思想，他將三家思想融合，集一身行之，最後身世兩忘。然而，他未並就此忘記塵間俗事，在他丁憂期滿，重授贊善大夫後，他一心為國的儒家思想又積極抬頭，終究因武元衡事件，首先上疏請立即捉捕盜賊以雪國恥，卻獲罪遭貶。當時他常常讀老莊哲學思想，深刻體驗到世事真偽難辨，世

〔註 152〕謝思煒校注：《白居易詩集校注》見〈自蜀江至洞庭湖口有感而作〉，頁 676。

〔註 153〕謝思煒校注：《白居易詩集校注》，頁 1485。

〔註 154〕謝思煒校注：《白居易詩集校注》，頁 1485。

〔註 155〕謝思煒校注：《白居易詩集校注》，頁 1486。

途福禍相倚、盛衰榮枯、夭壽生死都歸於虛幻的道理。

第四節　白居易詩歌閒適之意象

白居易〈與元九書〉一文提出他的理想，是發揮詩歌美刺教化作用，使得君臣君民之間，達到上下通而一氣泰，和樂氣熙，從而順治。白居易進一步指出達到這個目標，需要發揮詩歌以情感人的作用：「感人心者，莫先乎情」甚至「上至聖賢，下至愚騃，微及豚魚，幽及鬼神。」因此都能為情所動。此為白居易轉從讀者鑑賞的能力評析，認為「得義忘筌」後產生的詩境可以從言、意關係的辯證來論析，此詩境範疇的詩學主張，透過王弼《周易》中提到：「得象忘言，得意忘象」的思維與《莊子·外物》提到：「筌者所以在魚，得魚而忘筌」〔註 156〕，來詮釋何以白居易詩歌詩論提到：「情交而感」，又需要注重：「言辭之美及聲音和諧」，以達到傳遞實義的目的，也就是詩者，根情、苗言、華聲、實義也。這些都必須經過「義得忘筌」的過程，使能獲得「風雅說」與「意境說」之詩論，前者重於教化作用，後者則承接劉勰神思觀點，探賾索隱「取境」法則，鉤深致遠「但見情性，不睹文字」的詩歌藝術審美規律。

高度精湛的美學境界並無明顯的嫣然姿態，或是使眾人皆有能力了悟其中的奧妙意趣，譬若千里良馬必得之於伯樂慧眼，方可辨識其出類拔萃。白居易以陶淵明、韋應物為詩歌之典範，有一種久逢知音之憾，亦深感驚喜。若能從中國文學中欣賞其詩歌意蘊，便能與詩心產生共鳴，即是「詩成淡無味」、「吟罷有所思」的脈絡，便是一種知遇，一種相惜緣聚。然其所營造的音韻、格律到朗讀、吟誦，或是市井俚語到官樣詩詞歌賦，都能體會到意韻無窮的美感效果。

寶曆元年（825）白居易於秋天遊太湖，採橘子進貢，在這一次的

〔註 156〕清·郭慶藩編，王孝魚整理：《莊子集釋·外物第二十六》，臺北：萬卷樓圖書，1993 年 3 月初版，頁 920。

揀貢橘儀式中，心中塊壘未消的白氏寫下了〈夜泛陽塢入明月灣即事寄崔湖州〉詩：「湖山處處好淹留，最愛東灣北塢頭。掩映橘林千點火，泓澄潭水一盆油。龍頭畫舸銜明月，鵲腳紅旗蘸碧流。為報茶山崔太守，與君各是一家遊。」〔註 157〕詩後特地注明：「嘗羨吳興每春茶山之遊，洎入太湖，羨意減矣。」描寫的是深秋太湖洞庭西山的橘林，但白氏腦海裏浮現出來的卻是湖、常二州刺史督茶唱酬的盛況。如今自己能為天子親自督辦貢橘，緩解了對湖州崔太守的羨慕嫉妒。第二年春天，騎馬傷腰在郡齋休養的白太守，夜聞湖州刺史崔太守和常州刺史賈太守在顧渚茶山相會唱酬，病榻孤燈之下，寫下了〈夜聞賈常州崔湖州茶山境會想羨歡宴因寄此詩〉：「遙聞境會茶山夜，珠翠歌鐘俱遶身。盤下中分兩州界，燈前合作一家春。青娥遞舞應爭妙，紫筍齊嘗各鬪新。自歎花時北窗下，蒲黃酒對病眠人。」〔註 158〕羨慕之情依然溢於言表。

揀完貢橘，時節進入冬季。寶曆元年也在白氏今日宴西樓，明日臥北亭的歲月靜好中悄然流逝。年底收官封印，府舍中的本籍吏員一個個都回家過年了。形單影隻赴任的白太守一下子就閒了下來，但周判官應該就在身邊，帶著幾個隨從，安排著白氏的年假生活。初老的白氏自有其難言的苦惱。雖然自己尚覺未老，但周遭的年輕一輩已將其視為長者、老者，自己也礙於身份，難以真心結交。白氏在〈郡中閒獨寄微之及崔湖州〉詩中透露了這種心情，「少年賓旅非吾輩，晚歲簪纓束我身。酒散更無同宿客，詩成長作獨吟人。」〔註 159〕以至於「官高年長少情親」。寶曆二年的正月，白氏就是在這樣的心境下度過的。寶曆二年正月初一（西元 826 年 2 月 11 日），萬戶歇業，白氏無處可去。正月初二，親友之間開始拜年，白氏單身赴任，寓居郡齋，孤家寡人，除了象徵性地接受些新年賀辭外，別無它事。正月初三，百無聊賴的白

〔註 157〕謝思煒校注：《白居易詩集校注》，頁 1895。
〔註 158〕謝思煒校注：《白居易詩集校注》，頁 1911。
〔註 159〕謝思煒校注：《白居易詩集校注》，頁 1908。

氏出門閒逛了。對詩文奇才的白氏而言，周邊尋常事也能入詩，就在穿巷過橋的不經意間，吟出了〈正月三日閑行〉，這是一首最能讓人感受到蘇州意象的詩歌：

> 黃鸝巷口鶯欲語，烏鵲河頭冰欲銷。綠浪東西南北水，紅欄三百九十橋。鴛鴦蕩漾雙雙翅，楊柳交加萬萬條。借問春風來早晚，只從前日到今朝。〔註 160〕

唐詩中，最有南方印記的山水，莫過於「橋」了。橋最多，被寫得最多的，又莫過於蘇州。橋景，不僅是最有特色的蘇州山水，也是蘇州景致最突出、最有個性的地方。白居易是在長慶二年（西元 822 年）的七月被任命為杭州刺史的，而在寶曆元年（西元 825 年）三月又出任了蘇州刺史。白居易在蘇州任上，寫有不少吟詠姑蘇的好詩，其中〈正月三日閑行〉並不出名，在他自己的作品中似乎也不算上乘之作，然而，此詩之美即在閒適，認真玩味起來，還真的具有經典的意義。在寫蘇州的橋的詩中，如果說張繼的楓橋詩，美在一種孤獨情感，而白氏此詩則美在一種閒適狀態。長慶二年（822）七月，白居易被任命為杭州的刺史，寫罷〈錢塘湖春行〉後不久，寶曆元年（825）三月又出任了蘇州刺史，便又有了〈正月三日閒行〉，所以這首〈錢塘湖春行〉應當寫於長慶三、四年間的春天。這兩首詩歌字詞清秀，風格淡雅，描景寫意十分細膩，都是白氏描寫蘇杭美景的名篇。長慶三年（823），杭州〈錢塘湖春行〉詩云：

> 孤山寺北賈亭西，水面初平雲腳低。幾處早鶯爭暖樹，誰家新燕啄春泥？亂花漸欲迷人眼，淺草纔能沒馬蹄。最愛湖東行不足，綠楊陰裏白沙堤。〔註 161〕

整首詩寫出了白居易對西湖的喜愛和讚歎之情。因為西湖的景色再美，也會有不盡人意之處，但是在白居易的眼中，它無疑是天下最美的景致，因為他不但善於觀察，而且更善於發現和體驗。從白氏創作的才華

〔註 160〕謝思煒校注：《白居易詩集校注》，頁 1906。
〔註 161〕謝思煒校注：《白居易詩集校注》，頁 1614。

評論，認為「得義忘筌」是「微而難能」的詩境手法，因為詩情所依據是語言文字，一旦經過「忘筌」，無文字為用後，所表達的情思必然是深刻而微妙的意象，而後所構築、營造出的「意境」是「生於象外」的自然含蓄之詩境，故在「忘筌」前的詩語的創構，即使是「秋毫之誤」亦將造成「千里之謬」，破壞最後所欲呈現的詩境內涵，這是一種高難度的藝術手法。

我們現在每每有逛景不如聽景的體會，或是聽朋友介紹，或是在影視風光片中，聽說和看到名勝山水美不勝收，心中不由得生起無限嚮往之情，可是往往一旦身臨其境，面對真山真水，卻反而覺得遠沒有預期的那樣動人美麗。這就是因為我們不能帶著一種發現的態度，欣賞美的眼光去看待自然山水，而是帶著一種先入為主，甚至是帶有幾分挑剔的眼光去遊山玩水之故。有了這樣論述，此境乃虛實的情景交融所得的藝術境界，今抽絲剝繭，白居易以此論述詩歌的第二層言義關係，繼「片言可以明百意」後，論述「工於詩者」如何虛境成詩的創作規律，主張須進一步運用「得義忘筌」的高超手法，玄妙的將詩境和象外聯繫起來，即可為此含蓄表情的曼妙詩境。

試想古往今來，西湖向人們展示了多少次美妙的春光？而又有多少人見證了西子湖的春色？接下來，我們吟誦大詩人的作品，從讀者鑑賞的能力評析，認為「忘筌」後產生「境生於象外」的詩境，是「精而寡和」，知音難遇的。西湖的鳥兒，在大詩人白居易面前，才會「爭暖樹」、「啄春泥」不成？其實不論何時何地，西湖都是最美的，白居易就是美學家，以欣賞眼光，才能在無數西湖的遊客中，獨具慧眼地發現它的動人之處，才能真正享受到大自然賜予的人間天堂。家喻戶曉的名句：「欲把西湖比西子，淡妝濃抹總相宜。」蘇東坡這樣的大文豪光臨的時候，猶如孔雀開屏般地展現那驚人的美豔。

全詩以「行」字為線索，從孤山寺起，至白沙堤終。以「春」字為詩眼，寫出了早春美景給遊人帶來的喜悅之情。從首聯詩句開始，描寫了孤山寺一帶到白沙堤一帶的景色，中間的轉換不露痕跡，銜接很自然。「景中有人，人在景中」不但描繪了西湖旖旎風光給予人的愜意。不說綠草如茵，雨的沐浴下的蓬勃生機，而是將本身陶醉在良辰美景中的心態和盤托出，使人在欣賞了說「淺草纔能沒馬蹄」，就不落俗套，富有新意。從結構上看，從描寫孤山寺的春光，以及世間萬物，在春色西湖的醉人風光當下，也在不知不覺中為春天所迷，與對生命充滿了熱情。

〈正月三日閑行〉與〈錢塘湖春行〉，景中寄情是這兩首詩的主要特點。詩歌描寫濃濃的春節意象與春天鬧熱的意境，寫出了大自然之美給人清新感受。白居易把感情寄託在寫意寫景的景致，詩歌字裡行間流露著喜悅輕鬆的心情，和對西湖春色細膩新鮮的感受。

白居易在這首詩中，表達對於春天或美好事物的敏銳觀察與體驗，在許多古代詩人中都是非常常見的，唯其如此，他們才能像白氏一樣，在春天剛剛到來人間時，就已經欣喜地發現，為之感動不已，激起他們創作靈感，寫下動人的詩篇，留給後人以豐富的美學享受。像白氏那樣，並不會因為只有幾隻黃鶯在樹上啼唱，只有幾家房檐下的燕子在搭窩而感到遺憾，反而會因此感覺到春天的腳步已經越來越近了，而感到特別的欣喜，從而寫出「幾處早鶯爭暖樹，誰家新燕啄新泥」這樣動人的詩句也是普遍的。王若虛《滹南詩話》：「樂天之詩〈錢塘湖春行〉，情致曲盡，入人肝脾，隨物賦形，所在充滿。」又說：「樂天詩極清淺可愛，往往以眼前事為見得語，皆他人所未發。」〔註 162〕清人田雯《古歡堂集》：「這首〈錢塘湖春行〉詩語言平易淺近，清新自然，用白描手法把精心選擇的鏡頭寫入詩中，形象活現，即景寓情，從生意盎然的早春湖光，體現出作者遊湖時的喜悅心情。」〔註 163〕

〔註 162〕金·王若虛著，胡傳志、李定乾校注：《滹南遺老集校注》卷中，瀋陽：遼海出版社，2006 年 1 月。

〔註 163〕清·田雯（1635～1704）：《古歡堂集》詩文集，文集二十二卷，詩集十五卷。古歡堂為作者書齋名，蓋取尚友古人為歡快之意。又以之名其書。

元和二年到元和五年（807～810）身為翰林學士、左拾遺的白居易在長安，正是一心效國，屢陳時政得失，銳意求進之時，當時詩歌多有諷諭與新樂府作品。然而，其思想與處世態度是儒釋道三家相容並蓄，所以在朝廷上，他身為諫官，負有拾遺補闕，規諫政事的責任。常有不便於指言的，則以詩歌來表達他的諷諫之意。他的詩文都是為事為時而作，尤其諷諭詩多半在表達民生的疾苦，為窮苦無告的百姓，大膽的說出心裡想說的話，希望在上位的人拿來作為施政的參考。政治上如能改弦易轍，以救禍亂，則普天下的百姓都將受益。這樣的作為是儒家忠恕與仁德的實踐，他盡忠職守，不負諫職，又能設身處地為百姓著想。依據先王之道，提出治國平天下之主張，多與僧尼道士往來，釋道之言論並不影響其治國之方針。

白居易以儒家思想從政，他的剛正不阿，敢犯顏諫諍，完全符合儒家忠臣的特質。元和五年（810）在其左拾遺任期滿，改官京兆府戶曹參軍後，他看出了世途的阻礙，知道為臣不易，正直不一定能受喜愛，反而是趨炎附勢者平步青雲。當時老莊思想提供了許多智慧，使他有所啟發和覺悟。元和六年（811），下邽〈渭上偶釣〉：

> 渭水如鏡色，中有鯉與魴。偶持一竿竹，懸釣至其傍。微風吹釣絲，嫋嫋十尺長。誰知對魚坐，心在無何鄉。昔有白頭人，亦釣此渭陽。釣人不釣魚，七十得文王。況我垂釣意，人魚又兼忘。無機兩不得，但弄秋水光。興盡釣亦罷，歸來飲我觴。〔註 164〕

白居易或偶然在渭水垂釣，心在無何有之鄉；或退居渭村後，更澈悟身外的浮名榮利不足追求；或貶官之後，老莊的智慧與思想，都能給予他慰藉和開導。此位於陝西省寶雞市的姜太公釣魚台景區〔註 165〕，詩裡：

〔註 164〕謝思煒校注：《白居易詩集校注》，頁 522。

〔註 165〕上元元年（760），唐肅宗李亨封姜太公為武成王。迄於清，歷代在此建有文王廟、三清殿、王母宮、玉皇廟、呂祖洞、九天聖母廟、戲樓、鐘樓及寢室等 20 餘座、60 餘間，分布在岩壑翠柏之中，加上滋

「昔有白頭人，亦釣此渭陽。釣人不釣魚，七十得文王。」意謂姜太公在渭水釣魚，實際上是等待時機。自遇到周文王，他從此放下釣竿，輔佐文王和武帝，打敗紂王，成為歷史上有名的功臣。「太公釣魚，願者上鉤」源典於此，許多著名歷史人物常藉此賦詩抒懷，如李白、杜甫、蘇東坡等人。白居易描寫了姜太公垂釣處的自然風光與歷史的淵源，透過〈渭上偶釣〉反映了白氏渭上偶釣，其詩歌詩意不在人，亦不在魚的忘機心態。偶然在渭水垂釣，而心在無何有之鄉。從前姜子牙釣於渭陽，是釣人不是釣魚，而他是人魚兼忘，純粹欣賞秋水光，享受垂釣之樂。

白居易三十四歲剛入仕途，即有感於人生短促，了解貧賤不須避，貧富不可求的道理。曠達的人是不受外物牽累的。他有著道家順應自然，忘我自足淡泊名利的思想，在白氏的詩中常常讀到這樣的思想，這是他性情流露是不學而能的。這時他身為翰林學士、左拾遺，正是一心許國屢陳時政得失，銳意求進之時，諷諭詩、新樂府詩即是此時的作品。他的閒適詩裡卻充滿了老莊思想，在現實的社會裡「外順世間法」，以儒家思想從政。他的剛正不阿，敢犯顏諫諍，完全符合儒家忠臣的條件。元和五年（810）左拾遺任期滿，改官京兆府戶曹參軍後，他看出了世途的阻礙，知道為臣不易。正直不一定受歡迎，趨炎附勢之徒，卻往往平步青雲。當時老莊思想提供人生智慧，啟迪他的哲思，讓他有所體悟。元和七年，下邽〈養拙〉：

> 鐵柔不為劍，木曲不為轅。今我亦如此，愚蒙不及門。甘心謝名利，滅跡歸丘園。坐臥茅茨中，但對琴與樽。身去韁鎖累，耳辭朝市諠。逍遙無所為，時窺五千言。無憂樂性場，

泉、丟石、望賢台、巨柏等自然風光輝映，釣魚台更具魅力。姜太公的釣魚台位於陝西省寶雞市東南40公里蟠溪河上，南依秦嶺，北望渭水，山清水秀，古柏疊翠，景色綺麗，歷史久遠，是古今中外頗享盛名的遊覽勝地。釣魚台因西周名士姜子牙在此隱居十載，滋泉釣干遇文王而聞名於世，史料典籍均有記載。自唐貞觀年間「太公兵家者流，始令蟠溪立廟。」並植柏四株，至今猶存。

寡慾清心源。始知不才者，可以探道根。〔註166〕

這和老子「屈則全」與《莊子‧山木篇》：「直木先伐，甘井先竭」〔註167〕的道理是一樣的。他反用其意認為是自己才拙，故不得用。其實他養拙的目的，正是為了全身遠害。退居渭村後，更加徹悟身外的富貴利祿猶如浮雲。人生在世，如何才是有用？如何才是無用？莊子曰：「今子有大樹，患其無用，何不樹之於無何有之鄉、廣莫之野？彷徨乎無為其側，逍遙乎寢臥其下；不夭斤斧，物無害者。無所可用，安所困苦哉？」〔註168〕白居易詩中：「人生大槐間，如鴻毛在風。或飄青雲上，或落泥塗中。」〔註169〕人生遭遇禍福難定，其宦海浮沉，窮通無定，即佛之「諸行無常」；外物虛妄不實，即所謂「空」。白居易詩中：「袞服相天下，儻來非我通。布衣委草莽，偶去非吾窮。」其詩又云：「外物不可必，中懷須自空。無令怏怏氣，留滯在心胸。」佛家的「空有」即道家的「有無」。老莊思想與佛學，以為《老子》之「無」與佛教之「空」無異，基本上是可相通的。故「希無之與修空，其揆一也」〔註170〕與白氏〈睡起晏坐〉：「本是無有鄉，亦名不用處。行禪與坐忘，同歸無異路。」〔註171〕詩歌尋常裡，白氏已將道家思維「無何有之鄉」與禪經的「不用處」結合為一，雖是異名，終究殊途同歸。故知白氏在渭村退居時，其思想是儒釋道兼容並蓄。

元和九年（814）白居易在下邽創作〈渭村退居寄禮部崔寺郎、翰林錢舍人詩一百韻〉中詩末提到：「習隱、疏放、守愚、無何是我鄉、泥尾休搖掉」等流露老莊思想。「樂天無怨歎，倚命不劻勷」其知命、

〔註166〕謝思煒校注：《白居易詩集校注》，頁481。

〔註167〕清‧郭慶藩編，王孝魚整理：《莊子集釋‧山木第二十》，臺北：萬卷樓圖書，1993年3月初版，頁667。

〔註168〕清‧郭慶藩編，王孝魚整理：《莊子集釋‧逍遙遊第一》，臺北：萬卷樓圖書，1993年3月初版，頁1。

〔註169〕謝思煒校注：《白居易詩集校注》，頁534。

〔註170〕梁‧僧祐：《初三藏記集》，卷九〈無量義經序〉，《大正藏》第55冊，頁68中。

〔註171〕謝思煒校注：《白居易詩集校注》，頁607。

不動心是儒家思想。「息亂歸禪定，存神入坐亡。斷癡求慧劍，濟苦得慈航。」禪定息妄念、求慧劍、斷癡想、慈航濟苦是佛家思想。他將三家思想融合，一身行之，最後身世兩忘。但白居易並未曾就此忘世，在他服喪期滿，重授贊善大夫後，他一心為國家的儒家思想，慷慨激昂，希望能有積極作為，終因武元衡被盜殺事件，首發上疏急切捕賊，以雪國恥，因得罪而遭受貶官。貶官後，白居易對於老莊的智慧與生命哲學鞭辟入裡，以格物致知為基阯，以身體力行為堂奧，以懲忿窒欲為牆垣，以推己及人為門戶，以書策吟詠為園囿，世途禍福相倚，盛衰榮枯，夭壽死生都歸虛幻，若能保全天真以安身，處優閒適意以安心，無入不自得。其考察人生的角度雖有所不同，但都強調在積極用世的基礎上，維護個人的獨立意識。值得研究者注意的是：白居易兼濟天下的理想，以及對於下層老百姓疾苦的關心，自始至終都沒有消失過，〈適意二首〉中依然有所體現。在白氏身上體現著儒家「慎獨」的境界，他的內心始終有著強烈的道德自省意識，把一切生靈都想像為人格化的東西，並作為平等的主體來看待，以致推己及人。

白居易的創作中，閒適詩更多體現了他「獨善其身」的思想，儒家進退窮達的仕途觀，同樣為其提供了思想資源。謝思煒《白居易集綜論》提出：「在儒家學說中，傳統的兼濟獨善思想，為儒者個人協調外在事功與內在精神生活，解決窮通矛盾提供了出路。在有關修身與心性修養的一系列學說尚未完善之前，『獨善』可以概括儒者個人在國家政治生活之外的全部精神訴求。……獨善實際上也被他當作一種私生活領域內的個人的處世方式。」〔註 172〕其思想中對社會人生的要求和原有的「兼濟天下」的信念，會隨著時間和境遇不斷的調整和淡化，代之以超然遠引、保為容身的「獨善」之路，雖有佛道思想因素的影響，但同樣受到儒家思想的指導。元和十四年（819），忠州〈江州赴忠州至江陵以來舟中示舍弟五十韻〉：

〔註 172〕謝思煒：《白居易集綜論》，中國社會科學出版社，1997 年版，頁 321～322。

老見人情盡，閑思物理精。如湯探冷熱，似博鬬輸贏。險路應須避，迷塗莫共爭。此心知止足，何物要經營？玉向泥中潔，松經雪後貞。無妨隱朝市，不必謝寰瀛。但在前非悟，期無後患嬰。多知非景福，少語是元亨。晦即全身藥，明為伐性兵。昏昏隨世俗，蠢蠢學黎氓。鳥以能言紲，龜緣入夢烹。知之一何晚，猶足保餘生。〔註173〕

元和十四年（819）春天二月，是冰雪消融的季節，長江水勢既大且急，逆水行舟，走得很慢。船上無事，白居易思前想後，感到在處世做人方面需要改變方法，或者說在現實的打擊下，缺乏堅持的勇氣，採取了妥協自保的方針。透過此詩表達了自己的態度，白氏這個決定，與他「兼濟天下之志」是充滿矛盾的，對於其思想有一定的痛苦。這卻符合「獨善其身」的想法，所以覺得這未嘗不是一個出路。這一思想的轉變，對他後半生的生活起了指導作用，再也看不到像左拾遺時代的那種雄心勃勃，也不見那種與惡勢力堅決鬥爭的精神，然而他做到了「潔身自好」，不介入黨爭，不同流合污，在個人職權範圍內，盡可能的做些對人民有福利的事情。這就是白居易在四十八歲以後，人生經歷與思想涵養了他的處世與做人，這也是他對待人民的基本態度。

不論白居易創作詩歌時的身份為何，即便任忠州刺史，只要符合「獨善其身」的想法與擁有閒適的心境，便是主題的範圍，就觀察白氏閒適詩詩歌情調往往寄託在人際生活、壯遊奇景山水、田園間等詩中。他從老莊思想底蘊尋到人生歸處，此時勾勒出白居易閒適詩的發展狀況，有一種自得其樂的心態，而「處」的生活方式是一種自覺的選擇。閒適詩的視角從山水、田園間尋覓詩心意境，所以可觀照出陶淵明、王維、杜甫、韋應物對白居易閒適詩創作影響，當時白居易退居渭村，寄託江海山林，閒適之情油然而生。當白居易敘寫日常生活，從一般的生活中體會出情趣，體會出詩味，雖是味塵凡俗卻讀來親切感人，意象若

〔註173〕謝思煒校注：《白居易詩集校注》，頁1422。

揭，其閒適詩繼承了杜甫抒寫日常生活的詩歌特色。他日則是擴大閒適主題的視域，成為擅長描寫日常生活的高手，一直到晚年的作品，他仍然把這種特色詩歌發揮得淋漓盡致。

落實在具體的生活中，他認為仕途上的行藏出處完全是機遇，一旦失去機會，就要守志藏道，獨善其身。在「很大的程度上，獨善是對兼濟天下不可能的一種補償形式，是一個高尚品格的士大夫所必須選擇的道路，並且是一個等待時機，重新開始的準備階段。」〔註 174〕「藏愚」乃是一種大智若愚的同義語，其中的「藏」字並不是一般所認為「藏奸」的藏，帶有謀略心計的意味，而毋寧說「藏愚」恰是「露才揚己」〔註 175〕的相反詞。元和七年（812），〈詠拙〉：

> 所稟有巧拙，不可改者性。所賦有厚薄，不可移者命。我性拙且蠢，我命薄且屯。問我何以知，所知良有因。亦曾舉兩足，學人踏紅塵。從茲知性拙，不解轉如輪。亦曾奮六翮，高飛到青雲。從茲知命薄，摧落不逡巡。慕貴而厭賤，樂富而惡貧。同出天地間，我豈異於人。性命苟如此，反則成苦辛。以此自安分，雖窮每欣欣。葺茅為我廬，編蓬為我門。縫布作袍被，種穀充盤飧。靜讀古人書，閒釣清渭濱。優哉復遊哉，聊以終吾身。〔註 176〕

「守拙」乃首創於陶淵明〈歸田園居五首〉之一：「開荒南畝際，守拙歸園田」。〔註 177〕其後三百年中，唐朝詩人韋應物〈答僩奴、重陽二甥〉詩有：「棄職曾守拙，玩幽遂忘喧」。唐朝詩人錢起〈閒居酬張起居見贈〉：「在林非避世，守拙自離羣」。此期間「守拙」心志最大的

〔註 174〕史素昭：〈從閒適詩看白居易〉，《郴州師專學報》，1998 年第 1 期。

〔註 175〕語出漢．班固：〈離騷序〉、清．嚴可均校輯：《全上古三代秦漢三國六朝文》，（北京：中華書局，1991），卷二五，頁 611。

〔註 176〕唐．白居易著，謝思煒校注：《白居易詩集校注》，北京：中華書局，2009 年 11 月第二次印刷，頁 552。

〔註 177〕晉．陶淵明著：《陶淵明集校箋》，上海：上海古籍出版社，2019 年 3 月，頁 91。

繼承人，首推杜甫，主要都是涉及個人的生活態度與自我評價，並增加「養拙」、「用拙」的用法〔註 178〕。包括：「用拙存吾道」(〈屏跡三首〉之二)、「養拙蓬為戶」(〈遣愁〉)、「養拙干戈際」(〈暮春題瀼西新賃草屋五首〉之二)、「吾知拙養尊」(〈暝〉)，所謂「用拙」、「養拙」，無非都是「守拙」的同義語，這被後來的詩人韋應物、錢起、孟郊、白居易等眾多詩人繼承。白居易在〈養拙〉、〈詠拙〉等詩中，對此主題鋪陳，表現其生命歷程與哲學思維，也有了大幅度的演繹。在白氏之前，特別是杜甫〈自京赴奉先縣詠懷五百字〉所說的：「杜陵有布衣，老大意轉拙。許身一何愚，竊比稷與契。」可謂「愚」、「拙」兼而有之的綜合表述，與李夢符〈答常學士〉一詩中的：「養拙藏愚春復春」一併為說，知「養拙」、「藏愚」兩者的密切關係。

文人道統的正大精神，既可用在儒家對政治理想的執著上，也可用在道家清靜無為的超脫上，雖各自表述，卻都屬於理想人格而同蘊含在「道」的境界。「蘊含」的意義是一種在人群中和光同塵式的處世智慧，所謂「小士處真，大士涉俗」，小士之所以僅能處真的原因，在於他們局限於個人的世界，以自我為中心的放射生命的能量，因此只能順應他們而造的單純環境中生存；至於大士能夠涉俗的原因，便在於他們超越了自我，以鳥瞰全局的宏觀視野優遊人間，和其光、同其塵，一如《莊子・天下篇》：「獨與天地精神往來而不敖倪於萬物，不譴是非，以與世俗處。」〔註 179〕

〔註 178〕從時間上來說，比杜甫更早的有孟浩然〈送告八從軍〉的「運籌將入幕，養拙就閒居」，張九齡〈出為豫章郡途次廬山東巖下〉的「棲閒義未果，用拙歡在今」，但這都是偶一為之，就整體而言，仍然是以杜甫為要。

〔註 179〕清・郭慶藩編，王孝魚整理：《莊子集釋・天下第三十三》，萬卷樓圖書，1993 年 3 月初版，頁 1065。

第四章　白居易詩歌閒適創作之關係

白居易一向喜歡閱讀老莊，老莊思想能使他拋開塵俗雜事，與道士往來論道，道士的仙風道骨使他有出塵之思，與王質夫、元稹往來論詩，是人生一樂事。白居易貞元十九年（803）至永貞元年（805），大約 32 歲到 34 歲進入仕途，即有感於人生的短促，富貴無法強求，對於貧賤生活，則正面看待，詩歌閒適中帶有忘我自足，淡泊名利的思想，並體會出曠達的人是不會受到外物遷化而影響的，極有道家自然意蘊之風，其情性流露出不學而能。白居易從莊子否定，沉溺於世俗自我的分辨執著之心，體會到這種否定並不是對人固有情感的否定，而是要求對自我情感的不斷超越。

第一節　莊子與白居易詩歌閒適創作之關係

本論文希望能較全面地從藝術哲學的美學基礎「象外之象」，對一個詩歌創作者而言，「立意」是非常重要的，創作者在「立意」之後，必須具體呈現出「象」，經典文字的意思，透過卦象來表現，然後再以經文來傳達，達成「得意忘象」，再者認識經文本意的方式是透過解讀經文（言）來了解卦象，再藉出卦象來理解意思（意）。目的是了解經文的本意（得意），在「得意」之後，作為理解之媒介的卦象和經文，都可以完全忘記或忽略。「忘」是一種功夫，也是一種境界，非等於捨棄與不要。在達到此境界之前，還是必須先得到象，先得到言。〈明象〉甚至將《莊子》中的「忘」的修養工夫，也拿來做為治學的方法，強調必須忘言才能得象，忘言之後還得進一步忘象，才能得意，也就是要「忘而又忘」才能得到經之本意。王弼的正確意思應該是要學者弄清楚學「易」的目的，是要了解經本意才是根本，不要拘執於末節的「象」上，迷途而不知返。

道家順應自然，忘我自足，具有淡泊名利的思想，白居易詩中時而流露，可以說這種思想是白氏的性情流露，是不學而能的。他偶然在渭水垂釣，心在無何有之鄉，從前姜子牙釣於渭陽，是釣人不釣魚，而他是人魚皆忘，純粹欣賞秋水光波，享受垂釣之樂。元和二年（807），白居易 36 歲，身為翰林學士、左拾遺，正是一心效忠國家，屢陳時政得失，銳意求進之時，此時期創作許多諷諭詩、新樂府、閒適詩等作品，尤以閒適詩裡充滿了許多老莊思想，然而他意識到自己思想的多元，涵容儒釋道三家，兼修並蓄。他將三家思想調和，一身行之，最後身世兩忘，為國效力的儒家思想仍然積極為之。元和九年（814），白居易在下邽創作〈渭村退居寄禮部崔侍郎翰林錢舍人詩一百韻〉中，說明此時的思想，是儒釋道兼容並蓄的。詩中提到：

> 習隱將時背，干名與道妨。外身宗老氏，齊物學蒙莊。疏放遺千慮，愚蒙守一方。樂天無怨歎，倚命不劻勷。憤懣胸須豁，交加臂莫攘。珠沉猶是寶，金躍未為祥。泥尾休搖掉，灰心罷激昂。漸閑親道友，因病事醫王。息亂歸禪定，存神入坐亡。斷癡求慧劍，濟苦得慈航。不動為吾志，無何是我鄉。可憐身與世，從此兩相忘。〔註 1〕

詩中在一個又一個的譬喻與意象表達之後，提到與其煩惱未來發展，何妨以「無何是我鄉」來理解，典雅文字帶有犀利的味道，追求的不單

〔註 1〕謝思煒校注：《白居易詩集校注》，頁 1151。

是經驗世界裡的。白居易〈讀莊子〉：「去國辭家謫異方，中心自怪少憂傷。為尋莊子知歸處，認得無何是本鄉。」〔註2〕，他說：「去國辭家謫異方」，被貶謫不會好受，讀過〈與元九書〉都知道，白居易被貶謫的心情。「中心自怪少憂傷」，為什麼被貶謫的心情還那麼好，那麼開心呢？「為尋莊子知歸處」，原來是因為讀《莊子》，讓他知道最後生命的歸所，知道生命的這棵大樹要栽植在哪個地方。「認得無何是本鄉」，才是生命最值得投注、最該歸往的所在。莊子不是建構一個西方極樂世界，而是要告訴我們有一種東西，當我們的形軀敗壞，離開這個世界，離開此世的工夫，此世的追求，它還是存在的。儒釋道思想在詩中調和，一身行之，最後身世兩忘。元和七年（812）白居易在下邽，從〈聞庾七左降因詠所懷〉詩句中有其所感之物，莫過於能觸發時間意識的對象，其對世事也有透徹的了悟：

> 人生大塊間，如鴻毛在風。或飄青雲上，或落泥塗中。衮服相天下，儻來非我通。布衣委草莽，偶去非吾窮。外物不可必，中懷須自空。無令怏怏氣，留滯在心胸。〔註3〕

若從人性的角度，對人生的意義進行根本性的探討，「感物」常以嘆逝為核心，以致「感物」常常為「感時」。其〈適意二首〉詩中「人心不過適，適外復何求？」〔註4〕〈詠懷〉：「先務身安閑，次要心歡適……所以見道人，觀心不觀跡。」〔註5〕白居易極力追求禪家，淡然於世事的變幻，獨處在生命的自在裡。他在另一首〈詠懷〉：「盡日松下坐，有時池畔行。行立與坐臥，中懷澹無營。不覺流年過，亦任白髮生。不為世所薄，安得遂閑情？」〔註6〕與〈歲暮〉詩：「窮陰急景坐相催，壯齒韶顏去不迴。舊病重因年老發，新愁多是夜長來。」〔註7〕

〔註2〕謝思煒校注：《白居易詩集校注》，頁1228。
〔註3〕謝思煒校注：《白居易詩集校注》，頁535。
〔註4〕謝思煒校注：《白居易詩集校注》，頁529。
〔註5〕謝思煒校注：《白居易詩集校注》，頁682。
〔註6〕謝思煒校注：《白居易詩集校注》，頁609。
〔註7〕謝思煒校注：《白居易詩集校注》，頁1379。

還有〈觀幻〉：「有起皆因滅，無睽不暫同。從歡終作慼，轉苦又成空。次第花生眼，須臾燭過風。更無尋覓處，鳥跡印空中。」〔註8〕通過詩歌，以大自然的變動不居，天地間生命在時間流逝中如此的脆弱，引發對自身生命虛擲的感慨，死亡臨近的恐懼和憂傷，這種遷逝感傷的背後，是宇宙的永恆與循環時間，這是無法測量與復原的，所有的逝去或有限性，都將會以另外的一種形式呈現。白居易詩中此種淡然的生命情調，「感物」、「感時」之情已被銷盡，為了使自己進入閒適的生活情境中，白氏不斷地在「從政」與「賦閒」的心境中，來來回回的糾結著。〈閑居〉：「心足即為富，身閑乃當貴。富貴在此中，何必居高位？」〔註9〕從旦直至昏，身心一無事，便是人間好時節。〈閑居〉詩又言：「君看裴相國，金紫光照地。辛苦頭盡白，纔年四十四。乃知高蓋車，乘者多憂畏。」從政者辛苦白了頭，白氏體悟到「心足身閑」即是人生富貴。

唐代佛教極為盛行，太宗時，玄奘經由絲路到印度取經，帶回佛經六百五十餘部；高宗時，義淨經由水路，航行南海至印度，得佛經四百部。後續有高僧至西域求取佛經，而西方高僧東來我國的，也不下數十人。寺廟依時節舉辦各種慶典活動，如上元燈節、盂蘭盆會等，成為長安市民精神寄託之所在，又成為人民休閒娛樂之場所。因此當時的人民，不管信不信佛教，都常到寺廟走動。佛教的教義，如因果輪迴、地獄之說，深入人心，牢固而不可破，佛教的詞語，也普遍成為日常用語。讀書人喜歡寺廟的清靜，往往寄住在寺廟中讀書，求取功名，自然常與僧人往來。它有標明年代的佛教作品最早是貞元二十年（804）所作的〈八漸偈〉，由序中可知，貞元十七年（801）白居易三十歲左右，曾參學問心要於北方僧人凝公，凝公賜以漸門八字要旨。白居易將此「入於耳，貫於心，達於性」，玩味三、四年之久，始終不忘。在凝公逝世之後，白氏將一言擴充為一偈，創作了〈八漸偈〉，以發揮凝公之心教，同時

〔註8〕謝思煒校注：《白居易詩集校注》，頁2055。
〔註9〕謝思煒校注：《白居易詩集校注》，頁527。

表明不敢失墜之意。由此透露白居易對佛法不只是附庸風雅，在文字上作文章而已，而是對佛法教義的理解，潛沉已久，了然於心。

如果從白居易宦海浮沉，窮通無定，即是佛之「諸行無常」；外物虛妄不實，即所謂「空」。佛家的「空有」即道家的「有無」。老莊思想與佛學，「希無之與修空，其揆一也」基本原理是相通的。白居易在其服母喪期滿（811～814），重授贊善大夫後，他一心為國的儒家思想又積極出發，終因武元衡盜殺事件，首先上疏請急捕賊以雪國恥，得罪遭貶官。貶官前後，老莊思想與佛禪，給予他慰藉與開導，也提供了許多智慧，使他有所啟悟。

中唐以後詩風的變化，詩人們與禪宗的關係是推動風氣轉變，不容忽視的因素。嚴耕望曾舉唐中葉後學官日衰，平民寒士有寄寓山林寺院讀書的風尚，以至中葉以後為宰相者，竟有十七人幼年曾習業於山林寺院。白居易與元稹也曾在寺院準備科考，佛禪寺廟尋常生活，在睡起晏坐詩中可見，「本是無有鄉，亦名不用處。行禪與坐忘，同歸無異路。」白氏將道書的「無何有之鄉」與禪經的「不用處」結合為一，殊名同歸。唐代詩人與僧侶交遊，日益帶來心靈的安定，對於白居易亦復如此。其和微之詩〈和知非〉有提：「不如學禪定，中有甚深味。曠廓了如空，澄凝勝於睡。屏除默默念，銷盡悠悠思。春無傷春心，秋無感秋淚。坐成真諦樂，如受空王賜。既得託塵勞，兼應離慚愧。」〔註10〕早期白氏詩中對物的「感物」嘆逝，直到他體悟佛教看空生命的榮枯，「不為物所轉」的非感物傾向，此亦說明白氏晚年禪修臻至此境界。這也是中唐士子在佛禪流行時，開詩壇新風氣之體現。白氏常有詩文往來佛門間，在長安任校書郎，讚詠定光上人的淨心佛道，並進而感觸自己的憂勞塵世。貞元十六年（800），其創作〈題贈定光上人〉：

> 二十身出家，四十心離塵。得徑入大道，乘此不退輪。一坐十五年，林下秋復春。春花與秋氣，不感無情人。我來如有

〔註10〕謝思煒校注：《白居易詩集校注》，頁1746。

悟，潛以心照身。誤落聞見中，憂喜傷形神。安得遺耳目，

冥然反天真？〔註 11〕

所謂「春花與秋氣，不感無情人」，是禪家漠然世事變幻，哀樂不入的生命情調之寫照。白居易所感之物，莫過於能觸發時間意識的對象，潘岳云：「四時忽其代序兮，萬物紛以迴薄。覽花蒔至時育兮，察盛衰之所託。感冬索而春敷兮，嗟夏茂而秋落。……」〔註 12〕大自然涵攝時間模式，人們之所以活動有感，在於從時間流逝中感到生命如此脆弱，引發對自身生命虛擲的反省，甚至面對死亡時候所感到的恐懼與憂傷，這種遷逝、感傷的背後，終究是無限循環、無限感懷，若要戛然而止，便向佛禪與莊子思想裡尋繹，白居易在後半段描寫自己與定光上人的對照，表達了尋求解脫的願望。白氏即以「感物」和「感時」的題旨，自此作為「誤落聞見」、「傷形神」而被否定。

「感物」和「感時」之情已然銷盡，這種生命情調豈只白居易獨有？其好友劉禹錫一邊說著：「自古逢秋悲寂寥，我言秋日勝春朝」〔註 13〕的同時，一邊又羨慕禪家的超然物外：「雨引苔侵壁，風趨葉擁階。久留閒客話，宿請老僧齋。……翛然自有處，搖落不傷懷」〔註 14〕，誠如莊子有言：「翛然而往，翛然而來而已矣」〔註 15〕，正是所謂：「一從方外游，頓覺塵心變」〔註 16〕、「偶來遊法界，便欲謝人群。竟夕聽真響，塵心自解氛」〔註 17〕、「見僧心暫靜，從俗事多

〔註 11〕謝思煒校注：《白居易詩集校注》，頁 764。

〔註 12〕潘岳〈秋興賦〉《全晉文》，卷九十，《全上古三代秦和三國六朝文》，第 2 冊，頁 1980。

〔註 13〕劉禹錫著，蔣維崧等人箋注：《劉禹錫詩集編年箋注》，濟南：山東大學出版社，1997 年，頁 435。

〔註 14〕劉禹錫著，蔣維崧等人箋注：《劉禹錫詩集編年箋注》，濟南：山東大學出版社，1997 年，頁 300。

〔註 15〕清·郭慶藩編，王孝魚整理：《莊子集釋·大宗師第六》，萬卷樓圖書，1993 年 3 月初版，頁 224。

〔註 16〕張衆，〈遊棲霞寺〉，《全唐詩》，卷三六八，第 11 冊，頁 4162。

〔註 17〕呂溫，〈終南精舍月中聞磬聲詩〉，《全唐詩》，卷三七 0，第 11 冊，頁 4157。

屯」。〔註 18〕一度主導中國詩學的「感物」模式，情感中心論與其核心「感時」，已在此處被淡出，甚至被顛覆了。這卻絲毫不妨礙白氏對自然之美的領略。其中道理，恰如被稱為佛教中梭羅的淨智法師所言：

> 佛教並不鄙視美，只有對美的狂熱的愛才是危險的，那是必須拋棄的。當楓紅的秋季銷盡了自己，並讓路給灰色的冬季時，假如不將自己繫於美景，就不會恐懼和消沉。一種快樂的逝去，我們任他逝去而絕無悲傷。……只有當吞嚥美時，美才是毒藥，而當我們把它用於靜觀，它是可以親近而予以靈感的。〔註 19〕

淨智法師（Bhikkhu Nyanasobhano），美國比丘，原為演員兼劇作家，1987 年在泰國出家，正式加入比丘僧團。他觀察敏銳，文筆優美，文章讀來篇篇令人感到喜悅，是位創造心靈意象的大師，他被喻為美國佛教的梭羅。他用一種抒情詩般的風景中，廣受讚譽的抒情嗓音，著力於語言的微妙力量，邀請我們以嶄新的眼光看待自然世界，激發讀者發現自然奇觀與所喚起的精神見解能力，並從我們的即時經驗中找到佛陀教義的真相與反思能力。這不就是《二十四詩品》中體現的絕對待之，與物冥合的居間狀態，還包括無感於時的態度，又與玄學相通，即所謂：「俯拾皆是，不取諸鄰；俱道適往，著手成春。」〔註 20〕郭象所描述的「坐忘」正是一居間之態：

〔註 18〕賈島，〈落第東歸風僧伯陽〉，《全唐詩》，卷五七三，第 17 冊，頁 6666。

〔註 19〕Bhikkhu nyanasobhano Landscapes of Wonder（Boston: Wisdom Publications, 1998）
景觀中奇觀：景觀巧妙地將佛教沉思的精神從坐墊轉移到自然界。比丘・尼雅索巴諾（Bhikkhu Nyanasobhano）的修辭手法和精神上的直覺使人聯想起梭羅（Thoreau）和愛默生（Emerson），在 18 篇冥想論文中，它通過大自然的棱鏡考慮了佛教主題。這些令人滿意的文學探索中捕捉到的思考將吸引所有欣賞自然世界以及我們在自然世界中的地位的人。

〔註 20〕吳航斌：《司空圖二十四詩品解析》，臺北：致知學術出版社，2016 年 4 月初版一刷，頁 149。

夫坐忘者，奚所不忘哉！既忘其跡，又忘其所以跡者。內不覺其一身，外不識有天地，然後曠然與變化為體而無不通也。〔註 21〕

郭象又強調「覺夢之化，無往而不可，則死生之變，無時而足惜。」〔註 22〕反對明覺之非夢，明生之非死，這些與感物傷時的生命情調相違背。此是《二十四詩品》得以玄學語言表達之故。另一方面時間的不可逆性，時間是流動的，不受外物所影響，時間的流逝不復返，時間的流動與人生的短暫、生命的逝去連結在一起，不能徘徊其中，不能回轉與倒流，構成了線性時間觀。如郭象又強調：「無藏而任化者，變不能變也」。既然時間流動，世界變幻，那麼「體道合變者與寒暑同其溫嚴」〔註 23〕，使「人生喜怒哀樂之咎，春夏秋冬之類也」有了相接之處。可知魏晉詩學接受的是玄學與「感物」和「感時」相融合的部分，僅在玄學的背景下難以有像《二十四詩品》詩學奇葩，就時間與社會流動六個世紀之後，南宗禪學出現與玄學交融，才能得以產生這一部曠世之作。〔註 24〕中唐以後詩風的變化，詩人與禪宗的意境契合，維持著一種平衡關係。白居易在老莊思維與佛禪宗的影響之下，詩風自然也產生了異於之前的視野，對於「感物」和「感時」之生命情調，多了超然於物外。詩歌意象是藝術性、思想性的結晶，白氏透過鮮明的藝術形象表達深刻的思想，引人思索，耐人吟詠；以為詩歌意象的藝術性是用最

〔註 21〕清．郭慶藩編，王孝魚整理：《莊子集釋．大宗師第六》，臺北：萬卷樓圖書，1993 年 3 月初版，頁 224。

〔註 22〕清．郭慶藩編，王孝魚整理：《莊子集釋．大宗師第六》，臺北：萬卷樓圖書，1993 年 3 月初版，頁頁 224。

〔註 23〕清．郭慶藩編，王孝魚整理：《莊子集釋．大宗師第六》，臺北：萬卷樓圖書，1993 年 3 月初版，頁頁 224。

〔註 24〕明人胡元瑞論唐世學風時說：「世知詩律盛於開元，而不知禪教之盛，實自南嶽、青原兆基。考之二大士，正與李、杜二公並世，嗣是列為王宗，千支萬委，莫不由之。……世但知文章盛於和，而不知爾時江西、湖南二教，周遍環宇……宋儒明道，個極宗趣，代自名家。獨唐儒者不競，乃釋門之熾盛如是，焉能兩大哉！」《少室山房筆叢》，卷四八癸部《雙樹幻鈔》下，頁 647。

少文字，驚人地涵括著大量的思想，具有哲學意蘊，也具有意象藝術性的魅力，因而能喚起人們的想像與美感，形象化的呈現詩歌閒適意象。

莊子是思想家也是文學家，歷代受《莊子》的影響，可分為二：一是以義理註解為主，將《莊子》哲思解讀，二是歷代文學家對《莊子》的詮釋，引《莊子》入詩文，從《莊子》汲取靈感，無論文學與哲學觀點，都是一場對話。歷代有許多文學家的思想與創作，受到《莊子》影響，白居易任江州司馬，當他從京都遠謫異地，遠離政治核心，不受重用時，他會在詩歌中反省自己，未能看透官場的積弊，但他並不過份自怨自艾，因為他體悟到莊子〈逍遙遊〉道理，懂得自處之道，感覺自己就像「大本臃腫而不中繩墨，其小枝卷曲而不中規矩」的樗樹，工匠都不屑一顧。有用的樹木，可能被木匠砍去製作，有用的人可能會被殺，既然無用，那就種在無何有之鄉，廣漠之野，可以在樹下逍遙自在，或睡或坐，那才是自己的歸處。如此一想，被貶謫的心情，也就得到寬慰，過著恬淡閒適的生活。元和六年（811），下邽〈渭上偶釣〉：

> 渭水如鏡色，中有鯉與魴。偶持一竿竹，懸釣在其傍。微風吹釣絲，嫋嫋十尺長。誰知對魚坐，心在無何鄉。昔有白頭人，亦釣此渭陽。釣人不釣魚，七十得文王。況我垂釣意，人魚又兼忘。無機兩不得，但弄秋水光。興盡釣亦罷，歸來飲我觴。〔註25〕

該詩反映了白居易在渭水偶釣的閒適意象，在於不直接闡述的詩歌藝術魅力，意象不在人，亦不在魚的忘機思維與心態。當白氏退居渭村後，更體悟身外的浮名榮利，對於名利也較為淡泊。元和六年（811）至元和九年，下邽〈遣懷〉：

> 寓心身體中，寓性方寸內。此身是外物，何足苦憂愛。況有假飾者，華簪及高蓋。此又疏於身，復在外物外。操之多惴慄，失之又悲悔。乃知名與器，得喪俱為害。頹然環堵客，

〔註25〕謝思煒校注：《白居易詩集校注》，頁522。

蘿蕙為巾帶。自得此道來，身窮心甚泰。〔註26〕

此首詩從心出發，看似鄙夷外在的一切，膚淺的追求是人生煩惱根源，這種思想在白居易後期的詩作，表達得更為淋漓盡致。他主張的原因在於，名與物這種東西：「操之多惴慄，失之又悲悔」，這是整篇詩的重點。從這一句話可以看出，白居易並非真的透徹領悟了名利為身外之物的道理，而只是受不了曾經讓他風光一時的名利場，如今卻成了他陷入痛苦的淵藪。為了跳脫這種痛苦，他於是開始不斷對自己強調名利的膚淺，因為只有徹底摧毀名利的價值，才能讓喪失名利的他不再覺得痛苦。白居易如果真的有在這個丁憂時期看破了世情，他不會在元和九年（814）四十四歲時再度興奮地回到長安，並受任太子左贊善大夫。因為如此，他才會遇上他人生中最大的轉折。

元和十年（815），宰相武元衡被刺，白居易這時已不再是諫官，而只是個陪太子讀書的左贊善大夫，是個清閒官職，他卻越職奏請追捕行刺者，由此大大得罪了另一位宰相，被貶為江州司馬。本來銳氣橫胸的有志詩人，連遭挫敗，他的思想自此丕變，不再想當和杜甫一樣的寫實詩人。元和七年（812）白居易詩有：「人生何所欲，所欲唯兩端。中人愛富貴，高士慕神仙。」〔註27〕「種田計已決，決意復何如？賣馬買犢使，徒步歸田廬。」〔註28〕「三十為近臣，腰間鳴珮玉。四十為野夫，田中學鋤穀。」〔註29〕〈歸田三首〉詩中表達真正想當一個像陶淵明般的詩人。〈對酒〉詩中有提：「蝸牛角上爭何事？石火光中寄此身。隨富隨貧且歡樂，不開口笑是痴人。」〔註30〕此詩慰藉了白氏，相對的也療癒了許多文人雅士。誠如莊子面對人生的困境與難題，能夠從自然的觀點去思考，從而能夠安時處順，應物而不傷。

白居易詩歌描寫生命裡遭逢的際遇，在其文學作品中發現莊子的

〔註26〕謝思煒校注：《白居易詩集校注》，頁521。
〔註27〕謝思煒校注：《白居易詩集校注》，頁536。
〔註28〕謝思煒校注：《白居易詩集校注》，頁537。
〔註29〕謝思煒校注：《白居易詩集校注》，頁539。
〔註30〕謝思煒校注：《白居易詩集校注》，頁798。

身影，以此詮言而有據，跳脫對讀的方式，不似尋找身影的方式來解讀莊子，則能夠避開侷限性，從跨時代性的文學家詮釋或思想觀念的聯結，而開創新的局面。白氏詩歌文本的情境，藉著親近的生活經驗，折射生活裡的微小細節，從此愈能了解自己，透明而且清晰。《莊子・逍遙遊》：「乘天地之正，而御六氣之辯」工夫，用「深情而不滯於情」解開生活裡的情結，於是生命困境得到解決的良方。詩歌中的閒適意象，彷彿將白氏從谷底絕望中找到希望，詩歌創作是一個很療癒的過程，白氏透過創作機會與文友交流、傳達對政治的看法。白氏表達脆弱與痛苦的生活經驗，詩歌裡表達出的人生況味能與別人連結。當白氏表達出當下欲極力逃離的自己，卻有了生命的價值，因為詩歌情境裡的生活節奏，像是人們站在陽光灑落，過篩成許多光影下，偶然抬頭瞥見葉子的金邊，剎那間，詩歌閒適意象的藝術性產生了許多力量，詩歌閒適意象的美感經驗探索、療癒了脆弱者的當下，詩歌創作的內容成為白居易獨一無二的特色。

元和五年創作〈養拙〉詩，反用其意，認為是自己才拙，故不得用，實際上，他養拙的目的正是為了全身遠害。另一首〈詠拙〉創作時間接近，無論是閒居度日的〈養拙〉或是悠哉閒釣的〈詠拙〉，都說明當時白居易所處的世局與心境，其不忮不求，清心寡欲退隱不仕的思維，都只是暫時的明哲保身，遠離禍害。白氏〈養拙〉和〈詠拙〉，與潘岳〈閒居賦〉：「仰眾妙而絕思，終優遊以養拙」〔註31〕有異曲同工之妙，白氏〈閑居〉詩中：「深閉竹間扉，靜掃松下地。獨嘯晚風前，何人知此意？」〔註32〕以眾人智慧為掌心，缽托著絕妙的思維，才得

〔註31〕〈閒居賦〉是西晉作家潘岳作於元康六年的一篇散文，是表現其厭倦官場和隱逸情懷的作品。這一年潘岳從長安回京任博士。因母病去官，時年五十歲。作者回顧三十年的宦官生活，仕途沉浮，一時心灰意懶，產生了歸隱田園的意念，因而寫了這篇〈閒居賦〉。參見王芬濤：〈從「閒居賦」看潘岳的隱意心態〉，興義民族師範學院學報，2012 年第 4 期。

〔註32〕謝思煒校注：《白居易詩集校注》，頁 552。

能以悠然閒適姿態來養拙。所謂愚昧魯鈍，謝絕名利的誘惑，逍遙自在無所為，呈現一種自謙與不為人知的養拙潤心，涵泳著雙重意義。率直坦白的白居易，有著適足的官位俸祿，讓他能夠擁有不急不徐的悠閒生活態度，〈詠慵〉可以說是一種「不爭」的處世哲學：

> 有官慵不選，有田慵不農。屋穿慵不葺，衣裂慵不縫。有酒慵不酌，無異樽常空。有琴慵不彈，亦與無絃同。家人告飯盡，欲炊慵不舂。親朋寄書至，欲讀慵開封。嘗聞嵇叔夜，一生在慵中。彈琴復鍛鐵，比我未為慵。〔註33〕

白居易的思想除了儒家的樂天知命、不動心之外，還雜揉著禪定息妄念、斷癡想與習隱、守愚等釋道的思想色彩，對於「貧賤」與「富貴」並沒有特別戀棧，懷抱著有朝一日，還能有積極作為的機會。所謂「慵懶」只是一種自我解嘲或自謙之詞，白氏透過自我剖析，慵懶之事更甚「嵇叔夜」的萬事皆慵，來表達一種生活藝術，或許是營造疏離，或許是坦率直白的真我。陸機〈文賦〉：「或言拙而喻巧，或理樸而辭輕。」白氏在元和七年，四十不惑之年，稍尚言拙寫真，於什篇理樸辭輕，稱懶病每多暇，暇來詩成，多被眾人嗤。或怪落聲韻，或嫌拙言詞。無論自嘲或自謙，詩歌的闡述都是一種詩的文學語言，一種創造性的詩意延伸，意象中的美感經驗相對性地保留在詩歌的形式裡。

《莊子・齊物論》:「道之所以虧，愛之所以成」屬於感性的情感思維，不強人所難，讓他人來明白自己的愛好，所以需要理性的思考，藉著哲學思想的引導，不做出迷亂世人的炫耀行為，不去爭論而寄託在平庸的道理之中，以清明的心去觀照一切。莊子智慧之語，擴大白居易的視野，白氏透過作品，詮釋了他對生活的觀察與生命經驗，這都是白氏與莊子進行文學與哲學的對話形式，透過白氏創作的詩歌作品，析論閒適意象之意境，進而提昇閱讀時的美感經驗。

莊子當年在中國南方水邊，抬頭望見的是自然與人文，其間水乳

〔註33〕謝思煒校注：《白居易詩集校注》，頁554。

交融的真善美，呈現大自然環境的富饒，遼闊的天際與靜謐的和諧氛圍，大自然的浩瀚，莫若人文的謙和、涵泳懇切的人心，這是真正境界高的學養與工夫。《莊子》經典詮釋透過與白居易詩歌學術脈絡化研究，期待成為詩歌與經典生活化的典範。白居易詩歌中一首詩一則故事，似妙筆生花，描繪淋漓盡致，充滿智慧與理性，並具有豐富、活潑的想像力，塑造出許多文學意象，像是幽谷深澗中芳華吐珠，移植栽種於今日社會依然綻放光彩，絢麗五彩奪人眼目，人情事故對應中皆能產生趣味與恆久性，是一種美的感受力量，讓人產生美感經驗，透過其經歷凡幾，看似愛而無傷的白居易，他是如何以詩歌創作來自我剖析與療癒，其處理人我之際，「我群」與「他群」的互動網絡時候，人類道德能力會碰到局限。白氏自在揮灑的作品中，也有符合莊子精神旨趣，亦相對突出莊子思想所寓含的人文素養。

莊子整個學說意有所指，人的一生不論是心靈的提升或身體的放鬆，往這工夫實行，心靈將非常地平靜清明與心境開朗。〈讀莊子〉這首詩是白居易前往江州路上寫作的。他因為觸怒當權者而被遠謫江州，這段途中大概也不是愉快的。中國大多數的文人政治家都有被貶謫，遠離政治中心的經驗，白居易的政治生涯算是平順的，雖然他經歷過一段貶謫的低潮生活，雖然「草草辭家憂後事，遲遲去國問前途。望秦嶺上回頭立，無限秋風吹白鬚。」〔註 34〕這是剛貶謫時寫的〈初貶官過望秦嶺〉，旋即創作〈讀莊子〉來抒解，他的「一切沒什麼」即是智慧所在，透過思辨，懂得排遣，懂得放下。他擅長以寬解自心的方法來度過生命裡的低潮，亦顯其人生智慧。白居易真的放下了嗎？或許他透過詩歌排遣了心情，紀錄生活情境與紀事，「放下」卻是難以做到的。〈逍遙遊〉：「天之蒼蒼，其正色邪？其遠而無所至極邪？」〔註 35〕我們所看到天空的顏色，事實上是如此嗎？「正」是我們主觀覺得最對

〔註 34〕謝思煒校注：《白居易詩集校注》，頁 1211。

〔註 35〕清．郭慶藩編，王孝魚整理．《莊子集釋．逍遙遊第　》，臺北：萬卷樓圖書，1993 年 3 月初版，頁 1。

的、最好的意見，我們對於過去的種種堅持就不再那麼固執了，「正」就是你覺得最對的、最好的，但我達到最高的境界了嗎？我是完美的人嗎？成功人士必備條件——聚糧待風。古語有言：「聖人忘情，最下不及情；情之所鍾，正在我輩。」白居易不是聖人，卻是深情，為情所苦的人，他的人生智慧，乍看似其詩作平淡無奇，讀後喉韻深沉，其新樂府，有類文青意識，其古體絕律，猶俯仰蒼生，凡事努力之後心安理得。像大鵬憑藉著風，背負起廣闊的藍天；象徵儒家胸懷天下，為了社稷蒼生，為了更多人著想。將得失成敗放下，進而投入眼前所擁有的事物，不讓無所謂的煩惱縈繞心頭，讓自己的心學習放下，才能有位置容納幸福。白居易欲放下的心，雖未能一一如實啟動，猶如涅槃寂靜，佛陀般了無罣礙，在人生遭逢挫折，仍然保持一定的愉悅能量。

人生無法放下，白居易只能注入新目標與創作新能量，經由群我的社會關係不斷的積累，擁有了某些文化知識。白氏創作詩歌互動中，傳遞了訊息，傳播了知識，知性感性的詩趣橫生，白氏詩歌閒適內容沒有位階與文化的分別，涵蓋禪宗的明心見性，也就是順於本性的靈魂，則修養心性的階段就會有所突破與進展。莊子思維旨趣在生活之中，應運產生的各種文化現象，便是展現人文藝術的素養，強調生活中的靈感天賦。故能透過白氏詩歌理解天賦潛能與靈感的概念，白氏用行舍藏，安於悠閒，安於孤獨，接受當下的自己，白氏在靜定的狀態下，仍進行思慮活動。他的心與相應而起的事物，能夠立馬精神專注，而且持續專注的時間比較長，故能靜定、身定於所面臨的事物之中。「於無住法不應取捨」，不執著於某一種特殊的方法或是舉措，才能真正明白詩歌的真諦，才能夠達到人生的最高境界。

第二節　白居易詩歌閒適鎔鑄經典之軌式

《詩經》為首之經典，聖人以詩感化人心，使得天下和平。詩歌作品能夠感化人心，要具備情感、語言、聲韻、義實。這才能將詩歌普遍傳達在社會的每一個角落。白居易〈與元九書〉提到：

夫文尚矣，三才各有文。天之文三光首之，地之文五材首之，人之文《六經》首之。就《六經》言，《詩》又首之。何者？聖人感人心而天下和平。感人心者，莫先乎情，莫始乎言，莫切乎聲，莫深乎義。《詩》者，根情，苗言，華聲，實義。上自聖賢，下至愚騃，微及豚魚，幽及鬼神。群分而氣同，形異而情一。未有聲入而不應，情交而不感者。〔註36〕

自古以來創作的源頭，以先聖賢儒的態度為驗證，說明其著作值得學習。白居易言文章本源於自然之道，力求文以載道。凡作家都應該有使命感，文章闡述義理，教化世人，我們才有那麼多優秀的經書、詩歌、散文等文章可以閱讀與學習。但每個人的思想都有不同，有人喜愛競逐淫辭巧句，有人喜以文章振奮人心，猶如「思無定位，隨性適分」凡作家都有自己獨特性，運用適合自己的方法寫作，才能各異其趣的寫好文章。但必須注意不沉醉、不玩弄寫作技巧，言之有物，不能一味追求奇異或是誇大其詞。劉勰《文心雕龍》中〈徵聖〉有提到：

是以子政論文，必徵於聖；稚圭勸學，必宗於經。《易》稱：辨物正言，斷辭則備。《書》云：「辭尚體要，弗惟好異。」故知：正言所以立辯，體要所以成辭；辭成無好異之尤，辯立有斷辭之義。雖精義曲隱，無傷其正言；微辭婉晦，不害其體要。體要與微辭偕通，正言共精義並用；聖人之文章，亦可見也。顏闔以為：「仲尼飾羽而畫，徒事華辭。雖欲訾聖，弗可得已。然則聖文之雅麗，固銜華而佩實者也。天道難聞，猶或鑽仰；文章可見，胡寧勿思。若徵聖立言，則文其庶矣。」〔註37〕

取法學習古人的寫作精神與態度，以經書為典範，以聖人的優點為出

〔註36〕唐．白居易著，謝思煒校注：《白居易文集校注》，北京：中華書局，2019年8月第二次印刷，頁322。

〔註37〕南朝梁．劉勰撰，周振甫注：《文心雕龍注釋．徵聖》，臺北：里仁書局，1985年，頁16。

發點。白居易何以產生詩人之意識，如何從《詩經》風雅之故的因事起意，根情實義寫作與《莊子》逍遙無待之閒適自在，逐漸產生詩人的自覺性，並透過吟詠詩歌自我之情性與個人意識的轉變，來確立詩人態度與主體，並以此詩人主體面對外界客觀事物。分別從《詩經》與《莊子・逍遙遊》論述二點：

一、承繼《詩經》因事起意，情根義實之風雅

白居易誕生的那一年，他的父親白季庚四十四歲，母親十八歲。祖父白鍠，十七歲以明經及第，後來就在河南各地做官。白季庚是白鍠的長子，也是明經出身，做過蕭山縣尉，左武衛兵曹參軍，宋州司戶參軍一類小官。白居易的童年是在新鄭度過的。當時他的父親居官在外，很少回家，於是教養的責任就由他的外祖母、母親承擔起來。

據〈唐故坊州鄜城縣尉陳府君夫人白氏墓志銘並序〉記載：「及居易、行簡生，夫人鞠養成人，為慈祖母。迨乎潔蒸嘗，敬賓客，睦娣姒，工刀尺，善琴書，皆出於餘力焉。」〔註 38〕他的讀書是母親教授的，〈襄州別駕府君事狀〉：「夫人親執詩書，晝夜教導，循循善誘，未嘗以一呵一杖加之。」〔註 39〕白居易生性聰穎，異於常人，也是成為偉大詩人的一個因素。從他的家庭環境來看，一些無形的薰陶，對他成為現實主義詩人，有著啟迪和培育的作用。他的祖父白鍠：「沉厚和易，寡言多可」，但在是非面前，卻一絲不苟，而是「辨而守之」，從不動搖。白鍠很好學，「善從文，工五言詩」，有文集十卷。他的父親白季庚為人剛正不阿，嫉惡如仇，常常以忠貞報國為念。他的外祖父陳潤，終為鄜城尉，也能寫詩。從白居易的父祖輩看來，大都明經出身，官階不高。這就創造了兩個條件：一是熟知儒家學說。二是比較接近社會下層的生活。這些對白居易的思想發展，兒時就已經有了深深的烙印。

〔註 38〕唐・白居易撰，元稹輯：《白氏長慶集》中，第四十二，臺北：藝文印書館，1981 年再版，頁 1059。

〔註 39〕唐・白居易撰，元稹輯：《白氏長慶集》中，第四十六，臺北：藝文印書館，1981 年再版，頁 1127。

貞元元年（785），唐德宗認為白季庚幹練多才，繼續留任朝命加檢校大理少卿，依前徐州別駕當道團練判官，仍知州事。制書中有云：「嘗宰彭城，挈而歸國，舊勛若此，新寵蔑如。或不延厚於忠臣，將何勸於主義士。宜崇亞列，再貳徐方。」就在白季庚受命之後，白居易隻身前往江南漫遊去了。當時，他的叔父季康任溧水令，與一些親人、族人都在江南居官，為他漫遊準備了物質條件。貞元二年（786），白居易十五歲創作，〈江南送北客因憑寄徐州兄弟書〉：「故園望斷欲何如，楚水吳山萬里餘。今日因君訪兄弟，數行鄉淚一封書。」〔註 40〕同一年，也因為思鄉，寫下〈除夜寄弟妹〉：「感時思弟妹，不寐百憂生。萬里經年別，孤燈此夜情。病容非舊日，歸思逼新正。早晚重歡會，羈離各長成。」〔註 41〕白居易的一次離家，旅途生活未能習慣，一旦病痛，思鄉的情感特別深切。

貞元四年（788），李泌屬意以張建封為徐州刺史，白季庚任滿，改除大理少卿兼衢州（浙江衢縣附近）別駕。白季庚來到衢州後，對白居易而言就有了依靠，他曾沿著衢江，蘭江到達了桐廬，並在那裡小住。有首詩〈宿桐廬館同崔存度醉後作〉：「江海漂漂共旅遊，一樽相勸散窮愁。夜深醒後愁還在，雨滴梧桐山館秋。」〔註 42〕他由桐廬沿富春江順流東下，到了風景秀麗的杭州。當時杭州刺史房孺復，也只有三十三歲。〔註 43〕為人狂疏傲慢，任情縱欲，年少有浮名，再加上人不知其生活背景，有不少人盲目崇拜。白居易只是一個路過的年輕人，也充滿仰慕，就是身為蘇州刺史的韋應物也非常看重房孺復。房孺復來蘇州遊賞，韋應物有詩送之：「專城未四十，暫謫豈蹉跎。風雨吳門夜，惻愴別情多。」〔註 44〕字裡行間充滿讚賞的言辭。

〔註 40〕謝思煒校注：《白居易詩集校注》，頁 1041。

〔註 41〕謝思煒校注：《白居易詩集校注》，頁 1048。

〔註 42〕謝思煒校注：《白居易詩集校注》，頁 1047。

〔註 43〕見《舊唐書．房孺復傳》：「貞元十三年卒，十年四十二。」按白居易到杭州時，為貞元四年，故房孺復當時是 33 歲。

〔註 44〕《韋蘇州集》，〈送房杭州〉，卷四。

白居易從杭州來到蘇州，這個十萬戶的雄郡，氣勢與杭州又有所不同。當時刺史是善寫五言詩的韋應物，在他周圍有不少有名氣的人，如顧況、李泌、柳渾、丘丹、秦系等人，他們常常聚在一起飲酒賦詩。白居易看見房孺復、韋應物風流儒雅的刺史生活，產生了愛慕之情，並暗暗立下誓言，將來能夠得牧一郡足矣。這種想法，是三十七年後白居易出任蘇州刺史時自己講出來的。〔註45〕

貞元四年（788），白居易十七歲，對於房孺復、韋應物等人懷抱仰慕之心，曾有人們流傳說白居易曾在長安謁見顧況，求其品評詩作，其實是不可能的。因為在貞元四年（788）之前，白居易根本沒去過長安，無從與他見面。貞元四年（788）以後，顧況已離開長安，眼下雖在蘇州，但他聲名狼藉〔註46〕，白居易也不大可能去拜訪他。何況白居易還不懂得「溫卷」之習，同時也沒有那種需要，因為白居易還沒有進行鄉試。據此可知，這個傳說是不符合實際情況的。〔註47〕這一年白居易有詩評價歷史人物，並流露其儒家思維，其詩〈王昭君二首〉：「滿面胡沙滿鬢風，眉銷殘黛臉銷紅。愁苦辛勤憔悴盡，如今卻似畫圖中。漢使卻迴憑寄語，黃金何日贖蛾眉。君王若問妾顏色，莫道不如宮裏時。」〔註48〕詩中流露儒家詩教觀點，就是「哀而不傷，怨而不怒」。

〔註45〕據《白香山集卷五十九．吳郡詩石記》云：「貞元初，韋應物為蘇州牧，房孺復為杭州牧，皆豪人也。韋嗜詩，房嗜酒，每與賓友一醉一詠，其風流雅韻多播於吳中，或目韋、房為詩酒仙。時予始年十四五，旅二郡，以幼賤不得與游宴，尤覺其才調高而郡守尊，以當時心，言異日蘇杭苟獲一郡足矣。」按文中「年十四五」，誤。應為「十六七」，因貞元四年白居易正十七歲。

〔註46〕按《舊唐書．李泌傳》云：「復引顧況輩輕薄之流動為朝士戲侮頗貽譏誚。」又，《舊唐書．顧況傳》云：「而班列群官，咸有侮玩之目，皆惡嫉之。」像這樣一個人物，白居易怎能去拜謁他呢？

〔註47〕見《唐摭言》，卷七：「白樂天初舉，名未振，以歌詩謁顧況。況謔之曰：長安百物貴，居大不易。」及讀至〈賦得原上草送友人〉詩曰：「野火燒不盡，春風吹又生。況嘆之曰：有句如此，居天下有甚難！老夫前言戲之耳。」這段以訛傳訛之筆記，不足據，錄之備考。

〔註48〕謝思煒校注：《白居易詩集校注》，頁1147。

他藉王昭君的語氣說出自己的想法：他明明不願意留在胡地，卻只盼望贖她回來，別無怨言。又怕君王傷心，反而囑咐使者不要吐露出她已「愁苦辛勤憔悴盡」的形象：「君王若問妾顏色，莫道不如宮裏時」有其風雅、含蓄之故，適足說明儒家的思想已經在薰染著他。

中國文學的研究主要任務是分析作品的文學特徵、性質、作法、意義、價值、以及其創作個性、藝術成就等等。梁啟超（1873～1929年）《要籍解題及其讀法》說明《詩經》的讀法：

> 故治《詩》者宜以全詩作文學品讀，專從其抒寫情感處注意而賞玩之，則《詩》之真價值乃見也。〔註49〕

「專從其抒寫情感處注意而賞玩之」，對於白居易的創作而言，其詩的文學理念在〈與元九書〉中有明確提出：「……感人心者，莫先乎情，莫始乎言，莫切乎聲，莫深乎義。詩者，根情，苗言，華聲，實義。」這是白居易詩歌核心理念與創作的意旨。若以中國文學的閒適起源來看，中國詩歌的主調慨嘆人世無常與哀嘆感世不遇，閒適自得的情韻還沒有發展的空間。《詩經》時代尚無所謂的閒適詩歌，直到魏晉南北朝，玄理詩暢行，應有利於閒適主題的寫作，直到山水詩與田園詩的興起，詩歌閒適才迸出火花，從人與自然的和諧中創作了詩歌，對於生活也發揮了平衡作用。故《詩經》因事起意，情根義實之風雅，依據本論文主題：白居易詩歌閒適之意象，在於風雅之故，在於能舒緩地、節制地傳達出白氏的真實情感，傳達詩的功能在於表現白氏的情性。

白居易以《詩經》的標準，檢視歷來詩歌，是否符合韻協言順，容易入人心，類聚事義的內容，最後是否感動人心，提出了對詩歌的看法。陳家煌《白居易詩人自覺研究》中提出白居易效法《詩經》的方式撰寫〈新樂府〉，其創作動機於〈與元九書〉中清楚地將理路展述：

> 白居易前半生對詩的定義與看法，關於詩的義界，《詩經》為文學創作與評價的最高標準，將詩的主要構成定位為「根情

〔註49〕梁啟超（1873～1929年）《要籍解題及其讀法》，臺北：華正書局，1974年，頁155。

> 苗言華聲實義」，但最重要的功用，則在於感人心，因為聲入則應、情交則感，所以注重聲韻協美而以類舉的方式始人閱讀之後有同感，同感之後則能「情見」，展現出同理心而感動，這是白居易寫作時的最高指導原則。〔註50〕

這就是以「聲」與「言」的文學形式傳達出詩歌內容。「義」類聚後抽繹而得，最後人們再經由閱讀詩歌形式的「聲」、「言」承載的類合之義中，讓人產生共鳴的「情聲」。因此，「聲言」之類的詩歌形式只是承載的工具，詩歌最重要的功用乃在於閱讀作品後，能知義動情，而引發讀者之情感，這才是白居易認為《詩經》之所以居於六經之首的原因，這也是白居易在創作《新樂府》時強調為「君臣民事物」而作，而不為文而作的創作心態。屬於「文」的「聲言」形式，只要能「質而徑」、「順而肆」，形成成功的文學載體，甚至能散播於樂章歌曲便已足夠。

姚際恆作《詩經通論》的目的，便是要使後人能看到《詩經》的真正面貌。若以文學說詩，置經文於平易近人之境，尤其可以直探白居易詩裡的深情實義，非有先入為主之見而後曲就之，可謂創新了評析途徑。胡念貽「《詩經通論》簡評」中謂姚氏：

> 他能把《詩經》當作一部文學作品來研究。在這部書裡，可以看到許多評語。這些評語往往有些精彩之處。作者是要求跳出經學家的圈子，欣賞《詩經》的藝術，不把《詩經》純粹當作一部「經」書來研究，這是他和他以前及同時的一些經學家不同之處。這也是他取得成就的一個原因，因為他往往能從文學欣賞的角度指摘昔人穿鑿之妄。〔註51〕

若能把《詩經》當作一部文學作品來研究，對於白居易的創作而言，無論是：「諷諭詩」、「閒適詩」、「感傷詩」等詩歌分類或文集，《詩經》

〔註50〕陳家煌：《詩人自覺研究》，高雄：國立中山大學中文研究所博士論文，2006年。

〔註51〕胡念貽：「《詩經通論》簡評」，見林慶彰、蔣秋華編《姚際恆研究論文集》(中)，臺北：中央研究院中國文哲研究所，1996年，頁382～383。

為各具不同的意義與指標。如果是從經典角度對《詩經》加以闡發和議論，賦予崇高的性質與使命，如〈詩大序〉強調《詩經》具有「正得失，動天地，感鬼神」的功能，所以「先王以世經夫婦，成孝弟，厚人倫，美教化，移風俗。」〔註 52〕以《詩經》進行政治和倫理的道德教化。對於白居易的創作而言，〈與元九書〉中：「僕志在兼濟，行在獨善，奉而始終之為道，言而發明之為詩。謂之「諷諭詩」，兼濟之志也；謂之「閒適詩」，獨善之義也。故覽僕詩，如僕之道焉。」〔註 53〕《詩經》無論是以經典角度或文學作品，白居易「志在兼濟」、「行在獨善」詠而為詩，皆是他受《詩經》薰陶，透過外在觀察與自省而後發聲的作品。白居易詩歌閒適意象，在於風雅之故，在於能舒緩地、節制地傳達出其真實情感，傳達詩的功能在於表現人們的性情，故從意境的要素與言外的意寓二點論述：

（一）意境的要素

「意境」這一詞的提出雖在唐朝，然其作為一種藝術現象，是先於其作為理論形態的。清人潘德輿在《養一齋詩話》中：「《三百篇》之體製音節，不必學、不能學；《三百篇》之神理意境，不可不學也。」〔註 54〕依此，則知至少在《詩經》時代，具有意境美的詩章就已經大量出現了。王昌齡〈詩格〉說：「詩有三境：一曰物境，欲為山水詩，則張泉石雲峰之境，極力絕秀者，神之於心，處身於境，視境於心，瑩然掌中，然後用思，了然境象，故得形似。二曰情境，娛樂愁怨，皆張

〔註 52〕《毛詩正義》，台北：藍燈書局，卷一之一，頁 8～9，總頁 14～15。此外，〈詩大序〉又進一步闡述儒家詩教，認為其所發生的作用有兩種形式，一是「上以風化下」，這是統治者通過詩歌對臣民進行教化，把詩歌當作宣傳統治階級思想的工具。另一個是「下以風刺上」，這是臣民利用詩歌對統治者進行諷諫，如此可以收到「言之者無罪，聞之者足以戒」的效果。卷一之一，頁 11，總頁 16。

〔註 53〕唐．白居易著，謝思煒校注：《白居易文集校注》，北京：中華書局，2019 年 8 月第二次印刷，頁 321。

〔註 54〕潘德輿：《養一齋詩話》，《續修四庫全書》，卷一，第 1706 冊，上海：上海古籍出版社，2002 年，頁 3，總頁 195。

於意而處於身然後馳思，深得其情。三曰意境，亦張之於意而思之於心，則得其真矣。」〔註 55〕周振甫認為這裡的三境都是指意境，「只是把偏重於寫山水的稱為物境，偏重於抒情的稱為情境，偏重於言志的稱為意境。」〔註 56〕由此可知，廣義的「意境」，還包括了「物境」與「情境」，即事情著墨在景物上，詩人的情意理解所構成的境界，相互聯結所整合的全景。什麼樣的詩算有「意境」呢？劉勰《文心雕龍‧物色》即以《詩經》為例：

> 是以詩人感物，聯類不窮。流連萬象之際，沉吟視聽之區；寫氣圖貌，既隨物以宛轉；屬采附聲，亦與心而徘徊。故灼灼狀桃花之鮮，依依盡楊柳之貌，杲杲為出日之容，瀌瀌擬雨雪之狀，喈喈逐黃鳥之聲，喓喓學草蟲之韻；皎日嘒星，一言窮理，參差沃若，兩字連形：並以少總多，情貌無遺矣。〔註 57〕

以《詩經》的疊字，透過圖貌描寫形貌，寫氣描繪氣候，附聲模擬聲音。此以「隨物以宛轉」，又「與心而徘徊」，做到「情貌無遺」，即情景交融，故有「意境」之妙。白居易感物起情為創作之發生，與作品興象之義做連結，於是有了相關性的內蘊，由於論物的物性，與白氏情感性相近，遂使二者之間具有豐富、多元，可對比性的意義和價值。

（二）言外的意寓

詩歌豐富的意境美，充滿許多想像與摹擬，還有感官摹寫的成分。創作者與讀詩的人切莫拘泥在字句之間，若是拘泥了，則不近人情，失去風雅的藝術表現，若從物境、情境、意境來創作詩、解讀詩、理解詩，才能體悟詩的言外之意。姚際恆《詩經通論》主張《詩經》多具有

〔註 55〕見清‧顧龍振編輯：《詩學指南》，卷三，臺北：廣文書局，1970 年，頁 7，總頁 85。

〔註 56〕周振甫：〈什麼樣的詩算有「意境」〉，周振甫等著《詩文鑑賞方法二十講》，國文天地雜誌社，1986 年，頁 1。

〔註 57〕劉勰撰，周振甫注：《文心雕龍注釋‧物色》，臺北：里仁書局，1985 年，頁 709。

言外之意，在〈小雅・賓之初筵〉中論有提到：「大抵釋《詩經》必須近人情，不可泥於字句之間。苟泥於字句以致不近人情，何貴釋《詩經》哉！」〔註 58〕說明不拘泥字句間求解，而是從情境、意境上解析，才是解釋詩的方法，也才能求得較佳的評賞。劉勰《文心雕龍・神思》：

> 故思理為妙，神與物遊。神居胸臆，而志氣統其關鍵；物沿耳目，而辭令管其樞機。樞機方通，則物無隱貌；關鍵將塞，則神有遯心。〔註 59〕

劉勰著重了藝術想像的魅力，「神」即精神，是指思維活動的基本意向，「物」則指作者頭腦和心裡所想到的事物表象，包括自然景物與社會生活，通過心神與外物的交互作用，超越時空，不拘泥於現實物象，又充分自由的發揮藝術想像而產生的心理活動。對自然世界和萬物表象，做出最藝術的概括，和有聲有色的藝術表現之境界。這也就是王國維《人間詞話》中所說的：「昔人論詞，有景語、情語之別，不知一切景語皆情語也。」情中有景、景中有情，才能顯神情，出好文章。

劉勰《文心雕龍・神思》提出了神、物、志氣和言辭四個概念，這四者之間層次不同，先後順序也不同。其中「神」固然是主體，是最重要的；「物」應該是指包羅萬象，森然羅列的「物象」。此二者之間產生聯繫，是依附著藝術想像。「志氣」則指與主體所具有的才氣、性格等連結的思想、情感，是一種內在的驅動，「言辭」則是將「神」、「物」與「志氣」相結合，以最典雅的藝術形式呈現。綜觀之，這四者指出文章是情感與言辭，內在與表象的結合，「神」與「志氣」、「物」與「言辭」兩類映襯，展現了「神思」於概念轉換中的作用，進一步將抽象思維活動與心理物象，轉化為具體的物象與言辭。

從另一個方面，劉勰提倡藝術作品要源於生活，更要高於生活的論述，對於詩歌意象產生影響力。「意象」是中國古代文論中出現較早

〔註 58〕姚際恆《詩經通論》，卷十二，頁 244。

〔註 59〕南朝梁・劉勰撰，周振甫注：《文心雕龍注釋・神思》，臺北：里仁書局，1985 年，頁 433。

的形象思維範疇的審美概念，具有濃厚民族性的審美特色，也是重要的詩學範疇。適切地說是現代文學理論中「藝術形象」這一概念的萌芽和濫觴。藝術形象確實是要紮根現實，藝術想像也要超越時空，飛躍彼端，所以藝術創作，作者要積極主動的想像和聯想，只有「樞機方通」，方可「物無隱貌」，若「關鍵將塞」，則「神有遯心」。這些都說明神思具有不可預期的特徵。《周南・桃夭》：

> 桃之夭夭，灼灼其華。之子于歸，宜其室家。桃之夭夭，有蕡其實。之子于歸，宜其家室。桃之夭夭，其葉蓁蓁。之子于歸，宜其家人。〔註 60〕

《詩經通論》的清代學者姚際恆說，此詩開千古詞賦詠美人之祖。「桃之夭夭，灼灼其華。」、「桃之夭夭，有蕡其實。」、「桃之夭夭，其葉蓁蓁。」在此強調「說詩貴在神會，不必著跡」。毛《傳》太過著跡，呂東萊不理解「神會」，故釋「華」喻為色也，「實」喻德或喻子，至於「葉」乃承有實來，有實則指葉多茂盛，因此若特別強求喻意，有畫蛇添足之嫌。由此觀之，姚際恆以「神會」來體悟「意境」，既不求之過深，亦不以為無義釋之，能使人意味無窮。筆者對於「葉」乃承有實來，亦當有喻意，觀白居易詩歌閒適亦有此鑿痕。《周南・桃夭》：「其葉蓁蓁」是以桃葉茂盛，綠樹成蔭，進一步預祝整個家庭的興旺發達。換言之，「華」而「實」而「葉」，即從嫁娘的青春年少，體態婀娜多姿，預祝生子，進而預祝子孫滿堂。以白氏詩歌閒適意象之創作，可見其詩歌層次分明，詩意內涵豐富，情景融合，意境妙絕。

言外的想見，可藉由《召南・羔羊》說明言外的意寓。姚際恆謂：「詩人適見其服羔裘而退食，即其服飾步履之間以歎美之。而大夫之賢不益一字，自可於言外想見。此風人之妙致也。」〔註 61〕於言外想見是本詩的主要表現特點。全詩不用一個譏刺的詞語，更沒有斥責之語氣，若就白居易詩歌言之，以冷靜、客觀地擷取人物生活日常，或是

〔註 60〕朱守亮著：《詩經評釋》，臺北：臺灣學生書局，1984 年。
〔註 61〕《詩經通論》，卷二，頁 40。

常見的閒適內容片段，或是以疏離之狀淡寫真情，見言外之意，都可為白氏詩歌閒適奇妙之絕。

白居易詩歌閒適創作「鎔鑄經典」之軌式，其「意境的要素」起於《詩經》之神理意境，繼而劉勰所言：「陶鈞文思，貴在虛靜，疏瀹五藏，澡雪精神。」作為作者創作前，必須具備的良好的心理素質基礎。可見劉勰「貴在虛靜」主體心智的培養，既是對前人創作經驗的總結，也是對後人創作實踐的指引，在創作過程中，具有顯著的地位和重要意義。

常有詩歌以意會，不用言傳標榜神思運之。白居易詩歌透過物象的特性，以文學語言傳達特徵，藉由言辭的描寫，再從句外求之文學意寓，以文學角度來詮釋詩歌的觀點，詩歌帶來詩句的寫意，物象特性的形象化，不拘泥文字訓詁，而是理解文字，則能遙襟甫暢，逸興遄飛，但如何辦到呢？劉勰提到：「積學以儲寶，酌理以富才，研閱以窮照，馴致以懌辭。」具備了良好的心理狀態與幽靜氛圍，還需要以「積學」作為強而有力的基礎。詩歌不能以單純的感性認知，當做是創作，務必將感性認知提升到理性認知，超越生活片段，凝練作品，形成文學觀點和文學理論。這就涉及到創作者的才情高低，優秀作家情思之妙往往能夠超越一般人，不因執著而囿於一隅，以管窺天所見有限。

二、學習《莊子》逍遙無待，閒適自在之境界

唐代文化風氣，是儒道佛三教並行，很少有士大夫或文人是專一宗教的。白居易雖然對儒家有著執著的信仰，但向來不是一個純粹的儒者。早在貞元十七年（800），他就曾多次向聖善寺高僧問法求教。道家順應自然，老莊思想與佛教思想並存，對其精神安寧產生很大的作用。在他的詩中隨處可見：「忘我」、「自足」、「淡泊名利」、「閒適」等思想。這種思想是他的性情流露，隨著各個人生階段，依其現實情況與懷抱問題的異同，有其相應對的思維模式。白居易三十四歲剛進入仕途，即有感於人生的短促，了解貧賤不須卑微、不須迴避，富貴即使汲

汲汲營營，或有不可求、不可得的道理，唯有曠達性情的人生觀，是不受外物牽累的，通過「外物」、「委順」、「窮通倚伏」、「知足」、「逍遙」等老莊觀念追求自己的人生。

對於白居易而言，在他的一生中，仕途官職與閒適的精神、態度都是很重要的人生價值。若就白氏詩歌探討老莊在其一生所起的作用，其根本原因在他作為官人意識的變化。他而立之年恃才傲物，堅信自己的信念與才氣，充滿自信，甚至有些輕蔑世俗，其自傲的精神較易接受睥睨世俗的老莊思想。觀其原因在詩體本來的表現機能，或是古詩較善於表達一種抽象的情感，易見事物之狀態，亦見其表現自傲的氣息，想像力為之發揮；律詩較適於表現當下事件的感受，所表現的事物較為複雜，情感的氛圍與場景，視野則有所延伸。本論文以《莊子》逍遙無待，從〈逍遙遊〉談白居易詩歌閒適意象，如何透過自在境界，體悟生命會改變自己。以「逍遙意」、「怒而飛」與「超越自己」三個觀點，來理解〈逍遙遊〉哲學意蘊，對白氏詩歌閒適意象鎔鑄經典之軌式。

（一）逍遙意

「逍遙」是什麼？莊子〈逍遙遊〉哲學的核心價值是心靈的自由，希望我們的思想、觀念不要過於保守，也不要侷限生命的範圍。莊子思想是一種積極進取的思想，而非玄虛、出世、不食人間煙火般的隱居山林。莊子哲學對於我們現代生活是有意義的，透過〈逍遙遊〉，他要我們以宇宙的角度看宇宙，不要用人的角度看宇宙，或是解讀大自然，秉持應無所住而生其心，不要執著。破除生命的局限，以廣闊的視野看待生命的各種現象。莊子〈逍遙遊〉：

> 北冥有魚，其名為鯤。鯤之大，不知幾千里也。化而為鳥，其名為鵬。鵬之背，不知幾千里也。〔註62〕

莊子的語言有自己的邏輯，我們無法想像一條魚有多大？可見我們人

〔註62〕清．郭慶藩編，王孝魚整理：《莊子集釋．逍遙遊第一》，臺北：萬卷樓圖書，1993年3月初版，頁2。

類的想像力非常有限。我們的眼睛只能看到事物的局部，看不到全貌，不要困在自己狹隘的視野之中，我們應該去看更大的世界。「鯤之大，不知幾千里也。化而為鳥，其名為鵬。」說明生命會改變自己，化而為鵬就是一種夢想，夢想的部分可以讓自己逍遙。鯤化為鵬，將身體的自由轉換成心靈的自由，生命沒有被限制住，我們了解生命的物種有大有小、地位有高有低，都有他的局限性，逍遙在於讓我們破除局限。

（二）怒而飛

莊子從生物演化觀點來看待生命。從生物奇觀的世界，非人的角度去看生物的存在，擺脫人類狹隘、限制的視野，則能超乎我們的想像力，不要用固定的方法限制生命的現象，要發展生命中最大的潛能。莊子〈逍遙遊〉：

> 怒而飛，其翼若垂天之雲。是鳥也，海運則將徙於南冥。南冥者，天池也。奇諧者，志怪者也。〔註63〕

視覺上美麗的畫面，透過視覺的想像化而為鵬，這其中具有魔幻、神怪因子可以滿足人類的好奇心。人們常說因夢想而美麗、而偉大，人在夢想中展翅而飛，是因為氣流之故，讓鵬鳥超越了身體限制。所以每個人都應該激發自己的潛能，就像怒而飛的大鵬，須要經過遞變，經過多少時間的淬鍊，多少空間的轉換，有時候還會遇到阻力，危機消除後，才能憑藉著風與氣流，得以在天空遨遊。故生命的奇蹟靠自己去創造，但莫忘生命裡貴人的影響與提攜。

（三）超越自己

莊子是哲學家、文學家，作品充滿詩意，更像是詩人。莊子〈逍遙遊〉提醒我們不要被人間定義的世俗捆綁，宇宙裡有自己的邏輯與逍遙，那些瑣瑣碎碎的事物，對於宇宙是沒有意義的。這是要我們面對當下，入世隨俗但不拘泥、不執著、不鑽牛角尖，透過莊子心靈的鼓

〔註63〕清．郭慶藩編，王孝魚整理：《莊子集釋．逍遙遊第一》，臺北：萬卷樓圖書，1993年3月初版，頁2。

勵，體現莊子的豪邁：「鵬之徙於南冥也，水擊三千里，摶扶搖而上者九萬里，去以六月息者也。」展現豪情大器，徜徉天空與海洋之天際。

莊子思想是一種積極進取的思想，對於我們現代生活是有意義的；認為生命的格局各有不同，透過生命的條件，生命的要求與對大自然的觀察，諷刺大與小美與醜、胖與瘦的生命，都沒有什麼特別的意義。莊子〈逍遙遊〉：

> 蜩與學鳩笑之曰：「我決起而飛，槍榆枋，時則不至而控於地而已矣，奚以之九萬里而南為？」適莽蒼者，三飡而反，腹猶果；然適百里者，宿舂糧；適千里者，三月聚糧，之二蟲又何知？小知不及大知，小年不及大年。奚以知其然也？朝菌不知晦朔，蟪蛄不知春秋，此小年也。楚之南有冥靈者，以五百歲為春，五百歲為秋；上古有大椿者，以八千歲為春，以八千歲為秋，而彭祖乃今以久特聞，眾人匹之，不亦悲乎！〔註64〕

每一種準備都是對的，因為「適莽蒼」、「適百里」、「適千里」目的與地點皆不同。不要嘲笑大與小、美與醜、胖與瘦的生命現象，不要被自己的認知限制住而去嘲笑「大與小」，生命現象的不同都有其專精，極其微小的部分，也可能包含廣大的部分，這是可以同時並存。當我們不理解他人的時候，不表示我們要嘲笑，莊子告訴我們切莫在時間裡得意忘形，給予我們棒喝：人生雖然經歷許多晦朔，許多春秋，壽命長短有時；榮華富貴，功成名就，盡其在我，但都不是要拿來做比較的；是不要限制自己，要超越自己。所以，以廣闊的視野去看待生命的各種不同狀態，如果沒有自己存在的自信，只能藉著「大與小」、「美與醜」來虛誇自己。於是，人的野心存在對時間、空間會產生妄想，人類之所以對時空產生的貪婪念頭，是否是因為人類沒有真正的覺悟？

讀莊子，讓我們對自己存在的價值不會妄想，所以「鷦鷯巢於深

〔註64〕清·郭慶藩編，王孝魚整理：《莊子集釋·逍遙遊第一》，臺北：萬卷樓圖書，1993年3月初版，頁2。

林，不過一枝；偃鼠飲河，不過滿腹。」不要對生命有過多的貪婪和妄想，生命中的各種覺悟，就是不被自己的生命綑綁住，真正的覺悟，就是自在的跟自己在一起，我擁有的空間、時間有可能就是無限，貪婪沒有覺悟，永遠會在一種痛苦之中，永遠無法滿足。莊子〈逍遙遊〉有強烈的警醒意味。強調獨與天地精神往來，與天地對話，與自己對話，建立自信與信念，就算是：「舉世而譽之而不加勸，舉世而非之而不加沮。」只要「定乎內外之分，辯乎榮辱之竟。」因為只有自在地做自己，活出自己，也就是在愛別人之前，先照顧好自己，充實自己。

莊子〈逍遙遊〉的逍遙不只有益於自己，這種愛自己的愛也能推廣於愛世人，愛這個人世間。人世間最高境界是：「乘天地之正，而御六氣之辯，以遊無窮。」天地間一切的順境和逆境，都希望能夠乘御，都能過得開心。〈逍遙遊〉以西方的演化歷史談論生命的存在狀態，有些是進化，有些被淘汰，不要用固定的觀點阻塞了多元的觀點，也不要以人的觀點看大自然，要以宇宙的觀點看宇宙、看大自然，自然的演化歷史，看生命如何在淘汰演化過程中，讓自己更進步，而不會被淘汰，這是莊子的核心價值。

白居易並不是純粹的思想家，他不是佛教的理論家，也不是道家。其思想基礎是儒家思想，但他沒有純粹信仰儒家的嚴肅態度。對於他的立場來說，其思想並不需要嚴格的邏輯性。他終生對老莊思想與佛教思想懷有興趣，為了安定自己的精神而驅使、運用這些思想理念，有時還創造出獨特的見解與思維模式。不管是老莊或佛道的思想、儀式，還有自創的思想與文學理論，這一切都是為了克服宦途中，在各個時期遭遇到的種種困頓與難題，或是詩歌創作內容的境隨心轉，所必須懷抱的精神與態度。他的一生追求實現自己的願望，愛好閒居的靜謐與快樂生活，投入日常逸趣與休閒活動，對他而言，是一種沉澱心情的方式。他的一生忠於自己的感情和願望，每一個時期，他都很明確地意識到自己面臨的問題，還有人生的價值。無論是個人懷抱的願望提升，還是謀求百姓的福祉，他都能對此願望和福祉賦予最真實、坦率的行動，受到當時人民的愛戴，千年以來其人其詩散文議論策論時興研究，可見其魅力。

第三節　白居易詩歌閒適與詩寫王質夫之意象

王質夫《舊唐書》與《新唐書》均無傳，唐人筆記也無記載，是透過白居易寫給他的詩歌，我們才知道他是促成白居易與陳鴻創作《長恨歌》的策劃者，白居易以詩歌形式創作《長恨歌》，陳鴻以小說形式創作《長恨歌傳》，分別來敘述楊玉環與李隆基的愛情故事。王質夫是山東瑯琊人，隱居山間草莽之間，是個避世的隱者。白居易與陳鴻兩人當時都是進士，幾乎是同期入仕。陳鴻也是位小說家，常有：「為文辭意慷慨，長於憑古弔意，追懷往事，如不勝情。」他們二人與王質夫情感深摯，貴為至友，王質夫雖是草根性特別出眾，但三個人相交甚篤。白氏在公務之餘，常邀請陳鴻與王質夫一起飲酒同樂，一同賞遊賦詩，足見王質夫非等閒之輩，王質夫的人文意識與人文素養魅力不言而喻。白氏形容他：「濯足雲水客」，感嘆自己：「折腰多苦辛」。白氏的心情充滿矛盾，白氏是性情中人，白氏雖然羨慕王質夫坦率作自己，命運卻讓白氏離不開仕途官道，也是勇敢作自己，此階段的詩歌創作，儼然激盪出情溢滿篇的閒適風韻。

白居易在德宗貞元十五年（799）考中進士，那一年他 29 歲。憲宗元和元年（806）在長安，罷校書郎。白氏與元稹居華陽觀，閉戶累月，揣摩時事，成〈策林〉75 篇。四月，應才識兼茂明於體用科，他與元稹、崔護、李蟠等人同登第。四月，授盩厔（今西安市周至縣）縣尉。在盩厔識得陳鴻、王質夫，時常相唱和；十二月，與陳鴻、王質夫同遊仙遊寺，他們到了馬嵬驛附近遊賞，談古論今，有感於當時民間流傳楊玉環與李隆基的愛情故事。王質夫提議大家把傳聞感想寫出來，認為像這樣的大事件，如果沒有出色的創作者加以潤筆修飾，就會隨著時間推移而消失，終究可惜。

王質夫隱居盩厔城南仙遊寺薔薇澗，其見識不凡，生活如閒雲野鶴般，如隱士高人。最終是當了四川幕府幕僚君佐征西幕，在四川梓潼過世。王質夫的生平事蹟正史並沒有記載，只能透過白居易寫給他的詩來了解。他是山東瑯琊人，在家族裡排行第十八，故稱王十八。王質夫與白居易交往的頻繁程度與時間，雖然比不上元稹和劉禹錫，但白居易在盩厔（今西安市周至縣）縣尉，不到一年時間就離開盩厔。這段時間創作了 39 首詩，其中有幾近 15 首寫給王質夫，或是與仙遊寺相關的詩歌，足見他與白居易的深摯情感。三個人一起飲酒賞遊時，王質夫鼓勵白居易、陳鴻創作，如果沒有大筆如椽的詩文高手，故事隨著時間流逝，漸漸被人們遺忘。王質夫提議後，白居易、陳鴻各以詩歌與小說形式，讓李、楊故事流傳下來，使後世得以知曉這段故事。〈長恨歌〉在當時流布非常之廣，傳播人人之口，詩情文筆動人，情愛震懾人心，達到永垂不朽的境界。他們常相招往來，相互鼓勵、關心之情誼，透過白居易寫給王質夫的詩歌，認識王質夫生平狀況、性情樣貌。王質夫詩歌亡佚，通過白居易詩寫給王質夫之意象，論析白氏詩歌閒適意象內涵。元和四年（809），長安，白居易為翰林學士時曾有詩〈送王十八歸山寄題仙遊寺〉：

> 曾於太白峰前住，數到仙遊寺裏來。黑水澄時潭底出，白雲破處洞門開。林間暖酒燒紅葉，石上題詩掃綠苔。惆悵舊遊那復到，菊花時節羨君迴。〔註 65〕

從詩題來看，王質夫曾遊長安。白居易對山中：「林間暖酒燒紅葉，石上題詩掃綠苔」的生活非常嚮往，因此送王歸仙遊山，心中充滿惆悵。王質夫曾有詩寄白居易，邀他歸山。白居易酬詩曰：「未報皇恩歸未得，慚君為寄北山文」。當時他身為諫官，正是一心許國，直言諫諍，積極寫作諷諭詩時期，對隱士生涯雖然嚮往，還不到想歸於山林的時候。

王質夫淡泊名利，隱居山中，白居易雖在朝為官，但他看輕名利，

〔註 65〕謝思煒校注：《白居易詩集校注》，頁 1071。

兩人因此十分合得來，寫詩傳訊息。元和十四年（819），有詩〈寄王質夫〉：「春尋仙遊洞，秋上雲居閣。樓觀水潺潺，龍潭花漠漠。吟詩石上坐，引酒泉邊酌。因話出處心，心期老巖壑。」〔註 66〕當時王質夫已在征西的軍隊中擔任幕僚，不久即傳來死訊，白居易有〈哭王質夫〉詩，讚美王質夫有古人的風範，是君子儒，詩篇如陶謝，襟懷似嵇阮，而天不假年，無罪而死。頓失良友，其驚疑傷痛之情，完全從詩中表達出來。元和十五年（820），忠州〈哭王質夫〉的詩中，回憶他倆在遊山的生活：

> 仙遊寺前別，別來十年餘。生別猶怏怏，死別復何如？客從梓潼來，道君死不虛。驚疑心未信，欲哭復踟躕。踟躕寢門側，聲發涕亦俱。衣上今日淚，篋中前月書。憐君古人風，重有君子儒。篇詠陶謝輩，風流嵇阮徒。出身既蹇迍，生世仍須臾。誠知天至高，安得不一呼？江南有毒蟒，江北有妖狐。皆享千年壽，多於王質夫。不知彼何德，不識此何辜。〔註 67〕

透過王質夫讓白居易下定決心創作〈長恨歌〉這件事，是白居易遇見懂得、了解他的人，他們相識不滿一年便互道別離，即使短暫緣份，詩歌意蘊情長意動。懂得當你傷心、喜悅就傾聽或說故事給你聽，懂得你需要向前就引路伴你前行或鼓舞士氣，懂得你夜黑獨行，需要有人相陪伴或指盞明燈。「生物之以息相吹」，萬生萬物間彼此交互影響，情感關係中的彼此是相互扶持，還是相刃刀靡、相累相傷？有緣相逢的朋友，交織成所謂「意義關係網絡」，是否都曾經盼望能因為這段緣遇，使自我生命更加充實，隨著時間流逝，彼此情誼可能在不知不覺間，相互消磨、殆盡，幸而在詩裡可以擷取美好的印記。白居易詩寫王質夫中闡述友情可貴，貴在真誠，難在分寸。分寸之難，難在尊重，尊對方之所重，既往之情寄託詩歌如數家珍。元和十四年（819），忠州〈寄王質夫〉：

〔註 66〕謝思煒校注：《白居易詩集校注》，頁 853。

〔註 67〕謝思煒校注：《白居易詩集校注》，頁 867。

憶始識君時，愛君世緣薄。我亦吏王畿，不為名利著。春尋仙遊洞，秋上雲居閣。樓觀水潺潺，龍潭花漠漠。吟詩石上坐，引酒泉邊酌。因話出處心，心期老巖壑。忽從風雨別，遂被簪纓縛。君作出山雲，我為入籠鶴。籠深鶴殘悴，山遠雲飄泊。去處雖不同，同負平生約。今來各何在，老去隨所託。我守巴南城，君佐徵西幕。年顏漸衰颯，生計仍蕭索。方含去國愁，且羨從軍樂。舊遊疑是夢，往事思如昨。相憶春又深，故山花正落。〔註68〕

白居易為盩厔（西安市至縣）尉時，王質夫隱居於盩厔城南仙遊山薔薇洞，過從甚密。據此詩知王質夫後出仕，是年在征西幕中。白氏在忠州寄給王質夫的詩中，遙想曾經相聚的美好時光。「往事思如昨」、「故山花正落」流露相思無所不在，象徵之物便也是無所不在了。相隔遙遠，歲月忽悠，當王質夫收到白氏詩歌，或許有種感慨與意會：「雲中誰寄錦書來，雁字回時，月滿西樓。」〔註69〕不久後，詩人便收到王質夫死訊。他們兩個人從生離到死別，從「相思」到之所以「相失」，緣於他們之前的相聚。詩歌中描述他們性情相近，共享大自然即使是光陰過客，在各自崗位上勤奮努力。「今來各何在，老去隨所託。我守巴南城，君佐徵西幕。年顏漸衰颯，生計仍蕭索。方含去國愁，且羨從軍樂。」彼此對待的初心與熱情，不因時間流逝而磨滅，直到死亡的那一刻，所以白氏不會因為離散而悲傷，不會因為相聚而雀躍，而是以無垠般的視野看待一切，明白消失與離散都是都是自然的事情。

元和二年（807），夏天，使駱口驛。秋天，白居易自盩厔尉調充進士考官，他與王質夫分隔兩處，時常懷想遊仙遊山與仙遊寺的日常情景，景致猶在人事已非，或能透過獨宿仙遊寺，一償舊時情緣，〈仙遊寺獨宿〉詩中：「沙鶴上階立，潭月當戶開。此中留我宿，兩夜不能迴。幸

〔註68〕謝思煒校注：《白居易詩集校注》，頁853。

〔註69〕清・李清照著：《李清照集箋注》（修訂本），卷一詞，上海：上海古籍出版社，2018年10月。

與靜境遇，喜無歸侶催。從今獨遊後，不擬共人來。」〔註70〕試想什麼樣的心情下白氏會特別獨上仙遊山，心有所思，意有所感望向遠方？廣角宏觀入鏡，再回到自身，緬懷過去，回憶自然湧現，淡淡惆悵襲上心頭，「沙鶴」何其寂寥？「潭月」何其幽靜？白氏彷彿感受隻身在無垠宇宙的孤單。莊子〈齊物論〉：「彼出於是，是亦因彼，彼世方生之說也。」以聚散為例，「散」是因為有「聚」才產生的，有聚就有散，有散才有下次的相聚。相聚、離開都有時候，沒有永垂不朽的。又「方生方死，方死方生」〔註71〕才歡喜於相聚，不知道一會兒就散了，正因為離散而悲傷，不知道這樣才有下次的相聚。白居易非常清楚這一點，所以他不會說出：「早知半路應相失，不如從來本獨飛。」這樣說來，無論是聚、是散，都是生命中自然的常態，生命中的一段歲月而已，都是可以讓我們「乘物以遊心，託不得已養中」〔註72〕的機緣。在老莊的論述裡，「相失」不是失常，而是正常，是很自然不過的一件事情。老子〈五十八章〉：「禍兮福之所倚福兮禍之所伏。」「禍福」也可以說成：「『散』兮『聚』之所倚，『聚』兮『散』之所伏。」相聚、離開都有時候，沒有永垂不朽的。於是白居易把握相聚時光，元和元年（806），有詩〈招王質夫〉：

> 濯足雲水客，折腰簪笏身。誼閑跡相背，十里別經旬。忽因乘逸興，莫惜訪囂塵。窗前故栽竹，與君為主人。〔註73〕

文人天性，難以曠達。曠達者多不以詩文名世，以曠達求文人，殊不容易。以曠達品詩，略得其天然之趣。白居易此首詩閒適意曠，感悟詩歌曠達之氣，在於詩中以陶潛、王子猷典故化為意象之藝術性，王質夫還在盩厔隱居，白氏在盩厔等待時機，招王質夫來鬧市相聚。張籍〈春堤曲〉：「狂客誰家愛雲水，日日獨來城下遊。」與錢起〈送虞說

〔註70〕謝思煒校注：《白居易詩集校注》，頁464。

〔註71〕清・郭慶藩編，王孝魚整理：《莊子集釋・齊物論第二》，臺北：萬卷樓圖書，1993年3月初版，頁43。

〔註72〕清・郭慶藩編，王孝魚整理：《莊子集釋・人間世第四》，臺北：萬卷樓圖書，1993年3月初版，頁131。

〔註73〕謝思煒校注：《白居易詩集校注》，頁459。

擢第南歸覲省〉：「歸客楚山遠，孤舟雲水間。」雖是隱於山林水澗，一時發起興味之遊，彷若有一旁觀之人，有著得意且寧省心。人生難得此種雅興，對他們由衷生羨。詩〈招王質夫〉中：「忽因乘逸興，莫惜訪囂塵。窗前故栽竹，與君為主人。」白氏能以歡欣迎之，共享閒適逸興的時光，與共賞窗前幽深竹景。當時元和元年（806）白氏在長安，罷校書郎，與元稹居華陽觀，閉戶累月，準備應試，揣摩時事，成〈策林〉75 篇。過去一年，白居易曾為盩厔（西安市至縣）尉時，與王質夫友好，彼此相聚短暫，或離開多年以後，白氏創作無數詩篇寄予王質夫，無論是約期相見面，倒酒既盡，或是行者歌於途，酒盡人散，無數創作，姿態紛呈。

元和元年（806），白居易寄予王質夫，〈酬王十八李大見招遊山〉：「自憐幽會心期阻，復愧嘉招書信頻。王事牽身去不得，滿山松雪屬他人。」〔註 74〕又〈遊仙遊山〉詩云：「闇將心地出人間，五六年來人怪閑。自嫌戀著未全盡，猶愛雲泉多在山。」〔註 75〕莫逆於心，遂相為友。白氏在盩厔縣尉時，只是經濟官員到了長安任翰林學士，王質夫曾遊長安訪白氏，可知白氏困頓或通達，不改其志向，以生為脊背，與友情深殊況，知三生石上，必有情人遠相訪。由此感悟曠達詩風的特點，原是「順通塞而一情，任性命而不滯」。詩文的曠達之氣，不可錯認為詩人的心胸曠達。曠達之人非有大胸懷、大見識、大閱歷不可，有大閱歷而有大感悟，因大胸懷而生大見識，此謂開闊豁達，超塵拔俗。常言困窮而通，可以反觀其人之胸懷。白居易曰：「無事日月長，不羈天地闊」可見達者胸懷。白氏雖對王質夫的生活非常嚮往，因此送王歸仙遊山時，心中充滿惆悵。元和三年～元和六年（808～811），〈酬王十八見寄〉詩作流露：「秋思太白峯頭雪，晴憶仙遊洞口雲。未報皇恩歸未得，慚君為寄北山文。」〔註 76〕他當時身為諫官，正是一心許國，

〔註 74〕謝思煒校注：《白居易詩集校注》，頁 1021。
〔註 75〕謝思煒校注：《白居易詩集校注》，頁 1036。
〔註 76〕謝思煒校注：《白居易詩集校注》，頁 1087。

直言諫諍，然而彼此心靈契合，沒有絲毫扞格。元和元年（806），詩歌〈秋霖中過尹縱之仙遊山居〉：

> 慘慘八月暮，連連三日霖。邑居尚愁寂，況乃在山林。林下有志士，苦學惜光陰。歲晚千萬慮，併入方寸心。巖鳥共旅宿，草蟲伴愁吟。秋天床席冷，夜雨燈火深。憐君寂寞意，攜酒一相尋。〔註 77〕

元和元年（806），白居易與元稹同登第，同授校書郎，而定交始於是年之前。〈贈元稹〉詩云：「自我從宦遊，七年在長安」據詩所知，白居易貞元十五年冬至長安應進士試，至元和元年適為七年。詩歌〈秋霖中過尹縱之仙遊山居〉中描寫的，雖是暮秋雨霏，過友人山居夜宿，白氏實有逸興遄飛之壯志，與王質夫往日遊仙遊山的豪情。環顧景致意象特出：「林下有志士，苦學惜光陰。歲晚千萬慮，併入方寸心。巖鳥共旅宿，草蟲伴愁吟。」詩中屢屢言及仙遊寺，靜境綠意無濁氛，清雨淅落零碧雲。元和二年（807），〈期李十二文略、王十八不至，獨宿仙遊寺〉：「文略也從牽吏役，質夫何故戀囂塵？始知解愛山中宿，千萬人中無一人。」〔註 78〕白居易仙遊寺獨往獨宿，體會所合在方寸，心源無異端。他深情而不滯於情，學會愛、學會用情、學會感知。我們感知他的感知，感受到他的感受，我們望向千年前的視野，詩卷中靈魂相互碰撞。詩人，是天上的謫星，我們吟詠詩歌如臨摹，臨摹詩人的生命之帖。白居易〈畫木蓮花圖寄元郎中〉詩云：「唯有詩人能解愛，丹青寫出與君看」〔註 79〕，白氏何故感受到細小幽微的愛，緣於何故能將內心所藏鋪陳，如涓涓細流信手拈來，或如浩浩江河七步成詩的霸氣，傳載千里永不墜失，莫過於深情善感始成詩，觀細枝護花葉便成林。元和三年（808）〈翰林院中感秋懷王質夫〉：

〔註 77〕謝思煒校注：《白居易詩集校注》，頁 725。
〔註 78〕謝思煒校注：《白居易詩集校注》，頁 1025。
〔註 79〕謝思煒校注：《白居易詩集校注》，頁 1447。

何處感時節，新蟬禁中聞。宮槐有秋意，風夕花紛紛。寄跡鴛鷺行，歸心鷗鶴群。唯有王居士，知予憶白雲。何日仙遊寺，潭前秋見君？〔註 80〕

在感情路上，假使我們的感受能力跟表達能力不足，可能就會錯過很多細緻而美好的感受，導致我們的內心情意無從訴說。白居易重返舊地，在想念王質夫的地方就開始描摹眼前的景致，去描繪他是在怎麼樣的一個時空環境下想念對方的？

「何處感時節，新蟬禁中聞。宮槐有秋意，風夕花紛紛。」從時空中眺望當時營造思念的意象，盼能再次聚首共遊仙遊寺，喚起相知的那一段歲月。元和二年（807），〈祇役駱口，因與王質夫同遊秋山，偶題三韻〉詩有提同遊之閒情：「石擁百泉合，雲破千峯開。平生煙霞侶，此地重徘徊。今日勤王意，一半為山來。」〔註 81〕回首望煙霞隱於市，誰知慕儔侶，勤於政事日諍諫，悠遊閒適於山中之情。元和四年（809）〈送王處士〉：

王門豈無酒，侯門豈無肉？主人貴且驕，待客禮不足。望塵而拜者，朝夕走碌碌。王生獨拂衣，遐舉如雲鵠。寧歸白雲外，飲水臥空谷。不能隨眾人，斂手低眉目。扣門與我別，沽酒留君宿。好去采薇人，終南山正綠。〔註 82〕

相思是一種很抽象的東西，如果相思的最終不能是歡欣愉悅的結果，那如何有個完美的結局？白居易思念的停損點或許在：「恨到歸時方始休」、「明月人倚樓」，一直到與對方見面，或是憑欄過著日復一日的思念。王質夫到長安與白居易敘舊，終須一別，沒有怨懟、沒有遺憾，相逢不知有幾時。詩中：「扣門與我別，沽酒留君宿。好去采薇人，終南山正綠。」就事論事，據實寫去。元和二年（807），〈再因公事到駱口驛〉詩云：「今年到時夏雲白，去年來時秋樹紅。兩度見山心有愧，

〔註 80〕謝思煒校注：《白居易詩集校注》，頁 729。
〔註 81〕謝思煒校注：《白居易詩集校注》，頁 460。
〔註 82〕謝思煒校注：《白居易詩集校注》，頁 103。

皆因王事到山中。」〔註83〕再說山原本屬於愛山人，雲峰深處有閒適，人融會碧山間，領略雲山之美。元和二年（807），〈遊雲居寺贈穆三十六地主〉詩云：「亂峰深處雲居路，共踏花行獨惜春。勝地本來無定主，大都山屬愛山人。」〔註84〕白氏步入幽雅清淡之境，信步閒賞，猶有雅興，身舒體暢。

清人李漁曾經說過：「實者就事敷陳，不假造作，有根有據之謂也。虛者，空中樓閣，隨意構成，無影無形之謂也。」〔註85〕超越機心的佈局，撇開將相作意，白居易隨手寫來的那些感慨與心得，躍然而出，見其真情流露，反而質樸感人。唐詩妙境在虛處，宋詩妙境在實處。郭紹虞謂：「唐詩可重在境象超詣，而宋詩重在著實。」〔註86〕

元和二年（807），〈和王十八薔薇澗花時有懷蕭侍御兼見贈〉詩云：「霄漢風塵俱是繫，薔薇花委故山深。憐君獨向澗中立，一把紅芳三處心。」〔註87〕天空清澈蔚藍，塵埃彷彿皆被天光水色蕩滌一空。詩境之空靈由實而成。王質夫隱居薔薇澗，詩中：「霄漢風塵俱是繫，薔薇花委故山深」。白居易深知無法仿效前賢歸隱山林之後，以己身隨遇而安的個性，為自己尋找到「仕與隱」二者間的平衡與折衷的道路，這種「中隱」思想，或名為「吏隱」的思想，保存了儒家進退有據的原則，不捨人世間，堅守其社會責任。〈送王處士〉詩中描寫王質夫：「王生獨拂衣，遐舉如雲鵠。寧歸白雲外，飲水臥空谷。不能隨眾人，斂手低眉目。」「白雲外、臥空谷」如絃聲裂帛，那一聲斗然而來，戛然而止。王質夫隱居盩厔城南仙遊寺薔薇澗，其見識不凡，生活如閒雲野鶴般，如隱士高人。最終是當了四川幕府幕僚君佐征西幕，在四川梓潼過世。

〔註83〕謝思煒校注：《白居易詩集校注》，頁1025。
〔註84〕謝思煒校注：《白居易詩集校注》，頁1024。
〔註85〕清·李漁著：《閒情偶寄》詞曲部，結構一，上海：上海古籍出版社，2000年5月。
〔註86〕郭紹虞《中國文學批評史》，百花文藝出版社，2008年8月，頁521。
〔註87〕謝思煒校注：《白居易詩集校注》，頁1024。

第四節　白居易詩歌閒適與詩寫元稹之意象

元稹和白居易相識的時間或在唐德宗貞元十七年（801）〔註 88〕，而真正相知定交則應在十九年（803）以後。唐憲宗元和五年（810），白居易在〈代書詩一百韻寄微之〉中說：「亦在貞元歲，出登典校司。身名同時授，心事一言知。肺腑都無隔，形骸兩不羈。」並自注：「貞元中，與微之同登科第，俱授秘書省校書郎始相識也。」〔註 89〕元稹在和作〈酬翰林白學士代書詩一百韻並序〉中也說：「昔歲俱充賦，同年遇有司。」〔註 90〕元、白二人同登科第以後，又同授秘書省校書郎，這使得他們之間的交往愈益頻繁，友誼愈深，詩歌唱和也迅速增加了。對初涉政壇的元、白來說，在秘書省校書郎任上的三年，是一個輕鬆愉快、令人難忘的時期，以至多年以後，白居易回憶起這一時期的生活，仍然很興奮。在詩中寫的情景，可以想見他們當日呼朋喚友。挾妓將伶，四時遊覽，詩酒唱和的風流瀟灑：

> 疏狂屬年少，閑散為官卑，定分金蘭契，言通藥石規。交賢方汲汲，友直每偲偲。有月多同賞，無杯不供持。秋風拂琴匣，夜雪卷書帷。高上慈恩塔，幽尋皇子陂。唐昌玉蕊會，崇敬牡丹期。笑勸迂辛酒，閑吟短李詩。儒風愛敦質，佛理賞玄師。度日曾無悶，通宵靡不為。雙聲聯律句，八面對宮棋。往往遊三省，騰騰出九逵。……幾時曾暫別，

〔註 88〕朱金城先生據白居易元和五年（810）〈酬元九對新栽竹有懷見寄〉詩句：「昔我十年前，與君始相識。」逆推之，二人相識當在貞元十七年，即 801 年（參其《白居易研究》，文史哲出版社，1992 年，頁 6。唐敏等《唐五代文學編年史》，中唐卷貞元十七年紀事同）。另，金卿東據元稹元和五年作〈和樂天秋題曲江〉中：以「十載定交契，七年鎮相隨。」定元、白相識在貞元十六年（參其〈元稹白居易「初識」之年考辨〉，文載《文學遺產》，2000 年第 6 期，頁 110～112），當是逆推有誤，實則仍在十七年（801）。

〔註 89〕謝思煒校注：《白居易詩集校注》，頁 977。

〔註 90〕唐・元稹著，冀勤校點：《元稹集》，卷十，中華書局出版，1982 年，頁 116。

何處不相隨。荏苒星霜換，回環節候催。兩銜多請告，三考欲成資。〔註 91〕

自貞元二十一年（805）冬至次年（憲宗元和元年，806）夏，元、白二人校書郎任滿後，又曾在長安一起準備制舉考試，並同登制科。這一時期，他們朝夕相處，「攻文」、「講學」，此唱彼和，切磋琢磨，其思想政治傾向與詩歌創作主張力主諷諫，愈益接近了。論述白居易詩歌閒適意象與詩寫元稹之意象，白居易在〈贈元稹〉詩中提到與元稹的交情：「不為同登科，不為同署官，所合在方寸，心源無異端」並非虛言。「肺腑都無隔，形骸兩不羈」、「分定金蘭契，言通藥石規」，〈祭翰林學士白太夫人文〉：「跡由情合，言以心誠，遂定死生之契，期於日月可盟，誼同金石，愛等弟兄。」〔註 92〕白居易與元稹的這些對話，道出了他們自校書郎以來，三年多的日常生活，對於兩人日後交往的特別意義。正是這段生活，正是他們的思想情感、政治傾向，共同的興趣、愛好，共同的才情學識，奠定了元、白友情和交往的基礎，並由此結成了元稹和白居易的深厚友情，成就了他們此後數十年的詩歌唱和。

對於這數十年的唱和，白居易在元和十年（815）所撰〈與元九書〉中曾有過一個概括。他說：「自八、九年來，與足下小通則以詩相戒，小窮則以詩相勉，索居則以詩相慰，同處則以詩相娛，知吾罪吾，率以詩也。」〔註 93〕以詩章相贈答成為他們彼此之間議論世事、表達政見、記錄生活、抒發情感不可或缺的形式，也成了他們彼此交往和生活中不可或缺的一部分。其間固然時而應酬，但絕大多數情況下，卻都是坦誠率直的自然流露，生活中的進退出處、是非曲直、喜怒哀樂在此唱彼和的詩歌中見之。元、白唱和的一個重要時期是在元

〔註 91〕謝思煒校注：《白居易詩集校注》，頁 978。

〔註 92〕唐．元稹著：《元稹集校注》，卷六十，上海：上海古籍出版社，2011 年 12 月。

〔註 93〕唐．白居易著，謝思煒校注《白居易文集校注》，北京：中華書局，2019 年 8 月第二次印刷，頁 321。

和四、五年之間（809～810）。這一時期元、白初登政治舞台，他們態度與心理層面表現得非常積極，都希望在政治上一展抱負。本論文研究的詩歌時期為元和十年（815）貶官前，對於白居易多以詩章相贈答的重要時期，討論白氏詩寫元稹中，其詩歌閒適創作是有積極的意義。從白氏與元稹同登第，同授校書郎，而定交始於是年之前。元和元年（806），長安。〈贈元稹〉詩云：

> 自我從宦遊，七年在長安。所得唯元君，乃知定交難。豈無山上苗，徑寸無歲寒。豈無要津水，咫尺有波瀾。之子異於是，久處誓不諼。無波古井水，有節秋竹竿。一為同心友，三及芳歲闌。花下鞍馬遊，雪中杯酒歡。衡門相逢迎，不具帶與冠。春風日高睡，秋月夜深看。不為同登科，不為同署官。所合在方寸，心源無異端。〔註 94〕

這個階段（803～809）是元稹、白居易友誼的開始，也是兩個人詩歌交往的起步階段。「自我從宦遊，七年在長安」，白氏貞元十五年冬至長安應進士試，至元和元年適為七年。宦遊對於白氏而言並非吏隱，長期宦遊不遂，心事好幽偏。白居易在長安，與元稹情誼深厚，久要不忘平生之言，透過：「豈無山上苗，徑寸無歲寒」，藉著松樹與一般苗類是無法比擬的，歲寒便隱喻松柏之後凋，左思〈詠史〉：「鬱鬱澗底松，離離山上苗。以彼徑寸莖，蔭此百尺條。」〔註 95〕自然的意象遠勝苦口婆心的叮嚀，強大的松樹蓊鬱，那些苗類自然就在綠蔭下成長，然而有才調難免招致迷惑，或因他人的覬覦引起禍端。陸機〈君子行〉：「天

〔註 94〕謝思煒校注：《白居易詩集校注》，頁 37。

〔註 95〕這首詩寫在門閥制度下，有才能的人，因為出身寒微而受到壓抑，不管有無才能的世家大族子弟佔據要位，造成「上品無寒門，下品無勢族」（《晉書・劉毅傳》）的不平現象。「鬱郁澗底鬆」四句，以比興手法表現了當時人間的不平。「澗底鬆」比喻出身寒微的士人，以「山上苗」比喻世家大族子弟。僅有一寸粗的山上樹苗竟然遮蓋了澗底百尺長的大樹。從表面看來，寫的是自然景象，實際上詩人藉此隱喻人間的不平，包含了特定的社會內容。形象鮮明，表現含蓄。中國古典詩歌常以鬆喻人。

道夷且簡，人道險而難。休咎相乘躡，翻覆若波瀾。」〔註 96〕〈贈元稹〉詩中：「豈無要津水，咫尺有波瀾。之子異於是，久處誓不諼。」不理會人心的變化，日常生活中橫生枝節的也不少，又能預期著什麼呢！白氏與元稹鼓勵彼此境遇，切莫忘記平生立志。他們兩人剛步入仕途，滿懷雄心壯志，仕途堪稱順利，故大部分心思放在政治作為上。兩人這階段詩歌酬贈，大部分都是一般酬和，目的在抒發情意和感觸，故重在和意，而不重在和韻，一韻唱和的詩很少，也無次韻之作。此時期詩的創作主要體裁為七絕、七律、五古、五律，並且已經開始有組詩。

劉禹錫〈竹枝詞〉：「長恨人心不如水，等閑平地起波瀾」〔註 97〕，世間百樣人情世故，不如意之事十之八九，水勢看似柔弱，未料起了變化，長恨人心不如水，順勢流下，洶湧暗藏殊不知。白氏在〈贈元稹〉詩期許：「無波古井水，有節秋竹竿。一為同心友，三及芳歲闌。」詩中表達孤直品性與高尚志趣的象徵，其詩〈酬元九對新栽竹有懷見寄〉詩句：「昔我十年前，與君始相識。曾將秋竹竿，比君孤且直。中心一以合，外事紛無極。共保秋竹心，風霜侵不得。」〔註 98〕無論如何？若沒有人賞識，擁有自我真心何妨？即是「竹生荒野外，梢雲聳百尋。無人賞高節，徒自抱貞心。」〔註 99〕、「花下鞍馬遊，雪中杯酒歡。衡門相逢迎，不具帶與冠。」過去相處的情況，平素能相善，即使趣捨異路，常有銜杯酒接殷勤之歡愉。雖無共圖王霸之業，但以心為本源之契，物日用益沖曠，心源日發閑細。刀劍一壺酒，男兒方寸心，志在它

〔註 96〕吳小如等著：《漢魏六朝詩鑑賞辭典》，上海：上海辭書出版社，1992 年 2 月，頁 381～383。

〔註 97〕劉禹錫著，蔣維崧等人箋注：《劉禹錫詩集編年箋注》，濟南：山東大學出版社，1997 年，頁 191。

〔註 98〕謝思煒校注：《白居易詩集校注》，頁 63。

〔註 99〕南朝梁．劉孝先〈詠竹〉：「竹生荒野外，梢雲聳百尋。無人賞高節，徒自抱貞心。恥染香妃淚，羞入上宮琴。誰能制長笛，當為吐龍吟。」參見《類聚》八十九，《初學記》二十八，《文苑英華》三百而十五，萬花谷後三十八作劉孝先詩，《詩記》八十八。

方。元和四年（809），元稹奉使去東川。當時元稹離開長安使蜀，白居易以職在近密，心受到名利榮辱束縛，多少日子裡，唯有元稹能在閒適時與他酌酒一杯，未能展笑顏。他了解元稹多病苦虛羸，終究是強展眉，卻是世間少逢杯酒樂的知己。白居易想像著與元稹別來好嗎？塵埃佈滿甕瓦酒杯，什麼時候可以把酒酣歌，嬉笑戲謔，舉杯滿飲呢！元和四年（809），〈寄元九〉流露惦念想見面的心情：

身為近密拘，心為名檢縛。月夜與花時，少逢杯酒樂。唯有元夫子，閑來同一酌。把手或酣歌，展眉時笑謔。今春除御史，前月之東洛。別來未開顏，塵埃滿樽杓。蕙風晚香盡，槐雨餘花落。秋意一蕭條，離容兩寂寞。況隨白日老，共負青山約。誰識相念心，鞲鷹與籠鶴。〔註 100〕

白居易寫給元稹的詩，大都是對元稹的思念和同情，以及替元稹抱屈。沒有人能像他們懂得理解彼此，相互思念、掛懷，希望能獲得身心靈的自由。意氣風發的元稹出使東川，當時並未料想他一生盡忠職守，為民為國，竟招致禍事。元和四年（809），二月，元稹除監察御史。三月，使蜀，劾奏故劍南東川節度使嚴礪等違法加稅，並平八十八家冤事，為執政者所忌。使還，因觸犯了東川節度使群眾朋黨的利益，於是遭受打壓排擠，被調派東都洛陽御史台。白居易〈贈樊著作〉詩云：「元稹為御史，以直立其身。其心如肺石，動必達窮民。東川八十家，冤憤一言伸。」〔註 101〕對於元稹讚譽有加。一心為民發聲的元稹，當在元和元年（806），因為鋒芒太露，觸犯權貴，被貶河南縣尉。

元稹離京城後，白居易在長安，因為思念好友，於元和二年（807）創作詠懷名篇〈別元九後詠所懷〉，來表達他的心意：「零落桐葉雨，蕭條槿花風。悠悠早秋意，生此幽閑中。況與故人別，中懷正無悰。勿云不相送，心到青門東。相知豈在多，但問同不同。同心一人去，坐覺

〔註 100〕謝思煒校注：《白居易詩集校注》，頁 734。
〔註 101〕謝思煒校注：《白居易詩集校注》，頁 55。

長安空。」〔註 102〕白氏對好友遠謫，偌大京城，沒有幾個知心好友，滿腹心事，沒有人可以傾訴，難怪他要感嘆：「同心一人去，坐覺長安空」。元和五年（810），白居易在長安，元稹在東都洛陽，不畏權勢河南尹房式有不法事，元稹奏攝之，令其停務。執政者惡稹專橫，罰俸，召還長安。突經華陰敷水驛，與中使劉士元爭驛房，辱之。宰相以稹失憲臣體，為官正直的元稹受到貴族們的打壓，由監察御史貶為江陵府士曹參軍。白居易上書為元稹辯護，未得效果。元稹離京當天，白居易相送千里遠，一直到新昌里，一路相互勸勉、相互鼓勵，兩人沒有因為仕途的坎坷而絕望，或是向惡勢力屈服。他們仕途命運無常，燦爛千陽後，殊知頃刻間雲霧迷航，聚散總無常，離別氛圍時而瀰漫：「秋意一蕭條，離容兩寂寞。況隨白日老，共負青山約。誰識相念心，韝鷹與籠鶴。」槐雨冷落，秋意蕭條，一種相思，兩處寂寞。只能隨著時光逐漸老去，了卻共負青山之約。元和四年（809），元稹仕途受挫之際，年僅二十七歲的愛妻韋叢亦撒手人寰，對元稹而言，這種悲痛，是沒有人能真正感同身受的，一切安慰的言語都是那麼蒼白、貧乏，毫無意義。元稹悲痛欲絕，夜夜難眠，徹夜思念，創作〈悲遣懷三首〉、〈空屋題〉等詩來悼念亡妻，以淺近的語言和娓娓動人的描繪，書寫纏綿哀痛的真情。白居易感同身受，以韋叢的口吻寫了〈感元九悼亡詩，因為代答三首〉和〈答騎馬入空臺〉來安慰元稹。可見他們經營的友情非常生活化，堆疊融合彼此的生活，生活裡榮譽、患難與共，詩歌直抒胸臆，真樸自然。

元和四年（809），是元稹又喜又悲的一年。二月，受宰相裴垍提拔為監察御史，這一年，校書郎李紳作了〈新題樂府〉，元稹見其形式可喜，內容也值得借鑒，故選和李紳的樂府，創作了〈和李校書新題樂府十二首〉，擔任左拾遺的白居易，也同時創作十二首同題樂府詩來回應好友。三月，元稹出使東川，在途中，元稹寫了組詩〈使東川并序〉

〔註 102〕謝思煒校注：《白居易詩集校注》，頁 732。

給白居易，白居易在長安也回贈〈酬和元九東川路詩十二首〉。永貞二年（806）到元和三年（808），元稹丁母憂期間，白居易資助之，是年十二月，元稹母服除，度過了風木沉痛之悲。此時，元稹、白居易尚意氣風發，志得意滿，但緊接著七月，命運捉弄，元稹無法與妻死別，常常顯其苦悲。清人納蘭性德〈浣溪沙．誰念西風獨自涼〉：「誰念西風獨自涼，蕭蕭黃葉閉疏窗，沉思往事立殘陽。被酒莫驚春睡重，賭書消得潑茶香，當時只道是尋常」〔註103〕，元稹〈離思〉：「曾經滄海難為水，除卻巫山不是雲」〔註104〕，形容他們的愛情是無與倫比，元稹似乎無法再對妻子以外的女子動情。

元和四年（809），長安，白居易創作〈酬和元九東川路詩十二首〉提到：「皆因新境追憶舊事，不能一一曲敘，但隨而和之，為予與元知之耳。」〔註105〕當時元稹離開長安使蜀，在途中，元稹寫了組詩〈使東川并序〉給白居易，白居易在長安也回贈〈酬和元九東川路詩十二首〉。本論文從元稹〈使東川詩〉組詩給白居易，從其互相酬和的詩歌，談白居易詩歌閒適詩寫元稹之意象。元和四年三月七日，元稹以監察御史使東川，往來鞍馬間賦詩凡三十二章，祕書省校書郎白行簡為予手寫為東川卷。起〈駱口驛〉，盡〈望驛臺〉二十二首。白居易〈駱口驛舊題詩〉：「拙詩在壁無人愛，鳥污苔侵文字殘。唯有多情元侍御，繡衣不惜拂塵看。」〔註106〕詩中有：「拙詩在壁無人愛，鳥污苔侵文字殘」，白居易源於元稹〈使東川．駱口驛二首〉：「郵亭壁上數行字，崔李題名王白詩。盡日無人共言語，不離牆下至行時。二星徼外通蠻服，五夜燈前草御文。我到東川恰相半，向南看月北看雲。」〔註107〕

〔註103〕清．納蘭性德著：《納蘭詞》，成都：天地出版社，2019年9月，頁50。

〔註104〕唐．元稹著，楊軍箋注：《元稹集編年箋注》，西安：三秦出版社，2002年，頁158。

〔註105〕謝思煒校注：《白居易詩集校注》，頁1102。

〔註106〕謝思煒校注：《白居易詩集校注》，頁1102。

〔註107〕唐．元稹著，楊軍箋注：《元稹集編年箋注》，西安：三秦出版社，2002年，頁165。

元稹〈使東川·駱口驛二首〉注：「東壁上有李二十員外逢吉、崔二十二侍御詔使雲南題名處、北壁有翰林白二十二居易〈題擁石關〉、〈雲開雪紅樹〉等篇，有王質夫和焉。王不知是何人也。」〔註108〕元和二年（807），白居易〈祗役駱口，因與王質夫同遊秋山，偶題三韻〉詩云：「石擁百泉合，雲破千峯開。平生煙霞侶，此地重徘徊。今日勤王意，一半為山來。」〔註109〕「煙霞隱於市，誰知慕儔侶」詩中指的就是王質夫。元稹不識王質夫，卻知道有其人，可知詩人們間的詩歌酬和，其詩歌意象或是朋友，時有交集。白居易曾經做過西邑的小吏，就是盩厔（西安市至縣）縣尉，經常從駱口去南秦。所以當時收到元稹〈使東川·南秦雪〉：「帝城寒盡臨寒食，駱谷春深未有春。才見嶺頭云似蓋，已驚岩下雪如塵。千峰筍石千株玉，萬樹松蘿萬朵銀。飛鳥不飛猿不動，青驄御史上南秦」〔註110〕，白居易即能以〈南秦雪〉酬和：

> 往歲曾為西邑吏，慣從駱口到南秦。三時雲冷多飛雪，二月山寒少有春。我思舊事猶惆悵，君作初行定苦辛。任賴愁猿寒不叫，若聞猿叫更愁人。〔註111〕

白居易以過來人的經驗，關心元稹初次遠行必然會很辛苦，南秦那裡的氣候冷冽與猿猴的啼聲，獨自遠行的形象與傷感不禁悲從中來，透過猿猴意象與啼聲聽覺摹寫，情意的層次更為加深。白居易同理心自然流露，彷彿身心欲飄向遠方了。

元和四年（809年）春天，元稹以監察御史使東川，不得不與正在京城任翰林的摯友白居易離別。元稹曾創作組詩寄給白居易，表達深切的思念之情，白居易也作了組詩酬和元稹，這是其中的一首。〈山枇杷花二首〉詩云：

〔註108〕唐·元稹著，楊軍箋注：《元稹集編年箋注》，西安：三秦出版社，2002年，頁165。

〔註109〕謝思煒校注：《白居易詩集校注》，頁460。

〔註110〕唐·元稹著：《元稹集校注》，卷十七，上海：上海古籍出版社，2011年12月。

〔註111〕謝思煒校注：《白居易詩集校注》，頁1103。

萬重青嶂蜀門口，一樹紅花山頂頭。春盡憶家歸未得，低紅如解替君愁。葉如裙色碧綃淺，花似芙蓉紅粉輕。若使此花兼解語，推囚御史定違程。〔註 112〕

從詩中可以得知：山枇杷開在忠州附近的山上，花期為「春盡」，判斷應是春末夏初，葉形為裙，葉片顏色為淺碧綠。「花似芙蓉紅粉輕」此語形容山枇杷花瓣深色粉嫩，今日推斷應是夏鵑花。李紳〈南梁行〉注：「駱谷中多毒樹，名山琵琶。其花明豔，與杜鵑花同。樵者識之，言曰早花殺人。」〔註 113〕元稹〈山枇杷〉中有提到：

山枇杷，花似牡丹殷潑血。往年乘傳過青山，正值山花好時節。壓枝凝豔已全開，映葉香苞才半裂。緊搏紅袖欲支頤，慢解絳囊初破結。金線叢飄繁蕊亂，珊瑚朵重纖莖折。因風旋落裙片飛，帶日斜看目精熱。〔註 114〕

白居易〈山枇杷花二首〉詩中把葉形比作裙，如果此裙色是碧綃，其色仍是嫌淡了些，繼之強調了葉色的蔥綠，分明了花瓣的濃艷。意象突出，花比擬芙蓉，但芙蓉花色粉紅偏淡，不及此花色湛深，將山枇杷花的濃艷欲麗跳脫出來，從色彩摹寫之明確到詩人們情感互動的傾向，從日常的景觀花卉，關心到生活中的一切遭遇，「若使此花兼解語，推囚御史定違程」。孟郊〈看花〉：「問花不解語，勸得酒無多」、羅隱〈題花詩〉：「若教解語應傾國，任是無情也動人」，隱約有襲白居易之詩意。

〈山枇杷花二首〉詩中以樂景襯哀情，表達了白居易對友人的關切和思念之情。白氏通過對山枇杷花的描寫，渲染了濃濃的春意，春意越濃，越發反襯出身處異鄉、歸期遙遙的友人孤寂清冷，從而具體曲折地表達了白氏對友人的關切和思念。元稹曾在嘉陵江邊作七律〈江樓

〔註 112〕謝思煒校注：《白居易詩集校注》，頁 1103。

〔註 113〕《全唐詩》，卷四八０，李紳〈南梁行〉頁 5459。

〔註 114〕唐・元稹著，楊軍箋注：《元稹集編年箋注》，西安：三秦出版社，2002 年，頁 2～3。

月〉寄給白居易，表達深切的思念之情，白居易也作了組詩酬和元稹，這〈江樓月〉是其中的一首：「嘉陵江曲曲江池，明月雖同人別離。一宵光景潛相憶，兩地陰晴遠不知。誰料江邊懷我夜，正當池畔望君時。今朝共語方同悔，不解多情先寄詩。」〔註 115〕

元和十三年（818 年），白居易任職江州司馬時的曾創作〈山枇杷〉，到了忠州看到山枇杷繁花滿樹，不由得感嘆韶光易老：

> 深山老去惜年華，況對東溪野枇杷。火樹風來翻絳焰，瓊枝日出曬紅紗。迴看桃李都無色，映得芙蓉不是花。爭奈結根深石底，無因移得到人家。〔註 116〕

白氏看到山枇杷滿樹紅花，絳若雲霞，自己年近半百，因而感嘆年華易逝，同時表達了對山枇杷的讚美和愛惜之情。「深山老去惜年華，況對東溪野枇杷」白氏年近半百歲，任職忠州刺史，在夏秋之際，遊覽東溪（今重慶市忠縣），看到山枇杷繁花滿樹，聯想到人生似燦如夏花，逝如秋葉，珍惜當下，惜取眼前的人事物。又詩句「火樹風來翻絳焰，瓊枝日出曬紅紗」野枇杷滿樹紅花，火紅火紅一片，一陣風吹來，絳紫色的花朵叢，猶如火焰在跳動，在陽光的照耀下，猶如人們把紅色的絲紗掛在樹枝上，閃耀著美麗的光輝，雲蒸霞蔚，蔚為壯觀。「回看桃李都無色，映得芙蓉不是花」，再看春天以「嬌艷紅粉」著稱的桃樹、李樹，都早已經過了花期，沒有一點花色，而川蜀著名花卉芙蓉花，本來粉嫩嬌艷，卻在山枇杷的映襯下，反而顯得極為遜色，甚至稱不上紅色。「爭奈結根深石底，無因移得到人家」可惜山枇杷常常紮根在山石之中，很難挖掘，因而無法移栽到家戶中觀賞，這實在令人遺憾呀！白氏這首〈山枇杷〉詩，對山枇杷充滿了溢美之詞，別說以嬌艷著稱的桃花李花，就連芙蓉花，都無法比擬。

杜甫〈上巳日徐司錄林園宴集〉云：「鬢毛垂領白，花蕊亞枝紅。欹倒衰年廢，招尋令節同。薄衣臨積水，吹面受和風。有喜留攀桂，無

〔註 115〕謝思煒校注：《白居易詩集校注》，頁 1105。
〔註 116〕謝思煒校注：《白居易詩集校注》，頁 1377。

勞問轉蓬。」詩中提到桃花形象與特質。元和四年（809年），白居易有詩〈亞枝花〉：「山郵花木似平陽，愁殺多情驄馬郎。還似昇平池畔坐，低頭向水自看妝。」〔註117〕當源於元稹〈使東川‧亞枝紅〉：「平陽池上亞枝紅，悵望山郵是事同。還向萬竿深竹里，一枝渾臥碧流中。」〔註118〕元稹於〈使東川‧亞枝紅〉詩題下有一小注：「往歲，與樂天曾於郭家亭子竹林中，見亞枝紅桃花半在池水。自後數年，不復記得。忽於褒城驛池岸竹間見之，宛如舊物，深所愴然。」郭家亭子，指長安親仁坊郭子儀宅。平陽，指公主宅第，非郭宅池之專名。「亞枝」猶「壓枝」，「亞枝紅」即是桃花，而「山郵」則漢中之褒城驛館，詩歌後兩句所歌詠之花事，即為元稹所謂「是事」敘其舊事。

劉禹錫〈再游玄都觀〉：「百畝庭中半是苔，桃花淨盡菜花開。種桃道士歸何處，前度劉郎今又來。」〔註119〕與〈元和十年自朗州至京戲贈看花諸君子〉之「玄都觀裏桃千樹」，「無人不道看花回」形成強烈的對照。〈再遊玄都觀〉作於唐文宗大和二年（828年），此詩可以算是〈元和十年自朗州至京戲贈看花諸君子〉的續篇。劉禹錫玄都觀兩詩，都是以比擬的方法，對當時的人物和事件加以諷刺，除了寄託的意思之外，桃花仍然體現了一個獨立而完整的意象。這種藝術手法是高妙的。劉禹錫玄都觀兩詩，所謂桃花是整株桃樹與元稹筆下的桃枝不同，元稹詩中描述的是一段一段的桃枝。桃花為元稹故物，因為在他的記憶中藏著某種意象，可稱為元稹私有物，是匿名為亞枝紅，顯然擁有自己獨特性，另一方面它又從驛站池岸的叢竹中逸出，半浸入水再與詩人「重逢」，化為郭家亭子池邊的桃花，一瞬間塵封已久的記憶，漂浮湖面的匿名舊物「亞（壓）枝紅」，桃枝沉浸湖面的姿態，那一種浮力呈現在「壓」字，有著幾分沉甸甸的狀態躍然紙上了。

〔註117〕謝思煒校注：《白居易詩集校注》，頁1105。

〔註118〕唐‧元稹著，楊軍箋注：《元稹集編年箋注》，西安：三秦出版社，2002年，頁6。

〔註119〕宋‧潘永因：《萬首唐人絕句》卷五，上海：上海科學技術文獻出版社，2019年1月，頁3。

白居易如何擁有他所賦寫之物呢？此詩雖然平庸，但自注中「舊物」二字卻受到矚目，他靠的主要是記憶與回憶，當他不復記憶之時，他並沒有擁有它的意象，其次是桃花並非整株桃樹，而是一段桃枝，就像落葉柳枝一樣，記憶的點線面漸漸拼湊，拾掇桃樹一枝一枝，由橫生不起眼的外物，燃起白氏對物的回憶片段，亞枝紅尋覓到芳名，終究是落葉歸根。

元稹以監察御史使東川，每次換了地方，都當是行萬里路，待的時間雖然不長，環境逐漸熟悉了，但每天走過的路、看過的景，還都覺得新鮮，無法視而不見，將日常生活的觀賞寫成詩歌。元稹〈使東川·江花落〉：「日暮嘉陵江水東，梨花萬片逐江風。江花何處最腸斷，半落江流半在空。」〔註 120〕詩中「梨花」意味純真，也代表純淨的愛情，梨花諧音雙關，帶有離別意象。白居易〈江岸梨〉：「梨花有思緣和葉，一樹江頭惱殺君。最似孀閨少年婦，白妝素袖碧紗裙。」〔註 121〕「梨花」與「江花」不為誰所獨有？「江花何處最腸斷，半落江流半在空」詩歌閒適意象所喚起的離情依依如在眼前，猶以「半落江流半在空」的意象畫面，顯然最有離人惆悵心情，它不再只是白氏的故物，是屬於所有人潛藏深處的印記。白居易〈江岸梨〉：「最似孀閨少年婦，白妝素袖碧紗裙」將情致推到獨一無二，以「最似孀閨少年婦」各別的、個人的專屬經驗來理解，一棵開滿「梨花」江邊樹的意象，已是孀閨少婦的「獨自」形象，白居易透過「白妝素袖碧紗裙」與「梨花」隨風飄逸意象結合，不啻為情人間生離死別傷感形象，所流下的點點梨花淚嗎？

白居易會尋找各種消磨時間的產物，培養各種興趣。我們生活的當下，常常缺少發現，白氏將生活填滿在於抒發感受，是一種對生活的反饋，對生活的熱情。元稹〈使東川·漢江上笛〉：「小年為寫游梁賦，

〔註 120〕唐·元稹著，楊軍箋注：《元稹集編年箋注》，西安：三秦出版社，2002 年，頁 3～4。

〔註 121〕謝思煒校注：《白居易詩集校注》，頁 1109。

最說漢江聞笛愁。今夜聽時在何處，月明西縣驛南樓。」〔註 122〕自注：「二月十五日夜於西縣白馬驛南樓，聞笛悵然，憶得小年曾與從兄常楚寫〈漢江聞笛賦〉，因而有愴耳。」有「煙波江上使人愁，夜聞笛聲」最悵然的意味。它從生活中憶得的畫面，是一種對故物的保留。

然而，笛聲表現力極為豐富，低婉處沉鬱，可幽可傷，高亢處狂傲，可歡可醉。白居易〈江上笛〉：「江上何人夜吹笛，聲聲似憶故園春？此時聞者堪頭白，況是多愁少睡人。」〔註 123〕詩中「聲聲似憶故園春」曲調無匿名，聽者想家白了頭，這是屬於大眾意象的懷鄉思維。李白〈春夜洛城聞笛〉：「誰家玉笛暗飛聲，散入春風滿洛城。此夜曲中聞折柳，何人不起故園情。」〔註 124〕古人春日送行，多折柳相贈，後來相沿成習。詩中一曲折柳笛聲遠，比擬柳條離情，無論是白居易「故園春」或李白「故園情」都是思鄉情切的意象。離鄉背井的詩人們，透過聽覺摹寫而觸發了思鄉之幽情。抒發是一種對生活的反射，看似幫助詩人們暫離了當下，忽略了現實。殊不知「發現」，才是將尋常生活轉變為殊常美日的鐵律，經過深層的蛻變，就是讓殊常美日成為生活日常，這是審美意識的終極目的。

白居易透過詩歌創作，創作是一種反思，可說是一種對當下的再創造，這種再創造，隨著四時推移，隨著無數緣起緣滅的當下，創作者的心靈深處文思泉湧，創作者的專注並善於感官摹寫，可讓自己的覺性被啟發，覺性可以幫助我們易於發現，即是一種觸發，才能不斷提升我們的覺性，詩歌才能聲振林木，響遏行雲。

〔註 122〕宋・潘永因《萬首唐人絕句》，卷九，上海：上海科學文獻出版社，2019 年 1 月，頁 14。

〔註 123〕謝思煒校注：《白居易詩集校注》，頁 1106。

〔註 124〕彭定求等編校：《全唐詩》（上），上海：上海古籍出版社，1986 年，頁 429。